Bernd Schumacher

Wer mit dem Teufel tanzt

Bernd Schumacher, geb. 1952, ist verheiratet, hat zwei Kinder und lebt in Rheinbach. Seit 1981 arbeitet er als Lehrer an der Staatlichen Glasfachschule Rheinbach. Seit mehr als dreißig Jahren ist er außerdem Frontmann und Chef der Rheinbacher Rockgruppe »Tiebreakers« sowie Komponist und Texter. Mit »Februarblut« legte er 2007 sein literarisches Debüt vor, »Wer mit dem Teufel tanzt« ist sein zweiter Titel im Programm des KBV.

Bernd Schumacher

Wer mit dem Teufel tanzt

KBV
KRIMI

www.kbv-verlag.de
E-Mail: info@kbv-verlag.de
Telefon: 0 65 93 - 99 86 68
Fax: 0 65 93 - 99 87 01
Umschlagillustration: Ralf Kramp
Redaktion: Nicola Härms, Rheinbach
Satz: Volker Maria Neumann, Köln
Druck: Grenz-Echo AG, Eupen
www.grenzecho.be
Printed in Belgium
ISBN 978-3-940077-25-7

Diesen Roman widme ich den *Rolling Stones*.
Tausend Dank für vierzig Jahre teuflisch gute Musik
und Inspiration.

Bernd Schumacher
Rheinbach, im Dezember 2007

Sympathy For The Devil

Please allow me to introduce myself
I'm a man of wealth and taste
I've been around for a long long year
Stole many a man's soul and faith

Pleased to meet you
hope you guess my name
But what's puzzling you
is the nature of my game

Sympathie für den Teufel

Bitte erlaubt mir mich vorzustellen.
Ich bin ein Mann mit Kultur und Stil.
Ich bin schon seit vielen Jahren auf der Welt,
Habe so manchen um seine Seele und seinen Glauben gebracht

Freut mich, eure Bekanntschaft zu machen,
Meinen Namen werdet ihr sicher erraten.
Aber was euch verwirrt ,
ist die Art, wie ich mein Spiel spiele.

(Mick Jagger / Keith Richards)

Prolog

Marianne war jetzt still, nur ab und zu hörte man sie aus dem Nebenzimmer noch leise wimmern. Die Tür war verschlossen. Immer wieder schaute sich der kleine Junge um, voller Angst, dass es wieder losgehen würde. Seine Mutter, die neben ihm kniete, drehte ihm sanft den Kopf in Richtung der Madonna und faltete erneut seine Hände zum Gebet. »Gegrüßet seist du, Maria«, der Junge murmelte die Worte der Mutter nach und beobachtete sie aus den Augenwinkeln. Sie hatte ihre Hände zum Gebet erhoben und hielt die Augen geschlossen. Man sah deutlich, dass sie geweint hatte, ihre Wangen schimmerten im Kerzenschein tränenfeucht. »... du bist gebenedeit unter den Weibern ...« Der Junge verstand zwar die Worte nicht, die er seiner Mutter schon so oft nachgesprochen hatte, aber er begriff doch, dass sie irgendeine Bedeutung hatten, dass sie seiner Schwester vielleicht helfen würden. »... und vergib uns unsere Schuld ...«

Als er sicher war, dass seine Mutter ihn nicht beobachtete, drehte er den Kopf und blickte zum Küchentisch. Die schrecklichen Szenen, die sich vor einigen Minuten dort beim Abendbrot abgespielt hatten, standen ihm noch immer vor Augen. Marianne hatte plötzlich ihr Geschirr vom Tisch gefegt. Als der Vater sie deswegen ausschimpfte, hatte sie den Kopf nach hinten geworfen und gefaucht wie ihr Kater Kadesch. Der hatte daraufhin erschreckt einen Buckel gemacht und sich unter die Tischbank verzogen. Ihre Mutter, die sie beruhigen wollte, hatte sie angespuckt und den Vater wie von Sinnen getreten. Als er sie festhalten wollte, verbiss sie sich in seinen Arm und schlug wild um sich. Schließlich hatte Vater sie ins Nebenzimmer getragen und die Tür abgeschlossen. Daraufhin tobte Marianne dort wie eine Wahnsinnige weiter und warf den tönernen Waschkrug gegen die Tür, der in tausend Stücke zersprang.

Vater und Mutter hatten sich lange angesehen. »Ich gehe ihn jetzt holen. Es geht nicht anders.«, hatte Vater gesagt. Er war in die Diele gegangen und hatte seinen gefütterten Wintermantel angezogen. Als die Haustür zuschlug, hatte Mutter ihr Gesicht in den Händen vergraben und zu weinen begonnen.

»... und führe uns nicht ...« Die Mutter des kleinen Jungen hatte das Gebet unterbrochen und horchte auf, als sie die Haustür vernahm. Gleich darauf stand ein riesiger Mann in der Stube. Er war ganz in Schwarz gekleidet und trug einen großen, runden Hut. »Wo ist sie?«, fragte er ernst.

Der Vater zeigte auf das Nebenzimmer. Der Mann ging auf die Tür zu und horchte. Aber aus dem Zimmer war kein Laut zu hören. Der Mann nickte. Mutter nahm ihm den schwarzen Mantel ab. Er stellte seine braune Tasche auf den Küchentisch, öffnete sie und holte ein großes Holzkreuz heraus. Dann ging er auf die Tür des Zimmers zu und hielt mit ausgestrecktem Arm das Kreuz vor seinen Körper. Bevor er die Tür öffnete, gab er den Eltern zu verstehen, dass sie ihn begleiten sollten. Mit sorgenvoller Miene faltete die Mutter die Hände des Jungen wieder zum Gebet und ermahnte ihn, sich vor die Madonna zu knien und zu beten.

Der Junge sah seinen Eltern nach, wie sie mit dem Mann das Nebenzimmer betraten. Noch einmal schaute er zur Madonna. Dann erhob er sich und schlich vorsichtig zur Tür. Er musste wissen, was mit Marianne geschah. Er hörte, wie der Mann Worte in einer ihm unbekannten Sprache murmelte. Daraufhin begann Marianne wieder leise zu fauchen. Immer eindringlicher wurden die Worte des schwarzen Mannes und immer lauter antwortete Marianne. Sie stieß furchtbare grollende, kehlige Laute hervor, die den Jungen ängstigten und zutiefst verwirrten – das konnte doch unmöglich Marianne sein! Plötzlich erhob sich ein Kreischen und Schreien, ein Poltern und Toben, das so heftig wurde, dass sich der Junge die Ohren zuhielt. Zitternd rutschte er über den Boden und versteckte sich hinter dem Küchenherd. Dort, an diesem geschützten, heimeligen Ort, der ihm schon so oft Zuflucht geboten hatte, legte er sich auf den Boden und presste seine Hände auf die Ohren, bis sich das Blut in seinen Händen staute. Ängstlich suchten seine Augen das Marienstandbild. Er hoffte, dass der sanfte und gütige Blick der Frau ihn ein wenig beruhigen würde.

Der Junge nahm die Hände erst wieder von den Ohren, als er sah, wie sich die Tür des Nebenzimmers langsam öffnete. Der Mann in Schwarz erschien als Erster in der Stube. Mit gebeugtem Haupt kniete er sich vor den Marienaltar und begann zu beten. Dann folgten seine Eltern. Der Vater hatte den Arm um die schluchzende Mutter gelegt und führte sie zum Küchentisch. Dort sanken beide nieder, einander festhaltend. Da wusste der Junge, dass er Marianne nie wiedersehen würde. Die verzerrte Fratze, mit der sie ihn angesehen hatte, als Vater sie ins Nebenzimmer trug, würde das Letzte sein, was er von ihr gesehen hatte. Dieses Bild würde sich sein Leben lang tief in seine Seele eingraben.

Samstag, 9. August 1969

Gertrud Bienentreu hätte den Köter umbringen können. Mit Müh und Not hatte sie es endlich geschafft, ihre beiden Kinder bei dieser Hitze zum Mittagsschlaf hinzulegen – und jetzt das! Lux, der Hund des Nachbarn, bellte wie verrückt, als sie die Treppe, die in den Vorgarten der Dienstwohnung der Justizvollzugsanstalt führte, hinunterging. Selbst als sie beruhigend auf ihn einsprach, hörte er nicht auf. Die große Dogge kläffte aus Leibeskräften und sprang dabei wie wild an der Umzäumung des Geheges hoch. Gertrud war unbehaglich zumute. Was, wenn der Hund über den Maschendrahtzaun sprang? Denn es war ihr nicht klar, ob er sich aus Freude oder aus Wut so gebärdete. Schon öfter hatte sie den Nachbarn auf das Verhalten des Hundes angesprochen, doch der hatte immer abgewinkt: Lux sei viel zu gut erzogen, um über den Zaun zu springen.

Vor lauter Ärger achtete Gertrud Bienentreu noch nicht einmal auf die anzüglichen Bemerkungen, die ihr durch die Gitterstäbe der kleinen Zellenfenster aus den oberen Etagen der JVA über die Ringmauer zugerufen wurden. Sie war eine attraktive Frau, und das eng anliegende kurze Sommerkleid betonte ihre weiblichen Rundungen erst recht. Zugegeben, manchmal machte es ihr geradezu Spaß, mit den Gefangenen zu kokettieren, denn irgendwie genoss sie die Aufmerksamkeit auch. Jetzt jedoch war sie heilfroh, so schnell wie möglich aus dem Blickfeld des Hundes zu verschwinden.

Sie ging um das Haus herum und blieb dort zunächst unter dem geöffneten Fenster des Kinderzimmers stehen, um zu lauschen. Als dort jedoch alles still blieb, war sie beruhigt. Gottlob, ihre Kinder schienen zu schlafen. Sie verweilte noch einige Augenblicke im Schatten des Hauses, bevor sie durch die gleißende Mittagssonne in den Garten ging, der sich hinter dem Haus befand. Dort nahm sie einen Reisigkorb, der unter einem Apfelbaum stand, und ging auf einen kleinen Hühnerstall zu, den ihr Mann vor zwei Jahren im hinteren Teil des Gartens angelegt hatte. Sie hatte zunächst Bedenken gehabt, sich dadurch zum Gespött der Nachbarn zu machen, doch diese waren schnell verflogen, denn jetzt genoss sie es, jeden Tag frische Eier zu haben.

Sie öffnete die Tür, die zum Freigehege der Hühner führte, bahnte sich ihren Weg durch das gackernde Geflügel und ging in das Innere des Hühnerstalls. Die stickige Luft des Stalls, der schutzlos in der heißen Sommersonne lag, ließ sie erst einmal tief durchatmen. Als sie sich an das diffuse Licht gewöhnt hatte, kniete sie nieder und begann, die Nester nach frisch gelegten Eiern zu durchsuchen. Der Ertrag war heute äußerst mager. Gerade einmal drei Eier hatte sie gesammelt. Kein Wunder, dachte sie, selbst den Hühnern ist es zu heiß.

Als sie das letzte Nest abtastete, bemerkte sie, wie sich der Stall plötzlich verdunkelte. Merkwürdig, es war doch heute absolut windstill, kein Windstoß konnte die Tür zum Hühnerstall zugeschlagen haben. Dann hörte sie ein Geräusch hinter sich. Sie fuhr herum und sah eine große Gestalt auf sich zukommen. Sie wollte schreien, doch eine grobe Hand, die sich über ihren Mund legte, hinderte sie daran. Sie spürte, wie sich ein starker Arm wie ein Schraubstock um ihre Taille legte und sie zu Boden riss. Der heftige Schlag, als sie auf den Rücken fiel, raubte ihr einen Moment den Atem. Die Hand, die sich auf ihren Mund gelegt hatte, umfasste jetzt ihren Hals und drückte zu. Dann spürte sie, wie die Knie des Mannes gewaltsam ihren Weg zwischen ihre Schenkel suchten. Oh Gott, nicht das, dachte sie. Sie war sich in ihrem

Leben noch nie so erniedrigt und hilflos vorgekommen. Das Gesicht des Angreifers beugte sich jetzt so weit über sie, dass seine nassgeschwitzten Haare auf ihre Stirn fielen und sein schlechter Atem ihr Übelkeit bereitete.

»Du kleines Miststück«, presste der Mann hervor, »du hast mich lange genug scharf gemacht. Jetzt bekommst du, was du verdienst.«

Erst jetzt fiel ihr auf, dass der Mann dunkelbraune Sträflingskleidung trug. Mit letzter Kraft warf sie den Kopf hin und her, um dem Würgegriff zu entkommen – aber vergebens. In ihrer Todesangst ergab sie sich in ihr Schicksal und ließ den Angreifer gewähren, in der Hoffnung, dass er seinen todbringenden Griff lockern würde. Aber auch das war zwecklos. Der Mann drückte immer mehr zu, ihre Sinne begannen zu schwinden; der erbarmungslose, lüsterne Blick des Mannes verschwamm vor ihren Augen.

Das grollende, drohende Knurren nahm sie kaum noch wahr. Doch der Mann schien es bemerkt zu haben, denn er hielt einen Moment inne. Dann wurde sein massiger Körper nach vorne geschleudert, seine Stirn prallte hart auf ihr Gesicht. Beinahe besinnungslos vor Schmerz sah Gertrud Bienentreu, wie Lux seine Zähne in das Genick ihres Peinigers zu schlagen versuchte. Der Mann schrie auf, rollte sich zur Seite und schüttelte die Dogge von seinem Rücken ab. Mit wütendem Gebell stürzte sich der Hund wieder auf sein Opfer und verbiss sich in seinen linken Unterarm. Hektisch schaute sich der Mann im Stall nach einem Gegenstand um, mit dem er sich des Hundes erwehren konnte, und fand schließlich eine Schaufel, die an der Wand lehnte. Er packte den Stiel der Schaufel, hob das eiserne Schaufelblatt und ließ es kraftvoll auf den Kopf der Dogge niedersausen. Mit einem schrillen Schmerzgeheul fiel der Hund zur Seite und blieb mit zitternden Flanken liegen. Der Mann hielt sich den blutenden Arm und blieb einige Sekunden regungslos stehen, unschlüssig, was er tun sollte. Dann machte er kehrt und verschwand in geduckter Haltung aus dem Stall.

Gertrud Bienentreu lauschte angstvoll den sich entfernenden Schritten. Als sie sicher war, dass der Mann nicht mehr zurückkommen würde, rutschte sie auf Knien auf den regungslosen Hund zu. Sie legte ihr Ohr an seine Flanke und bemerkte dankbar, dass er noch atmete. »Danke Lux, ... mein Guter ... vielen Dank ...«, stammelte sie und legte ihre Arme um seinen Hals. Dann begann sie hemmungslos zu weinen.

In diesem Moment hörte sie das lang gezogene, ohrenbetäubende Sirenengeheul, das von der JVA zu ihr herüberschallte. Was das bedeutete, wusste sie nur zu gut: Ein Häftling war ausgebrochen.

* * *

Die Ruine der Tomburg ist das markanteste Wahrzeichen des Rheinbacher Umlandes. Südöstlich im Rheinbacher Stadtwald, nahe der kleinen Ortschaft Wormersdorf gelegen, beherrscht sie unübersehbar, auf einem 316 Meter hohen Basaltkegel, das Land zwischen Eifelrand und Kölner Bucht. Von hier oben bietet sich dem Betrachter ein herrlicher Ausblick auf das Rheinpanorama mit dem Siebengebirge. Um das Jahr neunhundert errichtet, wurde sie im Laufe des Mittelalters stark ausgebaut, bis sie schließlich im fünfzehnten Jahrhundert erobert und zerstört wurde. An ihrem Fuß liegen kleine Schluchten und Steinbrüche, die mit riesigen Basaltbrocken und Mauerresten der ehemaligen Burg übersät sind. Ein Ort, der seit vielen Generationen besonders Jugendliche magisch anzieht, denn hier können sie fernab der Erwachsenenwelt ungestört am Lagerfeuer sitzen und feiern. So auch in der Nacht von Samstag, dem 9. August, auf Sonntag, den zehnten August des Jahres 1969.

Wolfgang Siebertz schaute missmutig auf seine Uhr. Schon dreiundzwanzig Uhr fünfzehn. Hoffentlich würde Uschi keinen Ärger bekommen. Er wusste, dass sie spätestens um dreiundzwanzig Uhr zu Hause sein musste. Nun, dank diverser Rauschmittel konnte er seine düsteren Gedanken ein wenig vergessen.

Er drückte die Starttaste des batteriebetriebenen Uher-Tonbandgeräts und sah zufrieden zu, wie sich das Band in Bewegung setzte. Dann nahm er einen tiefen Schluck aus seiner Bierflasche, lehnte sich mit dem Rücken gegen einen Basaltbrocken, den er mit seiner grünen Army-Jacke abgepolstert hatte, und erwartete mit geschlossenen Augen die ersten Töne des Liedes. Zunächst durchschnitt der eindringliche Rhythmus von Sambatrommeln die Stille. Dann ertönte ein satanischer Krähenruf, der von den Zuhörern stakkatohaft wiederholt wurde. Wolfgang Siebertz wiegte mit geschlossenen Augen den Kopf hin und her und wartete auf den Einsatz des Klaviers.

Als er von der Seite angestoßen wurde, war er fast ein wenig ungehalten. Sein bester Freund Heinz Peters, der neben ihm saß, signalisierte ihm, dass er an der Reihe war, den Joint zu übernehmen, der seit einiger Zeit die Runde machte. Er setzte die Zigarette an den Mund und sog das Marihuana mit einem tiefen Atemzug ein. Augenblicklich überschwemmte die Droge seinen Körper und drang bis in die feinsten Kapillaren seines Gehirns. So trafen ihn die ersten Worte des Gesangs umso intensiver. *Please allow me to introduce myself, I'm a man of wealth and taste.* In der nächsten Zeile setzten die

Gruppenmitglieder vielstimmig ein. *I've been around for a long long year, stole many a man's soul and faith.* Die Wiederholung des Harmoniedreiklangs in den nächsten Textzeilen baute eine nicht enden wollende Spannung auf. Dann endlich, wie eine Erlösung, zerriss der erlösende Riff auf H-Dur die bleierne Atmosphäre und leitete wie ein scharfes Messer, das in ein Stück weiche Butter schnitt, den Refrain ein. *Pleased to meet you, hope you guess my name.* Wie auf ein geheimes Kommando erhoben sich die Jugendlichen und tanzten mit wiegenden Schritten um das Lagerfeuer. Jede weitere Textzeile wurde mit einem lang gezogenen *Huh, Huh* begleitet.

Es war ihr Song. Hunderte von Malen schon hatten sie dieses Lied in den letzten Monaten wie ein Lebenselixier aufgesogen und mitgesungen. Es beinhaltete alle Elemente, die ihre Musik ausmachten: hart, revolutionär und ehrlich. Es drückte wie kein anderes ihr Lebensgefühl aus und war ihre Hymne gegen Bigotterie, Engstirnigkeit und die verknöcherte, autoritäre Welt der Erwachsenen.

Ursula Wawer hatte ihr Fahrrad aufgehoben und schob es durch die verstreut liegenden, riesigen Basaltbrocken dem Ausgang der Schlucht entgegen. Noch einmal drehte sie sich um und beobachtete die Gruppe, die wie in Trance um das Lagerfeuer tanzte. Das von den Basaltsteinwänden zurückgeworfene Flackern der Flammen und das geräuschvolle Knistern des Holzes gaben der Szenerie etwas Gespenstisches. Unweigerlich musste sie schmunzeln. Viel hat sich in der Evolution der Menschheit nicht verändert, dachte sie. Genauso müssen sich Höhlenmenschen vor Tausenden von Jahren bei ihren kultischen Handlungen aufgeführt haben.

Noch einmal suchte ihr Blick ihren Freund Wolfgang. Sie spürte noch immer seine Lippen, als er sie zum Abschied geküsst hatte. Sie vermisste ihn schon jetzt. Wie gerne hätte sie den Rest der Nacht mit ihm hier verbracht. Aber das war ausgeschlossen. Ein anständiges Mädchen von siebzehn Jahren hat spätestens um dreiundzwanzig Uhr zu Hause zu sein, war die monotone Antwort ihrer Mutter auf die Bitte, doch wenigstens am Wochenende ein wenig länger ausbleiben zu dürfen. Gut, irgendwie verstand sie ihre Mutter auch, schließlich war sie, Ursula, nach dem Tod ihres Vaters das Einzige, was der Mutter geblieben war. Heute hatte sie sich getraut, etwas länger als gewöhnlich wegzubleiben, da ihre Mutter am Wochenende als Kellnerin in der Rheinbacher Gaststätte *Zur Laterne* arbeitete und nicht vor Mitternacht zu Hause zu erwarten war.

Mit einem Seufzer drehte sich Ursula um und schob ihr Fahrrad einen Abhang hinunter durch einen kleinen Buchenwald auf einen Waldweg, der um den Vulkankegel der Tomburg in Richtung Rheinbach führte. Sie schaltete den Dynamo ihres Fahrrads ein, stieg auf und radelte los. Nach wenigen Metern hielt sie an. Das Licht funktionierte nicht. Sie stieg ab und untersuchte die Lichtanlage. Merkwürdig! Trotz der Dunkelheit konnte sie erkennen, dass die Kabel, die vom Dynamo zu den Lampen führten, abgerissen waren. Hatte sich jemand an ihrem Fahrrad zu schaffen gemacht? Nun, das konnte auch passiert sein, als sie ihr Fahrrad vorhin etwas unsanft in einem Busch abgelegt hatte, beruhigte sie sich. Sie würde morgen früh Onkel Walter bitten, das Fahrrad zu reparieren. Auf jeden Fall war sie jetzt gezwungen, den Weg durch den Wald zu nehmen und das Fahrrad zu schieben. Ohne Licht war es viel zu gefährlich, über die Landstraße nach Rheinbach zu fahren. Einen Moment überlegte sie, ob sie umkehren sollte und Wolfgang bitten, sie nach Hause zu begleiten. Dann verwarf sie den Gedanken, weil sie ihrem Freund nicht den Abend mit seinen Bandmitgliedern verderben wollte, auf den er sich schon die ganze Woche gefreut hatte. Hätte sie doch wenigstens ihre beste Freundin Johanna bei sich gehabt. Aber die hatte nicht zu der Feier gehen dürfen, Onkel Walter hatte es verboten.

Als sie den Waldweg weiter hinabging und der Gesang ihrer Freunde nur noch in der Ferne zu hören war, war ihr doch etwas unheimlich zumute. Unsinn, redete sie sich ein. Was sollte schon passieren? Die Zeiten, in denen ihr ein dunkler Wald, wie in Kindertagen, Angst einjagte, waren lange vorbei. Sie war jetzt erwachsen und wusste die Geräusche, die nachts im Wald zu hören waren, richtig einzuschätzen. Nein, sie würde der Macht der Einbildung nicht erliegen. Tapfer hob sie den Kopf und blickte in den sternenklaren Nachthimmel. Es war für diese Uhrzeit noch immer sehr warm, und genüsslich sog sie den würzigen Duft der milden Sommernacht ein.

Der Weg verließ jetzt den Mischwald und führte in einen Fichtenwald, der sich wie ein schwarzer Tunnel vor ihr öffnete. Sie zögerte einen Moment. Dann atmete sie tief durch, umfasste den Lenker ihres Fahrrads und ging entschlossen weiter. Bald schon hatte sie die Dunkelheit verschluckt. Als sie den Ruf eines Käuzchens hörte, musste sie lächeln. Auch du jagst mir keine Furcht ein!, sagte sie sich. Doch je tiefer sie in den Wald eindrang, desto ängstlicher horchte sie auf jeden Laut. Dann kam ihr die Idee, laut zu singen. Das hatte sie als Kind auch immer getan, wenn sie Angst gehabt hatte. Sie räusperte sich. Dann stimmte sie mit brüchiger Stimme den Refrain ihres Lieblingsliedes an: *Pleased to meet you, hope you guess my name.* Doch halt, was war das? Sie meinte deutlich gehört zu haben, dass jemand das Ende der Textzeile mitgesungen hatte. Spielten ihre überreizten Sinne ihr einen

Streich? Sie blieb stehen. Dann versuchte sie es erneut. *But what's puzzling you …* An dieser Stelle brach sie ab und lauschte ... Nein, sie hatte sich nicht getäuscht. Sie hatte die Stimme, die ihren Gesang etwas verzögernd begleitete, wieder vernommen. Dieses Mal nur erheblich lauter als vorhin. Ihre tiefe Tonlage hatte zudem etwas Bedrohliches. Nun versuchte sie die Richtung auszumachen, aus der die Stimme kam, und beendete die Textzeile: *… it's just the nature of my game.* Kein Zweifel, wieder war der Gesang deutlich zu hören, und zwar ganz in ihrer Nähe, irgendwo da hinten, im Dunkeln.

Die Angst schoss durch ihren Körper, ließ sie erschauern. Langsam drehte sie sich um, kniff die Augen zusammen und spähte in die Dunkelheit, aber sie konnte nichts erkennen. Erlaubte sich vielleicht einer ihrer Freunde einen schlechten Scherz mit ihr?. »Hallo! Ist da jemand?« Sie lauschte in die Stille. Keine Antwort! Sie versuchte es noch einmal. »Mensch, hör doch mit dem Blödsinn auf! Das ist wirklich nicht witzig!« Abermals verharrte sie einige Sekunden, hielt den Atem an und wartete auf eine Antwort. Wieder keine Reaktion. Aber sie spürte ganz deutlich eine unbestimmte, bedrohliche Anwesenheit, im Dunkeln, hinter sich. Nur keine Panik jetzt, versuchte sie sich einzureden. Sie entschied sich, auf keinen Fall zurückzugehen, denn dann würde sie ihrem Verfolger direkt in die Arme laufen. So blieb ihr nur, den einmal eingeschlagenen Weg nach Rheinbach weiterzugehen.

Sie schob mit schnellen Schritten ihr Fahrrad vorwärts. Als sie hinter sich lauschte, konnte sie jetzt auch deutlich Schritte hören, die ihr folgten. Er musste also schon ganz in ihrer Nähe sein. Ursula Wawer war sich jetzt auch sicher, dass es niemand aus ihrem Freundeskreis war. Keinem von ihnen würde sie zutrauen, sie derart zu erschrecken. Oh Gott, wie komme ich aus diesem Albtraum heraus, hämmerte es in ihrem Kopf. Schließlich begann sie zu laufen. Sie hörte, dass auch ihr Verfolger seine Schritte beschleunigte, aber sie wagte nicht, sich umzudrehen. In panischer Angst ließ sie schließlich ihr Fahrrad fallen und schlug einen Haken nach links in den Wald. Es war ihre einzige Chance! Sie musste im Bogen durch den Wald wieder zur Tomburg zurücklaufen und versuchen, zu ihren Freunden zu gelangen.

Doch abseits des Weges war es noch dunkler, sodass sie sich darauf konzentrieren musste, den Weg durch die dicht stehenden Bäume zu finden und nicht zu fallen. Das auf dem Waldboden wuchernde Gestrüpp riss blutige Wunden in ihre nackten Beine. Deutlich vernahm sie hinter sich den keuchenden Atem ihres Verfolgers. Sie hoffte inständig, dass sie, als trainierte Leichtathletin des RTV Rheinbach, dem Mann davonrennen konnte. Das wäre ihre Rettung. Doch in diesem Moment blieb sie mit ihrem linken Fuß in einer dornigen Pflanze hängen. Sie strauchelte und schlug schwer auf den Boden auf. Einen Moment blieb sie benommen liegen, tastete nach ihren blutenden Knien. Dann hob sie den Kopf und lauschte voller Panik. Als sie das Unterholz ganz in ihrer Nähe knacken hörte, wusste sie, dass ihr Verfolger sie fast erreicht hatte. Mit einem Schrei rappelte sie sich auf und hastete los. Jeder Atemzug verursachte ihr brennende Schmerzen in der Lunge. Die Todesangst verlieh ihr schier unmenschliche Kräfte, und sie rannte weiter, die Schmerzen einfach ignorierend.

Endlich hatte sie den Rand des Waldes erreicht. Erleichtert bemerkte sie, dass es um sie heller wurde und sie die Silhouette der majestätischen Burgruine über sich erkennen konnte. Mit einem unendlichen Glücksgefühl hörte sie jetzt auch wieder den Gesang ihrer Freunde in einiger Entfernung. Die

Rettung war nahe. Voller Erleichterung drehte sie sich um, um nach ihrem Verfolger zu sehen. Doch dieser eine Moment der Unachtsamkeit wurde ihr zum Verhängnis, als sie mit dem Kopf mit voller Wucht gegen den tief hängenden Ast einer Buche prallte. Alles um sie herum wurde schwarz.

Als Ursula Wawer wieder zu sich kam, spürte sie, wie sich starke Hände wie ein Schraubstock um ihren Hals gelegt hatten und ihr die Luft nahmen. Ihre Augen verschleierten sich, sie konnte das Gesicht ihres Peinigers nicht mehr klar erkennen. Eine seltsame Gelassenheit erfasste sie, als der Mann immer fester zudrückte. Das Letzte, was sie hörte, war der entfernte Gesang ihrer Freunde, der ihr Lieblingslied begleitete. *Huh, Huh.* Sie wusste jetzt, dass es ihre Todesmelodie sein würde.

Sonntag, 10. August 1969

Seufzend blickte Walter Seibold auf das Thermometer. Mein Gott! Zu dieser Uhrzeit schon sechsundzwanzig Grad! Wie heiß wollte es denn heute noch werden? Es war der heißeste August seit Menschengedenken. Seit fast drei Wochen wurde das Wetter in Mitteleuropa von einem Azorenhoch bestimmt, das sich nicht von der Stelle bewegte und die Voreifel in einen Glutofen verwandelte. Wie jeden Morgen machte er einen Rundgang durch seinen Hof, um den Schlaf aus seinen Gliedern zu vertreiben. Er hatte auf der kleinen Wiese hinter dem Haus Löwenzahn gepflückt und sie an die Kaninchen verfüttert, die er vor drei Jahren seiner jüngsten Tochter Johanna geschenkt hatte. Auch die werden in der letzten Zeit von dir vernachlässigt, grummelte er ärgerlich und blickte zum Fenster des Zimmers, in dem sie schlief. Dann setzte er sich auf eine kleine Bank neben dem Schuppen in den Schatten und streckte die Beine aus. Mit geschlossenen Augen genoss er das Glockengeläut der nahen Kirche St. Martin, das durch die klare Morgenluft zu ihm herüberdrang. Wie friedlich das klang.

Was für ein Tag! Es war nicht nur sein einundfünfzigster Geburtstag, sondern auch sein erster Urlaubstag, den er sich nach Wochen aufreibender Ermittlungsarbeit redlich verdient hatte. Der gestrige Tag hatte ihn noch einmal viel Kraft gekostet. Zunächst saß er stundenlang in seinem stickigen Büro über dem Abschlussbericht des Raubmordes, den er gerade noch rechtzeitig vor seinem Urlaub hatte aufklären können. Kurz vor Dienstschluss erreichte ihn dann noch das Hilfegesuch Volker Sperlings, eines Kollegen, der ein Suchkommando für einen entlaufenen Sträfling der JVA Rheinbach organisierte. Wegen seiner guten Ortskenntnis von Rheinbach und Umgebung hatte er diese Bitte nicht abschlagen können. Die Suchaktion, die bis zum Einsetzen der Dunkelheit dauerte, war ergebnislos verlaufen und sollte heute fortgesetzt werden. Und schließlich hatte es noch bis tief in die Nacht eine aufreibende Diskussion mit Johanna gegeben. Sie hatte sich mit ihren Freunden an der Tomburg treffen wollen, doch das hatte er ihr schlichtweg verboten, mit der Begründung, dass sich der entflohene Strafgefangene noch in der Gegend aufhalten konnte. Insgeheim musste er sich allerdings eingestehen, dass es eher die langhaarigen Typen waren, mit denen sie sich in der letzten Zeit herumtrieb, die ihm Sorge bereiteten. Der Streit war eskaliert, als Johanna ihm offenbarte, dass sie nicht am Familienausflug am übernächsten Wochenende nach Daun teilnehmen wollte. Seibold hatte ihr unmissverständlich klar gemacht, dass sie mit ihren knapp sechzehn Jahren auf keinen Fall alleine zu Hause bleiben würde. Daraufhin war Johanna wutentbrannt und türenknallend in ihr Zimmer gestürmt und hatte sich den ganzen Abend nicht mehr blicken lassen.

Seibold versuchte sich abzulenken und sah einem Flugzeug zu, das im tiefen Blau des Himmels seine Bahn zog, einen langen, weißen Kondensstreifen hinter sich herziehend.

»Walter, wir sind so weit!«

Seibold schreckte auf. Er hatte gar nicht bemerkt, wie seine Frau zu ihm getreten war. Jetzt nahm sie ihn bei der Hand und zog ihn hinter sich her. Bei ihnen wurde jeder Geburtstag eines Familienmitglieds festlich mit einem gemeinsamen Frühstück begonnen. Während er durch seinen Hof spaziert war, hatte seine Frau das Esszimmer geschmückt; der Frühstückstisch war mit Kerzen und Geschenken dekoriert, die Lampen und Wände mit bunten Girlanden behängt. Das Gratulationskomitee hatte sich seitlich des Tisches aufgestellt. Mit einem Anflug von Trauer registrierte Seibold, dass Johanna fehlte. Er wusste, dass jetzt das Geburtstagsständchen folgen würde. »Happy Birthday to you ...« Als sich das laute Gezwitscher der beiden Kanarienvögel in die hellen Frauenstimmen mischte, musste er unweigerlich schmunzeln. Nach dem letzten Ton des Liedes kam Maria auf ihn zu und umarmte ihn. »Herzlichen Glückwunsch zum Geburtstag, Paps«, flüsterte sie ihm ins Ohr und gab ihm einen kräftigen Schmatz auf die Wange. Sie war schon gestern Abend mit dem Zug aus Bonn gekommen, wo sie für die Zeit ihres Studiums an der Pädagogischen Hochschule ein möbliertes Zimmer bezogen hatte.

Traudel kam mit einem strahlenden Lächeln auf ihn zu. »Herzlichen Glückwunsch, mein Alterchen ...«, sagte sie mit einem ironischen Unterton in der Stimme, »... viel Gesundheit und alles Gute weiterhin.« Leise sagte sie: »Johanna fühlt sich leider nicht wohl. Du weißt schon ... etwas Frauliches. Ich habe ihr geraten, im Bett zu bleiben.«

Typisch Mutter, dachte Seibold. Er wusste genau, warum Johanna nicht erschienen war. Traudel stellte sich schützend vor ihre Tochter, um den Schein zu wahren.

»Ich verstehe schon«, antwortete er.

Traudel wich seinem Blick aus.

»So, dann will ich mir doch einmal meine Geschenke ansehen.« Seibold war froh, mit dieser Bemerkung über die Situation hinweggehen zu können.

»Das ist von mir«, sagte Maria stolz, als Seibold ein quadratisches, flaches Päckchen in die Hand nahm.

Seibold wusste sofort, dass es eine Schallplatte war. Vorsichtig öffnete er das Geschenkpapier und pfiff freudig durch die Zähne, als das *Klavierquartett in Es-Dur* von Schubert zum Vorschein kam. Maria kannte seine Liebe zur klassischen

Musik, insbesondere zu Klaviersonaten. In seiner Jugend hatte er in seiner sächsischen Heimat Klavierspielen gelernt. Nach seiner Hochzeit mit Traudel und dem Einzug in das Haus in der Polligstraße hatte er im Schuppen ein altes Klavier gefunden, das er mit großer Hingabe wieder funktionstüchtig machte. Es verging kaum ein Tag, an dem er nicht spielte – für ihn Entspannung pur. Er hatte sogar vor einiger Zeit noch einmal bei Frau Knauber, Rheinbachs renommiertester Klavierlehrerin, Unterricht genommen. Danach wagte er sich auch an schwierigere Stücke.

»Vielen Dank, mein Schatz. Genau die hat mir in meiner Sammlung noch gefehlt!« Er betrachtete die Schallplatte von allen Seiten und strahlte dabei seine Stieftochter an.

»So ... und das ist von Johanna und mir!« Traudel hatte ein kleines, längliches Geschenk vom Tisch genommen und überreichte es ihrem Mann.

Als Seibold zu seiner Frau aufschaute, sah er mit einem Seitenblick durch das Fenster des Esszimmers, dass jemand das Hoftor öffnete und auf das Haus zukam. An der grünen Jägerkluft des Besuchers erkannte er, dass es Förster Münster war. Als Seibold seinen Gesichtsausdruck sah, wusste er, dass der Geburtstag, auf den er sich so gefreut hatte, ein jähes Ende nehmen würde.

Traudel war an das Fenster getreten und beobachtete sorgenvoll, wie ihr Mann auf den Förster zuging und ihm die Hand schüttelte. Sie sah, wie Walter entsetzt zurückprallte, als Münster zu sprechen begann, und dann immer wieder ungläubig den Kopf schüttelte. Offensichtlich bat er Münster hereinzukommen, doch dieser lehnte ab.

»Was ist passiert, Walter?«, bestürmte Traudel ihren Mann, als er ins Zimmer zurückkam.

Seibold schluckte schwer und antwortete dann: »Ein Wanderer hat eben die Leiche eines Mädchens unweit der Tomburg gefunden.« Ängstlich ging sein Blick die Treppe hinauf in Richtung Johannas Zimmer.

»Nein, ... sie ... sie liegt wirklich im Bett«, stammelte Traudel, als sie seine Gedanken erriet. »War es ein Unfall?«, fragte sie weiter.

»Es sieht nicht danach aus. Es scheint so, als ob sie ermordet worden ist«, antwortete Seibold.

»Oh Gott ...«, Traudel schlug entsetzt die Hand vor den Mund, »... aber musst du denn wirklich ... an deinem Geburtstag ...?« Enttäuscht ließ sie sich auf einen Stuhl fallen und schaute ihren Mann bittend an.

Auch Maria war hinzugetreten und legte ihren Arm mitfühlend um die Schulter ihrer Mutter.

»Du ... du ... hast doch Urlaub ... es kann doch ein anderer ...« Traudel brach ab, als sie sah, dass ihr Mann kopfschüttelnd auf sie zukam.

»Ich muss, Liebes, es geht nicht anders«, sagte er und küsste sie auf die Stirn. Er ging zur kleinen Kommode im Flur und öffnete die oberste Schublade. Er holte sein Portemonnaie heraus, in dem sich sein Dienstausweis befand. Dann trat er ohne ein weiteres Wort durch die Haustür nach draußen.

* * *

Der Ford 12 M des Försters bog von der geteerten Waldstraße von Wormersdorf kommend rechts auf einen Feldweg, der auf die Tomburg führte. Kurz vor den ersten Bäumen des Wäldchens, das den Vulkankegel umschloss, ließen sie das Auto stehen und gingen auf den kleinen Buchenwald zu, in dem der Wanderer die Leiche gefunden hatte. Für die beiden

Männer war es nicht schwer, den Fundort zu finden. Sie mussten nur dem Geräuschpegel, der ihnen aus dem Wald entgegenschallte, entgegengehen.

Es hatten sich trotz der frühen Morgenstunde schon viele Schaulustige eingefunden. Seibold war jedes Mal verwundert, wie schnell sich solche Neuigkeiten in der Voreifel herumsprachen. Bevor er losgefahren war, hatte er noch Manfred Raaf, den Leiter der Rheinbacher Polizeiwache, angerufen. Der Tatort musste dringend abgesperrt werden. Außerdem hatte er seine Kollegen der Mordkommission in Bonn benachrichtigt. Bald schon mussten der Erkennungsdienst, der Gerichtsmediziner und ein Vertreter der Staatsanwaltschaft eintreffen. Als sich die beiden Männer dem Tatort näherten, verstummten die Gespräche der Umstehenden. Mein Gott, ärgerte sich Seibold, es sind sogar Kinder dabei.

Nachdem er sich mit seinem Dienstausweis zu erkennen gegeben und die Schaulustigen nachdrücklich aufgefordert hatte, den Tatort zu verlassen, näherte er sich mit klopfendem Herzen der Stelle, wo die Leiche lag. Münster folgte ihm zögernd. Sein grünes Jagdhemd war durch die drückende Hitze völlig durchgeschwitzt.

Vorsichtig ging Seibold um einen kleinen Ginsterstrauch herum. Als er die Tote sah, prallte er entsetzt zurück. Ihn schwindelte, seine Knie wurden weich. Er musste sich setzen.

* * *

Rheinbach, Krankenhaus Maria Hilf, 12. November 1968

Mit jeder Stufe, die ihn die Treppe hinauf in die Männerabteilung des Krankenhauses führte, fiel Seibold das Gehen schwerer. Am Mittag hatte ihn der Anruf Dr. Fassbenders erreicht. »Es ist soweit, Walter«, hatte der alte Chefarzt gesagt, »wenn du Helmuth noch einmal lebend sehen willst, solltest du ihn heute noch einmal besuchen.«

Es traf ihn wie ein Keulenschlag. Er wusste zwar, dass sein bester Freund und Nachbar unheilbar an Lungenkrebs erkrankt war und nicht mehr lange zu leben hatte, aber dass es so schnell gehen würde ...

Der Kommissar hatte jetzt den zweiten Stock erreicht. Auf den letzten Treppenstufen begegnete er Elisabeth Wawer, Helmuths Frau. Sie umarmten sich kurz. Seibold schaute in ihre rot geränderten Augen.

»Ich gehe jetzt Ursula holen, es ... es geht zu Ende«, sagte sie mit tränenerstickter Stimme.

Seibold konnte nichts entgegnen. Er nahm sie noch einmal in den Arm, bevor sie langsam die Treppe hinunterging. Einen Moment schaute er ihr nach. Dann öffnete er die Glastür, die auf die Männerstation führte, und ging den langen Flur entlang. Obwohl er versuchte leise aufzutreten, hallten seine Schritte laut von den kahlen Flurwänden wider. Vor der Tür mit der Nummer 214 blieb er stehen.

Er verharrte einen Moment, holte tief Luft und klopfte leise an. Dann betrat er das Zimmer. Langsam bewegte er sich auf das Krankenbett zu und musste sich zunächst an das diffuse Licht des abgedunkelten Krankenzimmers gewöhnen. Wie oft schon hatte ihn der Anblick seines Freundes bei seinen zahlreichen Besuchen in den letzten Wochen erschüttert, wenn er ihn, den einst lebenslustigen, kraftstrotzenden Mann, nun bis auf die Knochen abgemagert und mit Schläuchen an medizinischen Apparaten angeschlossen, so sehen musste.

Als sich Seibold über das Bett beugte, wusste er, dass Dr. Fassbender recht hatte. Über den abgezehrten Gesichtszügen seines Freundes lag bereits der Hauch des Todes. Seibold hatte dieses Phänomen viele Male in den Feldlazaretten des vergangenen Krieges erlebt.

Der Todkranke drehte langsam seinen Kopf und öffnete die Augen. Er mühte sich ein schwaches Lächeln ab. Bevor Seibold etwas sagen konnte, sprach er mit heiserer, kaum hörbarer Stimme: »Walter, ich wusste, dass du heute kommst!«

Seibold antworte nicht. Er nickte und versuchte zurückzulächeln. Er ergriff beide Hände seines Freundes und drückte sie fest. Schweigend sahen sie sich eine Weile an. Sie hatten sich schon immer ohne viele Worte verstanden.

Schließlich durchbrach die brüchige Stimme Helmuth Wawers die Stille: »Walter, du weißt: Das Sprechen fällt mir schwer. Erzähle mir etwas!«

»Was soll ich dir denn erzählen, Helmuth?«, fragte der Kommissar heiser.

»Von früher ... von uns beiden.« Die Worte des Sterbenden wurden von einem qualvollen Hustenanfall begleitet.

Seibold schaute an die Decke und rang nach Fassung. Er war nie ein Mann vieler Worte gewesen. Zunächst noch stockend, dann immer lebhafter erzählte er von ihrer ersten Begegnung an der Theke im Schützenhaus. Wie sie sich wegen einer Nichtigkeit gestritten und wie sie trotzdem am Ende des Abends schon Brüderschaft getrunken hatten. Er erzählte, wie Helmuth ihm, dem sturen Sachsen, trotz aller Widerstände den Weg in die Rheinbacher Gesellschaft geebnet hatte. Er redete von ihren gemeinsamen Sporterfolgen, Auftritten mit dem Männergesangverein und Kegeltouren. Ihren Dummjungenstreichen und der Schelte, die sie anschließend von ihren Frauen bekommen hatten. Von den schönen Ausflügen mit ihren Kindern und den feuchtfröhlichen Weinfesten an der Ahr. Er erzählte von den gemeinsamen Urlauben und wie sie in den Fünfzigerjahren Weihnachtsbäume aus dem Wald stibitzt hatten und dabei von Förster Münster fast erwischt worden wären. Und dass er niemals einen besseren Freund als ihn, Helmuth, finden würde. Er schämte sich auch nicht, ihn zu belügen und von künftigen gemeinsamen Wanderungen durch die Eifel zu sprechen.

Helmuth hatte während Seibolds Erzählung die Augen geschlossen und auf die Anekdoten mit einem Nicken oder einem leichten Lächeln reagiert. Das Zuhören schien ihn so angestrengt zu haben, dass Seibold glaubte, er sei eingeschlafen. Der Kommissar drückte noch einmal fest die Hände seines Freundes. Dann ließ er sie behutsam los. Als er ihm mit dem Handrücken über die Stirn streichelte, fühlte er sich in einer seltsamen Weise erleichtert. Er hatte die richtigen Worte gefunden. Es war alles gesagt, was zu sagen war. Er stand auf und ging leise zur Tür.

Aber als er die Türklinke herunterdrückte, hörte er noch einmal Helmuths Stimme: »Walter ... komm bitte noch einmal zurück ... ich muss dir etwas sagen.«

Seibold drehte sich um und ging wieder auf das Krankenbett zu. Tief neigte er sein Ohr an den Mund seines Freundes, um ihn besser verstehen zu können.

»Walter, wir ... wir ... brauchen uns ... nichts vorzumachen. Das ist ... das letzte Mal, dass ... wir ... uns sehen.«

Seibold hörte die rasselnden Atemzüge seines Freundes.

»Kümmere dich ... um Elisabeth und Ursula! Pass ... auf sie auf!« Mit großer Anstrengung hob Helmuth Wawer noch einmal den Kopf und sah den Kommissar mit festem Blick an. »Versprich es mir!« Zitternd suchten seine Finger die Hand Seibolds. Als er sie gefunden hatte, fasste er sie fest. »Versprich es mir!«, wiederholte er.

»Ich ... ich verspreche es«, flüsterte Seibold.

Einen Moment noch hielten die Männer einander an den Händen. Dann drehte sich Seibold um und verließ ohne ein weiteres Wort das Zimmer.

* * *

»Diese verfluchte Hitze bringt mich noch um«, schimpfte Hausschild. Zum wiederholten Male wischte sich der Leiter der Bonner Mordkommission mit seinem Taschentuch den Schweiß aus dem Nacken. Er hatte in den letzten Jahren einiges an Gewicht zugelegt und litt daher besonders unter den hohen Temperaturen. Er neigte sich zu Walter Seibold herunter: »Geht es dir besser, Walter?«

Der Kommissar nickte langsam.

Hausschild machte sich ernsthaft Sorgen. So wie in der letzten Stunde hatte er seinen langjährigen Kollegen noch nie erlebt. Er, der sich ansonsten durch seine bestimmte und besonnene Art auszeichnete, lehnte völlig apathisch am Fuße einer Eiche. Mit leerem Blick hatte er die Arbeit des Erkennungsdienstes am Tatort verfolgt und auf Fragen nicht reagiert.

Hausschild wischte sich erneut mit dem Taschentuch über die Stirn. »Kanntest du sie?«

Wieder nickte Seibold. »Sie heißt Uschi ... Ursula Wawer«, antwortete er langsam, »... und ist die Tochter meines besten Freundes. Ihre Mutter ist eine Cousine von Traudel.«

Hausschild sah zu, wie der Leichnam in den Zinksarg gelegt wurde. »Oh Gott!«, sagte er mitfühlend und schüttelte den Kopf, »das ist ja entsetzlich.«

Stockend erzählte Seibold seinem Chef von seinem letzten Gespräch mit seinem Freund vor dessen Tod.

Hausschild hörte aufmerksam zu und ließ die Worte einen Moment auf sich wirken. Dann schaute er Seibold fest an. »Walter, du kennst die Vorschriften. Du weißt, dass ich dir die Ermittlungen in diesem Fall nicht übergeben darf. Die Tote ist eine entfernte Verwandte von dir und damit bist du gefühlsmäßig zu sehr belastet.«

Ruckhaft hob Seibold den Kopf. Er schien allmählich wieder zu sich zu kommen. »Das kannst du mir nicht antun, Clemens!«, presste er hervor, »wenn ich schon mein Versprechen nicht halten konnte, dann gib mir wenigstens die Chance, diesen Dreckskerl zu schnappen.«

Hausschild schüttelte den Kopf. »Glaube mir, es ist besser, du machst deinen Urlaub und gewinnst Abstand von der Sache.«

»Ich bitte dich, Clemens«, Seibolds Stimme wurde flehend, »glaubst du im Ernst, ich könnte jetzt ruhigen Gewissens Urlaub machen?«

Hausschild brachte mit einem Stöhnen seinen massigen Oberkörper wieder in die Senkrechte. Dann holte er tief Luft und fuhr wieder mit seinem Taschentuch durch verschwitzten Nacken. Er ging einige Schritte auf und ab, schien mit sich zu ringen. Schließlich gab er sich einen Ruck und drehte sich zu Seibold um. »Meinetwegen«, sagte er, sorgsam darauf achtend, dass niemand seine Worte mitbekam, »ich nehme die Sache auf meine Kappe. Was will man mir denn noch anhaben?« Hausschild zuckte trotzig mit den Schultern. »In drei Monaten werde ich pensioniert.« Er wartete Seibolds Reaktion gar nicht erst ab, sondern drehte sich abrupt um und wäre fast mit der Staatsanwältin zusammengestoßen. Er wusste, es würde ihn alle Überredungskunst kosten, sie von seiner Entscheidung zu überzeugen. Insgeheim hoffte er, dass der Fall sowieso in Kürze erledigt sein würde.

Von Weitem war das Gebell von Hunden zu hören. Die Hundertschaft der Bereitschaftspolizei hatte soeben wieder die Suche nach dem flüchtigen Frauenmörder aufgenommen.

* * *

Das Glockengeläut der nahen Kirche St. Martin am Ende des sonntäglichen Hochamts schallte so laut durch das geöffnete Küchenfenster, dass die kleinen Butzenscheiben des Wandschranks leicht vibrierten. Brigitte Clausing machte das nichts aus. Sie hatte das Geläut nie als störend empfunden. Es erinnerte sie in angenehmer Weise an ihre Kindheit in Köln, als sie mit ihren Eltern und Geschwistern unweit des Doms gewohnt hatte. Außerdem war sie tief in Gedanken versunken. Endlich ist es soweit, sagte sie sich immer wieder, als sie mit zitternden Händen das Frühstücksgeschirr auf das Tablett stellte. Acht lange Jahre hatte sie darauf hingearbeitet. So viele Entbehrungen erlitten. Sie wusste zwar, dass ihre Nachbarn darüber tuschelten, warum sie ihre gut gehende Apotheke im Kölner Stadtteil Sülz aufgegeben hatte und in das kleine Provinznest in der Voreifel gezogen war. Weiß der Himmel, wo sie diese Informationen herhatten. Sie hatte jedenfalls niemandem etwas erzählt und bescheiden und zurückgezogen gelebt. Aber sie war sich sicher, dass niemand von ihnen im Entferntesten den wahren Grund erahnte.

Mit einem zufriedenen Lächeln ging sie zum Herd und füllte den frisch aufgebrühten Kaffee in die Kanne. Dann nahm sie das Frühstückstablett und trug es aus der Küche. Als sie an dem großen Spiegel in der Diele vorbeikam, hielt sie einen Moment inne und schaute hinein. Dann setzte sie das Tablett auf der Kommode unterhalb des Spiegels ab. Sie zupfte noch einmal an ihren Kleidern und richtete ihre Haare. Zufrieden stellte sie fest, dass sie die neue Frisur, die sie sich vor zwei Tagen im Friseursalon Henn hatte machen lassen, jünger erscheinen ließ. Dann stieg sie die Stufen in den Keller hinunter. Die angenehme Kühle, die ihr von dort entgegenkam, steigerte ihre Euphorie noch.

* * *

Mühsam kletterte Seibold aus dem Polizeiwagen. Hausschild persönlich hatte ihn nach Hause gefahren. »Soll ich noch mit reinkommen?«, fragte er besorgt.

Seibold schüttelte den Kopf. »Da muss ich alleine durch.«

Ihm graute davor, aber es lag an ihm, seiner Familie und Elisabeth Wawer das Unfassbare beizubringen. Dankbar schüttelte er seinem Vorgesetzten die Hand. »Clemens, das werde ich dir nicht vergessen.«

»Ist schon in Ordnung«, wiegelte Hausschild ab, »sieh zu, dass du wieder auf die Beine kommst. Ich bin zuversichtlich, dass wir den Kerl schon bald vor uns im Vernehmungszimmer sitzen haben. Ruf mich morgen früh gleich an!«

Seibold nickte schwer und schloss die Autotür. Er ging mit schleppenden Schritten auf das Hoftor zu, öffnete es und ließ es krachend hinter sich zufallen. Als er den Kopf hob, sah er, dass Traudel in der Haustür erschien und ihn verstört ansah. An seinem Gesichtsausdruck hatte sie erkannt, dass er ihr etwas Furchtbares mitzuteilen hatte. Als sie vor ihm stand, krallte sie ihre Hände in Seibolds verschwitztes Hemd. »Ist ... ist es Uschi?«, presste sie hervor.

Als Seibold ihrem Blick auswich und auf den Boden schaute, legte sie den Kopf an seine Brust und brach in Tränen aus.

Eine bleierne Schwere ergriff Seibold. Er ließ sich auf das Sofa im Wohnzimmer fallen. Eine Zeit lang ging sein Blick ins Leere und die Ereignisse der letzten Stunden zogen noch einmal an ihm vorbei. Dann fiel ihm auf, dass im Haus eine beängstigende Stille herrschte. Nur das monotone Ticken der alten Standuhr von Tante Lisa war zu hören. Sonst mochte er diese wohltuende Ruhe im Haus, genoss sie nach einem aufreibenden Arbeitstag. Jetzt aber kam es ihm vor, als hätte sie etwas Bedrohliches, wie die Ruhe vor dem Sturm.

Traudel hatte das Haus eben verlassen. Sie hatte ihm erzählt, dass Elisabeth Wawer an diesem Morgen schon zweimal bei ihr gewesen war, denn Ursula war in der Nacht nicht nach Hause gekommen. Sie hatte nach ihm gefragt und Traudel hatte eine dienstliche Besprechung Seibolds mit dem Förster vorgeschoben. Nun hatte sich Traudel dazu durchgerungen, ihrer Cousine zusammen mit Maria die Nachricht vom Tod Ursulas zu überbringen. Sie hatte gemerkt, wie es um ihren Mann stand. Er sollte sich zunächst etwas sammeln und dann Johanna den Mord an ihrer besten Freundin so schonend wie möglich beibringen.

Der Kommissar war es gar nicht recht, Elisabeth Wawer nicht persönlich entgegenzutreten. Wie ein Feigling kam er sich vor, wenn er an Helmuth dachte. Schließlich stand er abrupt auf. Er hatte sich entschlossen, Traudel und Maria zu folgen und auch zu Elisabeth hinüberzugehen. In diesem Moment zerriss ein Schrei die Stille. Ein Schrei, so voller Schmerz und Leid, dass er sich ein Leben lang tief in seine Seele eingraben würde. Wie betäubt ließ sich Seibold wieder auf das Sofa zurückfallen und hielt sich die Ohren zu. Erst als er sich sicher war, dass der Schrei ihn nicht mehr peinigen konnte, nahm er die Hände weg. Dann fuhr er sich mit den Fingern durch die Haare und stöhnte laut auf. Als er schließlich den Kopf hob, fiel sein Blick auf das Kreuz über der Wohnzimmertür. Er hatte nach dem Tod seiner Familie in der Bombennacht von Dresden lange Zeit gebraucht, um einigermaßen Frieden mit sich und dem Mann am Kreuz zu finden. Jetzt wandte er den Blick verbittert ab.

Vielleicht war es diese Verbitterung, die ihm die Energie gab, aufzustehen, um die Treppe hoch zu seiner Tochter zu steigen.

Walter Seibold hatte leise an die Tür geklopft, bevor er das Zimmer seiner Tochter betrat. Seine Hand suchte nach dem Lichtschalter neben der Tür, denn die Rollläden waren noch nicht hochgezogen. Als er das Licht anknipste, sah er, dass Johanna, ihr Gesicht tief in ihr Kopfkissen eingegraben hatte und bäuchlings auf ihrem Bett lag. Unter ihrem linken Arm hatte sie Wusel eingehakt, einen kleinen Teddybären, den ihr Seibold zum sechsten Geburtstag geschenkt hatte und ohne den sie bis heute nicht schlafen ging. Ihr langes, braunes Haar breitete sich wie eine Pfütze auf ihrem Kopfkissen aus. Der Anblick berührte Seibold eigenartig, symbolisierte er doch eindrucksvoll die Lebensphase, in der sich seine Tochter momentan befand: der Übergang vom Kind zur Frau. Der Kommissar spürte, dass sie sich schlafend stellte.

Er räusperte sich. »Johanna, ich muss dringend mit dir reden.« Seibold sprach leise und versuchte seiner Stimme eine bedeutsame Ernsthaftigkeit zu geben.

Zunächst erfolgte keine Reaktion. Erst als er lauter wurde, tat sie so, als erwache sie gerade aus dem Tiefschlaf.

Sie reckte ihren Körper, nahm gähnend einen tiefen Atemzug und rieb sich die Augen. »Kannst du mich nicht in Ruhe schlafen lassen?«, protestierte sie.

»Johanna, es tut mir leid, ich muss mit dir sprechen«, wiederholte Seibold.

»Ich möchte aber nicht mit dir reden«, sagte sie patzig. Keinesfalls wollte sie ihn glauben lassen, dass sie bereit war, den Streit vom Abend zuvor zu vergessen oder gar zu verzeihen.

Seibold merkte, dass er mit der Tür ins Haus fallen musste. »Schatz, es ... es ist etwas Schreckliches passiert.«

Johanna drehte nun langsam ihren Kopf und schaute ihren Vater voller Angst an.

»Uschi ist tot«, platzte es aus Seibold heraus.

Johannas ungläubiger Gesichtsausdruck verwandelte sich zunächst in ein schwaches Lächeln, so als hätte er einen schlechten Scherz gemacht. Als sie jedoch sein Gesicht sah, schluckte sie schwer. »Das ... das glaube ich nicht«, brachte sie hervor.

Als ihr Vater jedoch langsam nickte, stammelte sie: »Wie ... wieso, was ... was ist passiert?«

Seibold wunderte sich, wie emotionslos die Worte über seine Lippen kamen: »Jemand hat sie letzte Nacht in der Nähe der Tomburg getötet.«

Einige Sekunden herrschte bleierne Stille, die Zeit, die Johanna brauchte, um das Unbegreifliche zu fassen. Sie öffnete den Mund, als wollte sie einen Schrei ausstoßen. Dann drehte sie sich um und vergrub ihr Gesicht im Kopfkissen. Ein heftiges Schluchzen erschütterte ihren ganzen Körper. Seibold war zunächst unschlüssig, wie er sich verhalten sollte. Schließlich setzte er sich neben sie, so wie er es viele Jahre lang gemacht hatte, wenn er ihr vor dem Einschlafen eine Gute-Nacht-Geschichte vorgelesen hatte. Behutsam nahm er ihren bebenden Körper in seine Arme und streichelte ihr über die Haare. Nach einiger Zeit verebbte ihr Weinen.

Einige Augenblicke verharrten Vater und Tochter wortlos. Dann riss sich Johanna von ihrem Vater los, wand sich aus seinen Armen und schrie ihn mit wutverzerrtem Gesicht an. »Du ... du bist schuld an ihrem Tod!« Sie hob ihre Arme und schlug mit der Faust gegen Seibolds Brust. »Hättest Du mir gestern Abend erlaubt, sie zu begleiten, wäre das nicht passiert!«

Seibold schloss die Augen und ließ sie gewähren. Als ihre Schläge schwächer wurden, fasste er ihre Handgelenke und schaute ihr fest ins Gesicht.

Johanna hielt seinem Blick einen Augenblick stand. Ihre Augen verengten sich zu schmalen Schlitzen, als sie flüsterte: »Ich hasse dich!« Dann wandte sie ihren Kopf ab und ließ sich aufs Bett fallen. Wieder begann sie wild zu schluchzen.

Seibold saß mit versteinertem Blick neben ihr. Er war sich noch nie in seinem Leben so hilflos vorgekommen.

* * *

Friedrich Wassmann blickte im Spiegel auf seinen nackten, muskulösen Oberkörper. Es hatte sich gelohnt, dass er seinen Körper auch in der Haft nicht vernachlässigt hatte. Begleitet von Musik, die aus dem kleinen Transistorradio auf dem Nachttisch neben seinem Bett ertönte, ließ er seine Muskeln spielen. Kein Wunder, dass die Alte eine Auge auf mich geworfen hat, dachte er zufrieden grinsend. Es war gar nicht so schwer gewesen sie herumzubekommen, ihm bei der Flucht zu helfen. Sie hatte ihm sogar angeboten, ihn in einem Kellerraum ihres Hauses zu verstecken. Ein genialer Plan! Hier würde ihn keiner vermuten. Niemand würde auf den Gedanken kommen, dass er mitten in Rheinbach, in der Höhle des Löwen, untertauchen würde. Ein Lächeln huschte über sein Gesicht, als er sich ausmalte, wie sie ihn mit ihren Hunden tagelang vergeblich in der Umgebung Rheinbachs suchen würden. Auch ihre Fahndungsaufrufe innerhalb und außerhalb der Grenzen würden ins Leere laufen. Er hatte Zeit und würde warten, bis Gras über die Sache gewachsen war. Erst dann würde er sein sicheres Versteck verlassen und abhauen. Vielleicht nach Südamerika oder Australien. Er würde sich schon was einfallen lassen. Die Alte würde ihm sicher dabei helfen. Geld, das er dafür benötigte, hatte sie genug. Sie war so dumm, es ihm zu erzählen. Solange aber würde er es sich hier unten gut gehen lassen. Dabei dachte er noch einmal an das opulente Mittagsmahl, das seine Gönnerin ihm vorhin vorgesetzt hatte.

Er zog sich sein Unterhemd wieder über und achtete darauf, dass dabei der Verband an seinem linken Unterarm nicht zu Schaden kam. Dieser verdammte Köter! Gut dass sich Brigitte als Apothekerin auch auf die Versorgung solcher Wunden verstand. Es hätte sonst böse werden können. Er ließ sich mit einem zufriedenen Seufzer auf das Bett fallen.

Urplötzlich überkamen ihn eine leichte Übelkeit und ein Schwindelgefühl. Es wird wohl an den starken Medikamenten und dem fehlenden Sauerstoff hier unten im Keller liegen, beruhigte er sich. Als sein Blick in den hinteren Teil seines Refugiums schweifte, kehrte seine gute Laune zurück. Dort befand sich das einzige Fenster des Raums. Es lag unterhalb der Erdoberfläche, ein Schacht ließ nur spärliches Licht in sein Versteck. Diese Nacht würde er wieder einen Hauch von Freiheit genießen, wenn er sich für einige Stunden im Schutz der Dunkelheit durch das Fenster und den Schacht hinausschlängeln würde. Er war wie eine Katze. Im Schutz der Nacht fühlte er sich wohl und seinen Mitmenschen haushoch überlegen. Er war sich sicher, dass sie ihn nachts nicht erwischen würden. Brigitte ahnte selbstverständlich nichts davon. Unweigerlich musste er wieder grinsen. Sie wusste nicht, dass das Öffnen des Sicherheitsfensters, das sie hatte anbringen lassen, um ihn daran zu hindern, den Raum zu verlassen, ein Kinderspiel für ihn war. Er war schon mit ganz anderen Schlössern fertig geworden. Dass sie jedes Mal die Tür hinter sich abschloss, wenn sie den Kellerraum verließ, hielt er zwar für reichlich übertrieben, aber so waren sie halt – solche Frauen wie sie. Sie war vernarrt in ihn und wollte sichergehen, dass er sie nicht verlassen würde.

Erleichtert stellte er fest, dass das Unwohlsein bereits nachgelassen hatte.

* * *

Das kleine Mädchen mit den spindeldürren Beinchen stand wackelig neben seinem Krankenbett und hielt sich an der Bettdecke fest. Walter Seibold saß in der Ecke des Krankenzimmers und ermutigte das Mädchen, die ersten Schritte zu wagen. Ganz vorsichtig schob sie das linke Bein nach vorne. Dann zog sie das andere nach. Zunächst war sie so unsicher, dass sie kehrtmachen wollte, um an ihrem Bett Halt zu finden, doch die Worte ihres Vaters hielten sie davon ab: »Komm, mein Schatz, trau dich! Du schaffst das ganz bestimmt!«

Wieder setzte sie sich langsam in Bewegung. Sie wurde allmählich mutiger, denn es war nicht mehr weit in die Sicherheit der ausgebreiteten Arme ihres Vaters.

»So, jetzt nur noch zwei ...«, rief er ihr lachend zu.

Schließlich verließen sie doch die Kräfte und sie begann zu stolpern. Walter Seibold machte einen Schritt nach vorne und fing sie auf. Er drückte sie fest an sich. »Das hast du prima gemacht. Jetzt kannst du ganz bestimmt bald wieder nach Hause.«

Er schaute in ihre vor Stolz strahlenden Augen und schämte sich seiner Tränen nicht.

* * *

An diese Szene, die sich vor zwölf Jahren im Kinderkrankenhaus Bonn-Dottendorf abgespielt hatte, musste Walter Seibold jetzt zurückdenken, als er auf der Bank seines Hofes saß. Die gleiche Bank, auf der er vor wenigen Stunden noch Urlaubspläne geschmiedet hatte. Damals vor zwölf Jahren hatte Johanna wochenlang mit einer eitrigen Meningitis im Krankenhaus gelegen. Lange Zeit war es nicht sicher, ob sie die Krankheit überleben würde. Es war eine schwere Zeit für ihn und Traudel gewesen. Abwechselnd hatten sie Tag und Nacht an ihrem Bettchen Wache gehalten ... Und jetzt vorhin diese entsetzliche Szene in ihrem Zimmer! Seibold stöhnte auf. Es kam ihm vor, als hätte er am heutigen Tag außer Ursula auch seine Tochter verloren. Er konnte sich nur an eine Situation in seinem bisherigen Leben erinnern, wo er sich so leer, ohnmächtig und verzweifelt gefühlt hatte. Das war damals in Dresden gewesen, als er erfuhr, dass seine ganze Familie in der Bombennacht ums Leben gekommen war.

Seibold fröstelte trotz der hohen Temperaturen, die um diese Uhrzeit noch herrschten. Das sind sicher die überreizten Nerven, redete er sich ein. Er starrte auf die Flasche Rotwein, die er mit nach draußen genommen hatte, um seinen Schmerz zu betäuben.

Als er den Flaschenöffner ansetzte, riss ihn Traudels Stimme aus seiner Lethargie. »Walter, du weißt, dass das keine Lösung ist!«

Er schaute auf und sah sie aus vom Hoftor auf ihn zukommen. Mit vom Weinen geröteten Augen sah sie ihn mitfühlend an. Behutsam nahm sie ihm die Flasche aus der Hand und stellte sie zur Seite. Seibold ließ es widerstandslos geschehen. Dann setzte sie sich zu ihm und nahm seine Hand. Schweigend saßen sie eine Weile so beisammen.

Schließlich unterbrach Traudel die erdrückende Stille: »Elisabeth schläft jetzt. Die Beruhigungsmittel scheinen endlich zu wirken. Ich werde gleich wieder zu ihr rübergehen. Ich will sie diese Nacht nicht alleine lassen.«

Seibold nickte.

»Es ist gut, dass sich Maria um Johanna kümmert ...«, fuhr sie fort und legte ihren Kopf an seine Schulter, »ein Segen, dass sie dieses Wochenende hier ist. Sie ist so ein tapferes Mädchen.«

Wieder stimmte der Kommissar mit einem teilnahmslosen Nicken zu.

Traudel hob den Kopf von seiner Schulter und suchte seinen Blick: »Sie hat unrecht!«

Seibold brauchte einige Augenblicke, um zu begreifen, was sie meinte.

»Es war vollkommen richtig von dir, Johanna gestern Abend zu verbieten, zur Tomburg zu gehen, nach dem, was in der JVA geschehen ist.«

Seibold richtete sich auf. »Ich hätte es Uschi auch verbieten müssen«, presste er hervor.

»Das konntest du nicht. Sie ist ... war ... alt genug, und du bist nicht ihr Vater. Dein Versprechen an Helmuth hat auch seine Grenzen. Du konntest nicht ein Leben lang auf sie aufpassen.«

Seibold wusste, dass Traudel recht hatte. Trotzdem schüttelte er den Kopf, als wollte er das Geschehene nicht akzeptieren.

»Johanna musste ihren Schmerz an jemandem auslassen. In ein paar Tagen wird sie es verstehen.«

Zweifelnd wiegte Seibold seinen Kopf hin und her. »Was mich am meisten schmerzt, ist das Gefühl, auch sie zu verlieren.«

»Unsinn!«, antwortete Traudel. »Im Grunde ihres Herzens liebt sie dich. Es ist der natürliche Abnabelungsprozess, der euch im Augenblick zu schaffen macht ...«, wieder legte sie den Kopf an seine Schulter, »... du musst dich nur bemühen, mehr Verständnis für sie aufzubringen. Ich habe manchmal das Gefühl, dass du ihr vieles nur deshalb verbietest, weil du ihre Freunde und deren Art zu leben nicht akzeptierst, und nicht, weil du dich um ihr Wohlergehen sorgst.«

Sie machte eine Pause. Bevor Seibold etwas entgegnen konnte, fuhr sie fort. »Du hast das Problem, dass du in einer autoritären Zeit aufgewachsen bist, und es fällt dir wie vielen anderen Erwachsenen schwer, das Verhalten der Jugendlichen in der heutigen Zeit zu akzeptieren. Junge Menschen sind schon immer so gewesen. Sie hinterfragen das, was ihre Eltern machen und gemacht haben, wollen alte Zöpfe abschneiden und die Welt verändern. Und das ist gut so. Wir waren in unserer Jugendzeit eigentlich genauso, nur hat man dieses Streben im Keim erstickt. Lass uns glücklich darüber sein, dass unsere Kinder in einer Zeit der Freiheit und Toleranz aufwachsen können. Wozu Unfreiheit und Intoleranz führen, haben wir in diesem Jahrhundert schon zur Genüge gesehen.«

Traudel wandte den Kopf und suchte seinen Blick. »Habe Verständnis für ihr Aufbegehren! Lass ihnen ihr Anderssein! Ihre langen Haare und ihre laute Musik, auch wenn es uns noch so unverständlich erscheint.«

Seibold ließ die Worte auf sich wirken. Dann nickte er langsam. Nach einem tiefen Seufzer sah er sie liebevoll an und sagte: »Komm, lass uns ins Haus gehen und nach unseren Mädels schauen! Sie brauchen uns jetzt.«

Er half ihr auf, legte seinen Arm um sie und drückte sie fest an sich. Es war gut, dass sie ihren Schmerz miteinander teilen konnten. Als sie auf das Haus zugingen, wurde ihm wieder einmal klar, wie glücklich er sich schätzen konnte, diese Frau an seiner Seite zu haben. Dann dachte er plötzlich daran, dass es ihm noch gar nicht eingefallen war, auch sie in ihrem Schmerz zu trösten. Er schämte sich.

So geräuschlos wie möglich drehte Seibold den Schlüssel und öffnete die Haustür. Ein Moment lauschte er in die Stille, dann trat er mit Traudel in das Nachbarhaus. Während er das Licht anmachte, öffnete Traudel alle Fenster, damit die Abendkühle ein wenig die drückende Sommerhitze aus der Wohnung vertreiben konnte. Schließlich gingen sie ins Schlafzimmer, um nach Elisabeth Wawer zu sehen. Zufrieden registrierten sie, dass sie fest schlief. Trotzdem beschlich Seibold ein beklemmendes Unbehagen, wenn er daran dachte, wie schlimm ihr Erwachen sein würde. Traudel setzte sich neben sie ans Bett und gab ihm mit einem Kopfnicken zu verstehen, dass er gehen konnte.

Der Kommissar hatte vor einer halben Stunde ein Telefongespräch mit Volker Sperling geführt und erfahren, dass die Suche der Hundertschaft nach Friedrich Wassmann ergebnislos geblieben war. Solange er nicht gefasst war, wollte Seibold die Ermittlungen auch in andere Richtungen führen. Er hatte sich entschlossen, gleich heute Abend damit zu beginnen. Er stieg die Treppe zum Obergeschoss hoch und blieb vor Ursulas Zimmer stehen. Er zögerte einen Moment, die Tür zu öffnen, denn er wusste, wie schmerzhaft es sein würde, jetzt noch einmal die vielen vertrauten Dinge zu sehen, die ihn an sie erinnerten. Ihm war aber auch vollkommen klar, dass er versuchen musste, Ursulas Tod so emotionslos wie möglich zu betrachten, wenn er Hausschilds Bedenken nicht bestätigen wollte.

Er trat ein und blieb in der Mitte des Raumes stehen. Langsam drehte er sich im Kreis und ließ die Atmosphäre des Zimmers auf sich wirken, so wie er es schon routinemäßig in vielen Ermittlungen gemacht hatte. Ein typisches Zimmer eines Teenagers, dachte er. Liebgewonnene Erinnerungsstücke aus der Kinderzeit, Utensilien einer Heranwachsenden und eine Menge Bücher füllten die Regale. Die freien Flächen der Zimmerwände waren fast ausschließlich mit Postern ihrer Lieblingsband, den *Rolling Stones*, beklebt. Seibold sah sich die jungen Musiker genauer an. Wie konnte man nur für diese pickeligen, ungepflegten Langhaarigen schwärmen, wandte er sich mit Schaudern ab. Dann fielen ihm die Worte Traudels von vorhin ein. Toleranz, Herr Seibold, auch wenn es schwerfällt, ermahnte er sich.

In einer Ecke des Raums befand sich ein Plattenspieler, auf dem eine LP lag. Seibold zog sich die Brille an und betrachtete sie. Sie hieß *Beggers Banquet*. Als er den ersten Liedtitel las, schüttelte er den Kopf. *Sympathy for the devil*. Er kannte das Lied. Johanna ließ es ununterbrochen laufen. Und das in einer Lautstärke, die schon häufig Anlass zu Streitereien gegeben hatte. Besonders wenn er seine abendliche Klavierübungen absolvieren wollte.

Seibold legte die Scheibe zurück und ging zum Schreibtisch. Auf beiden Seiten der Schreibauflage standen Fotografien. Auf einer waren Ursula und Johanna zu sehen. Es war eine Aufnahme aus dem letztjährigen Urlaub an der Küste Hollands. Hand in Hand spazierten sie am Meer entlang und lachten in die Kamera. Das andere Bild war eine Aufnahme ihres verstorbenen Vaters.

Schließlich fiel sein Blick auf einen Brief, der unter einem Briefbeschwerer lag. Wieder setzte der Kommissar seine Brille auf, um zu sehen, an wen er adressiert war. Er war zunächst erstaunt, den Namen seiner Tochter zu lesen. Dann fiel ihm ein, dass die beiden seit ihrer Kindheit die Angewohnheit hatten, sich gegenseitig Briefe zu schreiben, obwohl sie nur zwei Häuser voneinander entfernt wohnten.

Einen Augenblick zögerte er, den Brief zu öffnen. Dann wischte er seine Bedenken beiseite. In einem Mordfall muss es auch einmal gestattet sein, das Briefgeheimnis zu brechen. Johanna musste einfach Verständnis dafür aufbringen.

Seibold überflog die Zeilen. Als er die letzten Worte des Briefes las, verfinsterte sich seine Miene. Das Gelesene bestätigte ihn darin, die Ermittlungen in diesem Mordfall nicht nur auf den flüchtigen Frauenmörder zu konzentrieren.

Er faltete den Brief zusammen und steckte ihn in die Hosentasche. Dann verließ er den Raum.

Montag, 11. August 1969

Walter Seibold tippte nervös mit den Fingern auf dem Schreibtisch herum. Warum dauerte das nur so lange?, ärgerte er sich. Die Sekretärin hatte ihm schon vor gut fünf Minuten versprochen, Hausschild ans Telefon zu holen. Endlich hörte er, wie der Hörer auf der anderen Seite der Leitung aufgenommen wurde.

»Hallo Walter, bist du dran?«, hörte er Hausschilds Stimme. Der Leiter der Mordkommission schnaufte. Offenbar hatte er sich sehr beeilt, ans Telefon zu kommen. »Entschuldige bitte, dass du so lange warten musstest, aber ich komme gerade aus der Gerichtsmedizin, von der Obduktion Ursula Wawers.« Er machte eine kleine Pause, um zu Atem zu kommen. »Aber zunächst einmal zu dir. Wie fühlst du dich?«

»Den Umständen entsprechend«, antwortete Seibold. »Ich habe mich wieder einigermaßen gefangen. Allerdings ist es furchtbar, die Mutter so leiden sehen. Du weißt ja, sie hat innerhalb von nur zehn Monaten ihren Mann und ihr einziges Kind verloren. Da kann auch das stärkste Beruhigungsmittel nicht viel ausrichten. Und für solche Schicksalsschläge kann man auch keine tröstenden Worte finden.«

»Ja, für manche hat der Herrgott einen besonders schlimmen Weg hier auf Erden vorgesehen«, sagte Hausschild.

Seibold, der wusste, dass Hausschild sehr gläubig war, zog es vor, dazu keinen Kommentar abzugeben. »Und für Johanna ist es natürlich sehr schwer«, fuhr er fort, »sie ist mit Ursula groß geworden, sie waren wie Schwestern.«

»Und wie hat es Traudel aufgenommen?«, wollte Hausschild wissen.

»Bewundernswert«, entgegnete Seibold, »Auch wenn sie selbst furchtbar leidet, sie kümmert sich rührend um ihre Cousine. Außerdem hat sie sich bereit erklärt, die Beerdigungsformalitäten zu übernehmen, damit ich mich ganz auf die Ermittlungen konzentrieren kann. Maria hilft ihr dabei, obwohl sie mitten in den Examensprüfungen steckt.«

»Das ist gut ...« Hausschild schwieg einen Moment, dann gab er sich einen Ruck. »Walter, es gab großen Ärger mit der Staatsanwältin, weil ich dich die Ermittlungen leiten lasse. Schließlich konnte ich ihr einen Kompromiss abringen. Wir bilden hier in Bonn eine Sonderkommission, der ich vorstehe. Ich übernehme damit natürlich auch die Presse. Du kannst dich somit außerhalb der Öffentlichkeit in aller Ruhe vor Ort des Falles annehmen. Soll ich dir noch jemanden schicken?«

»Erst mal komme ich alleine zurecht«, antwortete Seibold, »wenn ich Hilfe brauche, kann ich ja auch die Kollegen der hiesigen Polizeiwache hinzuziehen. Ist übrigens Sperling wieder mit seinem Suchkommando in Rheinbachs Umgebung unterwegs?«

»Selbstverständlich«, entgegnete Hausschild, »sie sind schon seit acht Uhr heute Morgen im Einsatz. Die Fahndung nach Wassmann läuft auch sonst auf Hochtouren. Für den Fall, dass er sich ins Ausland absetzen will, habe ich schon Interpol eingeschaltet.«

»Clemens ... ich meine, wir sollten die Ermittlungen nicht nur auf Wassmann konzentrieren«, wandte Seibold ein. Dann erzählte er von dem Brief, den Ursula vor ihrem Tode an seine Tochter geschrieben hatte.

»Gut«, sagte Hausschild, »obwohl ich mir ziemlich sicher bin, dass Wassmann der Täter ist, lasse ich dir in dieser Hinsicht absolut freie Hand. Halte mich nur bitte über jeden deiner Schritte auf dem Laufenden!«

»Natürlich! Und, Clemens, bitte – ich brauche so schnell wie möglich den Obduktionsbericht und die Ergebnisse der Spurensicherung!«

»Du hast sie spätestens heute Nachmittag auf dem Tisch«, sagte Hausschild, »ach ja, vielleicht ein kleiner Trost, wenn man davon überhaupt sprechen kann: Ursula ist vor ihrem Tod nicht missbraucht worden.«

Seibold war erleichtert.

»Walter, ich muss jetzt Schluss machen. Meine Sekretärin drängelt schon. Die Presse wartet. Viel Erfolg und lass wieder von dir hören!« Bevor Seibold antworten konnte, hatte Hausschild aufgelegt.

Der Kommissar legte den Hörer auf die Gabel und dachte noch einige Zeit über das Gespräch nach. Er kam zu dem Ergebnis, dass er mit der Entwicklung durchaus zufrieden sein konnte, denn er arbeitete sowieso ausgesprochen gerne alleine, auch wenn die Ermittlungen der Kriminalpolizei eigentlich Teamarbeit waren. Er würde mit Hauptwachtmeister Raaf seine eigene Soko gründen. Es würde wieder genauso sein wie bei seinem ersten Mordfall in Rheinbach vor sechzehn Jahren.

Sein Blick wanderte zu dem Bild, das rechts an der Wand neben seinem Schreibtisch hing. Es zeigte ihn mit Helmuth Wawer, während einer Eifelwanderung auf einer Waldbank sitzend. Dann stand er auf und ging die Treppe hoch in das Zimmer seiner Tochter.

»Was? Du hast Uschis Brief an mich einfach geöffnet?!«

Johannas Stimme überschlug sich fast vor Wut. Sie lag noch im Bett. Da sie am vorigen Abend starke Schlafmittel genommen hatte, war sie eben erst aufgewacht.

»Versteh doch! Ich musste das tun. Es war wichtig für die Ermittlungen«, rechtfertigte Seibold sein Vorgehen. »Du warst endlich eingeschlafen und ich wollte dich nicht wecken. Die Zeit drängte. Die ersten vierundzwanzig Stunden nach einem Mord sind oft entscheidend für die Lösung eines Falles.«

Johanna schien die Erklärung nicht akzeptieren zu wollen und schüttelte den Kopf. »Es waren ihre letzten persönlichen Worte an mich. Für mich ganz alleine!«

»Du willst doch sicherlich auch, dass wir den Mörder so schnell wie möglich finden«, entgegnete Seibold, »und im Endeffekt hat das Ergebnis mir recht gegeben. In dem Brief stand ein sehr wichtiger Hinweis, der für die weiteren Ermittlungen bedeutend sein kann.«

»Was soll das für ein Hinweis sein?«, antwortete sie immer noch aufgebracht. »Ich denke, man weiß längst, wer der Mörder ist. Dieser Kerl, der aus der JVA geflohen ist.«

»Es ist richtig«, Seibold versuchte ruhig zu bleiben, »dass alle Indizien darauf hindeuten, aber solange das noch nicht zweifelsfrei bewiesen ist, müssen wir auch andere Optionen in Betracht ziehen.« Seibold kam einer weiteren schnippischen Antwort seiner Tochter zuvor. »Sage mir, wer ist dieser Typ mit dem seltsamen Namen Techni? Ursula schreibt, sie hätte Angst vor ihm.«

Johanna, die den Brief ja noch nicht gelesen hatte, schien von der Frage überrascht. Einen Augenblick überlegte sie. Dann sagte sie zögernd: »Techni? Das ist der Techniker der Band.«

»Welcher Band?«

»Von *Troop*, der Schülerband. Techni ist nur sein Spitzname. Sein richtiger Name ist Thomas Burger.«

»Und warum hatte Ursula Angst vor ihm?«

»Er war ihr erster Freund. Fast ein halbes Jahr sind sie miteinander gegangen. Dann machte sie mit ihm Schluss. Sie hatte sich in Wolfgang Siebertz, den Sänger der Band, verliebt. Seitdem waren die beiden unzertrennlich. Techni hat das einfach nicht wahrhaben wollen. Er hat mit allen Mitteln versucht, sie zurückzugewinnen.«

»Auch mit Drohungen?«, fragte Seibold ungläubig.

Johanna schien etwas zugänglicher zu werden und zuckte mit den Schultern. »Ich sagte doch: mit allen Mitteln!«

»Weißt du Näheres darüber?«

Johanna richtete sich im Bett auf und stützte sich auf die Ellbogen. Dabei vermied sie jeglichen Blickkontakt mit ihrem Vater. »Ach ja ... er hat so dummes Zeug geredet, wie: Er würde sie lieber umbringen als anzusehen, dass sie einem anderen gehöre. Ich habe das eigentlich für unreifes Gerede gehalten. Aber ... Uschi kannte ihn besser und nahm die Sache doch ernst.«

Seibold suchte vergeblich den Augenkontakt zu seiner Tochter. Schließlich stand er von der Bettkante auf. »Und wo finde ich diesen Thomas Burger? Weißt du, wo er wohnt?«

»Das weiß ich nicht. Ich bin erst seit kurzer Zeit in der Bandclique und kenne die Leute noch nicht so gut.« Johanna schaute ihren Vater vorwurfsvoll an. »Du hast mir ja auch sehr selten erlaubt, mich mit ihnen zu treffen!«

Seibold war verärgert, dass seine Tochter schon wieder dieses Thema anschnitt. »Bedenke bitte, dass du im Dezember erst sechzehn Jahre alt wirst«, sagte er ungehalten, »sei nicht undankbar, ich finde, dass deine Mutter und ich in dieser Hinsicht sehr großzügig sind.«

»Aber Uschi ...«

Seibold ließ seine Tochter dieses Mal nicht ausreden. »Ursula war ein Jahr älter als du!« Die nächste Bemerkung konnte er sich einfach nicht verkneifen. »Außerdem siehst du ja, wozu die Großzügigkeit ihr gegenüber geführt hat.«

Schmerzlich getroffen schaute Johanna zur Seite, und Seibold bedauerte seine Bemerkung sogleich.

»Gehe in den ›Kasten‹! Dort kann man dir vielleicht weiterhelfen!«, sagte Johanna. Ihrem Tonfall war deutlich anzumerken, dass das Gespräch damit für sie beendet war.

»Was ist der ›Kasten‹?«

»So nennen wir hier das Konvikt St. Albert.«

Seibold schüttelte ungläubig den Kopf. »Dann werde ich dort einmal hingehen«, und mit einer gehörigen Portion Ironie fuhr er fort: »Und ... danke für dieses außerordentlich freundliche Gespräch.«

Grußlos drehte er sich um. Als er das Zimmer verließ, war seine Hoffnung, dass ihre gemeinsame Trauer um Ursula sie wieder zueinanderfinden lassen würde, nicht gerade gestiegen.

* * *

Seibold hatte sich entschlossen, dem Konvikt erst am Nachmittag einen Besuch abzustatten. In der Zwischenzeit hatte er sich daher telefonisch bei Siegfried Hoffmann, dem Leiter der JVA, angemeldet, um Näheres über den flüchtigen Friedrich Wassmann zu erfahren. Als er die Pforte betrat, wusste er, dass es einige Zeit in Anspruch nehmen würde, ehe er die JVA überhaupt betreten konnte. Eine größere Besuchergruppe war vor ihm mit der langwierigen Prozedur der Überprüfung der Personalien an der Reihe. Den diensthabenden Beamten hinter dem Sicherheitsglas, der die Identifikation vornahm, kannte er gut. Er hieß Willi Weingart und war Mitglied des Männergesangsvereins Rheinbach. An der Art und Weise, wie er mit den Mitgliedern der Gruppe sprach, erkannte Seibold, dass sie wohl des Öfteren die JVA aufsuchten. Nach ungefähr einer Viertelstunde war er endlich an der Reihe.

»Tut mir leid, Walter, dass du so lange warten musstest«, sagte der Beamte, »aber du kennst ja die Vorschriften!«

»Kein Problem, Willi! Ich habe alle Zeit der Welt!«, entgegnete Seibold mit einem säuerlichen Lächeln. »Was war das denn für eine illustre Truppe hier eben vor mir?«, fragte er neugierig.

»Das waren ehrenamtliche Helfer, die die Häftlinge hier in der Anstalt betreuen und ihnen nach ihrer Entlassung den Weg zurück in die Gesellschaft erleichtern sollen.« Diesmal machte Weingart eine säuerliche Miene, als er weitersprach: »Wieder so ein moderner Kram vom Chef.«

Seibold hatte schon mitbekommen, dass die Resozialisierungsmaßnahmen, die Hoffmann mit aller Macht in der JVA vorantrieb, nicht unbedingt bei allen Bediensteten auf Gegenliebe stießen. Außerdem warf man Hoffmann vor, dass er sich in Konfliktfällen zu oft als Anwalt der Häftlinge aufspielte und nicht hinter seinen Beamten stand.

»Du kommst sicherlich wegen Wassmann«, sagte Weingart, »eine scheußliche Geschichte, die da mit Helmuths Tochter passiert ist. Ich habe hier immer die Meinung vertreten, dass man ihn zu früh aus der Sicherheitsverwahrung herausgenommen hat.« Bevor er weiterredete, schaute er sich um und vergewisserte sich, dass er von seinem Kollegen, der am Schreibtisch des Wachraums saß, nicht gehört werden konnte. »Was ich von den Gutachten unserer Psychologen halte, die dies zu verantworten haben, erzähle ich dir lieber bei einem Bier nach der nächsten Chorprobe«, flüsterte er mit einem vielsagenden Augenzwinkern.

»Noch ist es nicht erwiesen, dass Wassmann der Täter war«, wehrte Seibold ab.

»Wer soll es denn sonst getan haben? Er hat sich doch auch direkt nach seiner Flucht über die Frau meines Kollegen Bienentreu hergemacht.«

»Was?«, Seibold schaute seinen Sangesbruder ungläubig an, »wieso erfahre ich erst jetzt davon?«

»Bienentreu war eben erst hier und hat es bei Dienstantritt gemeldet«, Weingart zuckte mit den Schultern, »er behauptet, seine Frau hätte es ihm erst gestern am späten Abend erzählt. Warum auch immer!«

Seibold hatte inzwischen das Anmeldeformular ausgefüllt und gab es durch die Durchreiche des Sicherheitsglases zurück.

»Bienentreu meint, dass sie ihr Leben anscheinend dem Hund seines Nachbarn verdankt, der Wassmann in die Flucht geschlagen hat«, fuhr Weingart fort, »aber frage unseren Anstaltsleiter! Der weiß sicherlich Näheres.«

»Das werde ich, Willi«, entgegnete Seibold, »darauf kannst du Gift nehmen.«

Der Kommissar wurde im Vorzimmer des Anstaltsleiters von einer gequält lächelnden Sekretärin mit einem blonden Kurzhaarschnitt und einer imposanten Oberweite erwartet, die er aus dem Tennisclub kannte.

»Hallo Frau Kreis, was ist los? Sie sehen so angestrengt aus?«, fragte er und reichte ihr die Hand.

»Guten Morgen, Herr Seibold«, antwortete sie mit einem Seufzer, »Sie glauben gar nicht, was hier seit Wassmanns Flucht los ist! Alle Welt scheint verrückt zu spielen, besonders nach dem Mord an dem Mädchen. Jetzt kommt auch noch heute Morgen Herr Bienentreu an und behauptet ...«, sie unterbrach sich und schüttelte unwillig den Kopf, »... ach ... lassen Sie es sich am besten vom Chef selber erzählen.«

Sie öffnete die Tür zum Nebenzimmer und ging hinein. Nach kurzer Zeit erschien sie wieder. »Herr Hoffmann erwartet Sie!«

Ihr Tonfall war jetzt so förmlich, dass Seibold unweigerlich grinsen musste. »Vielen Dank, Frau Kreis!«, antwortete er ebenso gestelzt, »schön, dass Herr Hoffmann Zeit für mich hat.«

Mit einem Augenzwinkern ging er an ihr vorbei und betrat das Zimmer. Hoffmann war erst seit kurzer Zeit Anstaltsleiter und Seibold hatte noch nicht die Gelegenheit gehabt, ihn kennenzulernen. So war er ein wenig überrascht, einen im Gegensatz zu seinem Vorgänger relativ jungen, sportlichen Mann hinter dem Schreibtisch sitzen zu sehen. Hoffmann hatte wegen der großen Hitze das Jackett seines Anzugs ausgezogen und die Krawatte gelockert. Trotzdem wirkte er außerordentlich seriös.

Als er den Kommissar sah, stand er auf und kam auf ihn zu. »Herr Seibold, seien Sie willkommen!« Freundlich schüttelte er ihm die Hand.

Seibold bemerkte bei seinem Gegenüber einen angenehmen Duft, der nicht aufdringlich wirkte. »Nehmen Sie doch Platz!», Hoffmann zeigte auf einen Stuhl, der vor dem Schreibtisch stand.

Mit einem höflichen Nicken erwiderte Seibold die Begrüßung und setzte sich.

»Ich möchte ihnen zunächst mein Beileid aussprechen«, fuhr der Leiter der JVA fort, als auch er wieder hinter dem Schreibtisch Platz genommen hatte, »ich habe gehört, dass das Opfer an der Tomburg eine entfernte Verwandte von Ihnen war.«

»Sie war die Tochter der Cousine meiner Frau«, erwiderte Seibold leise.

»Furchtbar«, seufzte Hoffmann, »und Wassmann ist anscheinend der Täter?«

»Wir gehen davon aus«, entgegnete Seibold knapp. Nach einer kurzen Pause fuhr er dann vorwurfsvoll fort: »Wie ist es möglich, dass ein so gefährlicher Mann wie Wassmann fliehen konnte?«

»Ich habe diese Frage natürlich erwartet«, sagte Hoffmann gefasst, »aber die Beurteilung seines Psychologen war so gut, dass wir der Meinung waren, ihn mit ruhigem Gewissen aus der Sicherheitsverwahrung herausnehmen zu können.«

»Das hat höchstwahrscheinlich ein junges Mädchen das Leben gekostet«, sagte Seibold verbittert.

»Eine hundertprozentige Gewähr kann man in diesen Fällen natürlich nicht übernehmen», verteidigte sich der Leiter der JVA, »meinen Sie, mir ginge diese Sache nicht an die Nieren?«

»Erzählen Sie das einmal den Angehörigen der Opfer«, stellte der Kommissar sarkastisch fest.

»Ich kann Sie verstehen, aber unser Rechtsstaat geht davon aus, dass man auch den schlimmsten Verbrechern die Chance zur Läuterung geben muss, wenn die Gutachten unserer Psychologen eine günstige Prognose zur Resozialisierung feststellen. Einen gewissen Prozentsatz von Fehleinschätzungen wird man aber leider nie ganz ausschließen können.«

Einen kurzen Augenblick schaute Seibold seinen Gesprächspartner gereizt an, dann entschied er sich, lieber das Thema zu wechseln. »Wie konnte es zur Flucht kommen?«

»Wassmann war seit drei Wochen Freigänger, das heißt, er war zu Reinigungs- und Kehrarbeiten außerhalb der Außenmauer eingesetzt«, erklärte Hoffmann, »leider hat er einen Moment der Unaufmerksamkeit der Aufsichtsbeamten genutzt, um sich aus dem Staub zu machen.«

» .... und hat sich gleich über die Frau eines Ihrer Bediensteten hergemacht!«, polterte Seibold los.

»Von wem wissen Sie das?«, entgegnete der Anstaltsleiter jetzt ärgerlich.

Seibold wusste, dass er einen Fehler gemacht hatte. Er musste aufpassen, dass Willi Weingart nicht in Verdacht geriet. Er hatte ihm anscheinend Interna anvertraut, die er eigentlich nicht weitergeben durfte.

»Ach, wissen Sie ...«, versuchte sich Seibold herauszureden, »... so etwas spricht sich in Rheinbach ganz schnell herum.«

»Das kann nicht sein! Herr Bienentreu hat den Vorgang erst vor gut einer Stunde bei mir gemeldet.«

»Vielleicht hat er vorher schon seinen Kollegen oder irgendwelchen Bekannten davon erzählt?«, entgegnete Seibold und zuckte mit den Schultern.

Einen Augenblick überlegte Hoffmann. Zu Seibolds Erleichterung schien sich der Anstaltsleiter wohl mit dieser Vermutung zufriedenzugeben.

»Erzählen Sie mir bitte den genauen Tathergang, Herr Hoffmann«, Seibold nutzte die kurze Pause, um das Gespräch in eine andere Richtung zu lenken.

»Bienentreu berichtete, dass Wassmann sich am Samstagnachmittag, gegen Viertel nach zwei, in den Stallungen hinter seinem Haus auf seine Frau stürzte«, Hoffmann unterbrach seine Schilderung, um sich eine Zigarette anzuzünden. Er bot auch Seibold eine an. Dieser lehnte ab. »Nach den Aussagen des Wachpersonals muss das unmittelbar nach seiner Flucht gewesen sein. Bevor es zu Schlimmerem kam, hat ihn der Hund seines Nachbarn, Gott sei Dank, in die Flucht geschlagen.«

Seibold entschied sich, sofort nach dem Gespräch hier Frau Bienentreu aufzusuchen. Von ihr konnte er sicher genauere

Informationen bekommen. »Wieso hat sie den Vorfall nicht gleich gemeldet?«, wollte er wissen.

»Ihr Mann war nicht zu Hause. Er war mit der Altherrenmannschaft des Fußballvereins auf Wochenendtour und ist erst am späten Sonntagabend nach Hause gekommen.« Hoffmann nahm einen tiefen Zug aus seiner Zigarette und blies ihn geräuschvoll in Richtung des offenen Fensters. »Er behauptete, seine Frau habe noch so unter Schock gestanden, dass sie auf ihn warten wollte, bevor sie etwas unternahm.« Als Hoffmann das ungläubige Gesicht seines Gegenübers bemerkte, fuhr er fort: »Wenn Sie mich fragen, liegt der Grund woanders. Hinter den Anstaltsmauern geht das Gerücht, dass sich Frau Bienentreu sehr gerne in aufreizender Art und Weise den Häftlingen gegenüber produziert. Es gibt nicht wenige, die den Überfall Wassmanns auf sie mit Schadenfreude zur Kenntnis nehmen werden.«

Mit einem kurzen Nicken zeigte Seibold, dass er diese Erklärung nachvollziehen konnte. »Erzählen Sie mir etwas über Wassmann!« Seibold deutete auf einen Aktenordner, der vor dem Anstaltsleiter auf dem Schreibtisch lag und mit dem Namen des Geflüchteten beschriftet war.

»Er wurde wegen dreifachen Frauenmordes vor acht Jahren zu lebenslanger Haft verurteilt«, begann Hoffmann seine Ausführungen. Er hatte den Aktenordner aufgeschlagen und blätterte in den Unterlagen. »Ein viertes Opfer überlebte seine Attacke und konnte ihn identifizieren. Interessant ist, dass er sich nie an seinen Opfern verging. Ihm kam es wohl darauf an, absolute Macht über seine Opfer zu demonstrieren, und erlangte seine Befriedigung, indem er sich an ihrer Todesangst weidete.«

»Und auf welche Art und Weise tötete er sie?«

»Sie wurden erwürgt.«

Seibold nickte langsam mit dem Kopf. »Zwei weitere Indizien, die dafür sprechen, dass er der Mörder von Ursula ist. Auch sie wurde erwürgt und nicht vergewaltigt.«

»Umso wichtiger, dass er bald geschnappt wird«, entgegnete Hoffmann und drückte seine Zigarette in einem Glasaschenbecher aus, der die Form einer hohlen Hand hatte. »Glauben Sie mir, Herr Seibold, die Erfolgsquote, flüchtige Insassen von Justizvollzugsanstalten innerhalb von drei Tagen wieder einzufangen, liegt bei nahezu hundert Prozent. Man folgt bei der Suche einem gewissen Raster. Fängt man sie nicht schon in der Nähe des Fluchtortes, so gelingt ihre Festnahme meistens bei den unmittelbaren Bezugspersonen – entweder bei Verwandten oder Leuten aus dem früheren Milieu.«

Seibold kannte dieses Vorgehen natürlich und fühlte sich ein wenig schulmeisterlich belehrt. Aber er entschloss sich, den bissigen Kommentar, den er schon auf der Zunge hatte, herunterzuschlucken.

Hoffmann hatte sich von seinem Stuhl erhoben, zum Zeichen, dass er das Gespräch beenden wollte. »Herr Hausschild hat mir ja auch bereits berichtet, dass er diesbezüglich schon alle Hebel in Bewegung gesetzt hat«, sagte er und reichte Seibold die Hand, »ich bin zuversichtlich, dass wir Wassmann sehr bald wieder in unserem Gewahrsam haben.«

»Sofern er es auch wirklich war«, entgegnete Seibold und dachte dabei an Ursulas Brief.

Er verabschiedete sich von Hoffmann und ging zur Tür. Als er die Türklinke schon in der Hand hielt, fiel ihm noch eine Frage ein. »Wer hat damals eigentlich die Ermittlungen bei Wassmann geführt?«, wollte er wissen.

Hoffmann schaute noch einmal in die Akten und blätterte darin herum. Nach einiger Zeit sagte er: »Es war die Mordkommission Duisburg. Ein gewisser Herr Cebin war damals der Leiter.«

Seibold bedankte sich. Er beschloss, auch an dieser Stelle noch einmal Informationen einzuholen.

* * *

Jeder Schüler in Rheinbach kannte und liebte Pütze Billa. Die alte Frau war die Inhaberin des kleinen Süßwarengeschäfts an der Stelle, wo die Pfarrgasse in die Bachstraße einmündet – also genau dort, wo fast alle Kinder und Jugendlichen der verschiedenen Schulen auf ihrem täglichen Weg vorbeikamen. Auch diejenigen, für die die Bachstraße nicht der direkte Schulweg war, machten gerne einen Umweg, um ihre wenigen Pfennige bei ihr loszuwerden. Für alle stand fest: So musste das Süßigkeiten-Paradies aussehen. Alleine die Geruchsmischung des vielfältigen Naschwerks, das fein säuberlich sortiert in bauchigen Bonbongläsern auf dem Verkaufstresen oder in Holzfächern in der Schrankwand aufbewahrt war, brachte einen schier um den Verstand. Zudem verstand es Pütze Billa in vortrefflicher Weise, die Auslage ihrer Leckereien farblich aufeinander abzustimmen. Das Nebeneinander von grünen Geleebonbons, feuerroten Kirschlutschern, braunen quadratischen Karamellbonbons, weißen kugelrunden Schaumflocken, lila Veilchenpastillen, orangen Brausebonbons und schwarzen Schokoküssen wirkte in seiner Komposition so verlockend, dass es schwer war, dem Angebot zu widerstehen. Kurzum: Pütze Billa war eine Institution und hatte für jeden Gaumen das Passende. Die ausgesuchten Süßigkeiten, und war die Anzahl noch so gering, wurden fein säuberlich und liebevoll in Papiertütchen verpackt. Für jeden Kunden, ob Erstklässler oder

Oberprimaner, hatte sie ein freundliches Wort und manchem Hungerleider, der seine Freunde ohne einen Pfennig in der Tasche in den Laden begleitete und mit traurigen Blicken den Kauf beobachtete, steckte sie heimlich ein Gratisbonbon zu.

So war es auch für Wolfgang Siebertz und Heinz Peters seit den ersten Tagen ihres Internatsaufenthalts in Rheinbach zur lieben Gewohnheit geworden, Pütze Billa täglich einen Besuch abzustatten. Sie hatten ihren Stammplatz am hinteren Ende des alten Holztresens gleich neben den Bonbongläsern und tranken dort ihre Cola. Süßigkeiten kauften sie schon eine Weile nicht mehr. Süßkram – das war doch nur was für die Kleinen!

Heute aber wollte ihnen die Cola partout nicht schmecken und selbst der frühe Schulschluss wegen Hitzefrei, den der dafür zuständige Pauker, Lateinlehrer Kappel, vor der zweiten großen Pause bekanntgegeben hatte, konnte ihre Laune nicht bessern. Zu tief saß der Schock über den Mord an Ursula. Besonders Wolfgang machte sich große Vorwürfe, seine Freundin nicht nach Hause begleitet zu haben.

»Nimm es dir nicht so zu Herzen, Wolfgang«, versuchte ihn sein bester Freund zu trösten, »du konntest nicht ahnen, dass sie den Weg durch den Wald nehmen würde.«

»Nein, Heinz, das ist keine Entschuldigung. Ich hätte sie auf jeden Fall nach Hause bringen müssen. Es war stockdunkel, und es wäre meine Pflicht gewesen. Der scheiß Joint war schuld. Ich werde das Dreckszeug nicht mehr anrühren.« Wolfgang Siebertz hatte sich das schon des Öfteren vorgenommen. Jetzt wollte er endlich Ernst mit seinem Vorsatz machen.

»Was in aller Welt mag sie nur dazu bewogen haben, den Weg durch den Wald zu nehmen?«, ereiferte sich Heinz Peters.

»Mensch, das ist doch jetzt völlig egal. Uschi ist tot. Auch wenn wir das wüssten – es brächte sie mir doch nicht wieder zurück«, entgegnete Wolfgang düster. Erst allmählich wurde ihm klar, dass Ursulas Tod etwas Endgültiges hatte, dass er sie nie mehr wiedersehen würde.

Das Gespräch der Freunde wurde unterbrochen, als eine Schar Sextaner den Laden betrat. Sie warteten ab, bis Pütze Billa sie bedient hatte.

»Du, Wolfgang, es fällt mir ... nicht leicht, aber ich muss dir etwas sagen«, Heinz nahm mit gesenktem Kopf das Gespräch wieder auf, »ich ... ich habe gesehen, dass ... Techni sich am Samstagabend ... an der Tomburg ... an Uschis Rad zu schaffen gemacht hat«, stotterte er.

Wolfgang blickte ihn entsetzt an. »Und? Was willst du damit sagen?«

»Mir kam gerade in den Sinn, dass er absichtlich das Rad beschädigt haben könnte, in der Hoffnung, dass Uschi zu Fuß den kürzeren Weg durch den Wald nehmen würde.«

Bevor Wolfgang etwas entgegnen konnte, fuhr er hastig fort: »Du hast doch sicherlich auch bemerkt, dass sich Techni kurz nach Uschis Abschied klammheimlich von der Clique entfernt hat?«

»Das habe ich nicht. Dafür war ich viel zu high«, schrie er Heinz Peters an. »Und wenn schon! Du hast sie doch nicht mehr alle! Techni soll etwas mit Uschis Tod zu tun haben? Gut, er verhält sich manchmal etwas sonderbar, aber im Grunde kann er doch keiner Fliege was zuleide tun!«

Pütze Billa hatte den heftigen Wortwechsel bemerkt und sah mit besorgter Miene zu ihren beiden Stammkunden herüber. Bevor sie sich einmischen konnte, sagte Wolfgang Siebertz: »Tante Billa, wir möchten zahlen. Heinz ist wohl die Cola zu Kopf gestiegen.«

Als die beiden wenig später schweigend nebeneinander die Bachstraße hoch in Richtung Konvikt gingen, erwischte er sich dabei, dass er doch über Heinz' Worte nachdachte. Hatte ihm Uschi nicht erzählt, dass Techni sie bedrohte? Er spürte plötzlich ein flaues Gefühl in der Magengrube.

* * *

Wolfgang Seibold war nach seinem Gespräch mit Gertrud Bienentreu nach Hause gegangen, um eine Kleinigkeit zu essen. Er hatte noch kurz sein verschwitztes Hemd gewechselt und sich dann auf den Weg zur Rheinbacher Polizeiwache gemacht. Dort lief er sogleich Manfred Raaf in die Arme. In aller Kürze erzählte er ihm von seinem Gespräch mit Hausschild und über die Abmachung, im Mordfall Ursula Wawer zusammen mit der Rheinbacher Polizei vor Ort zu ermitteln.

»Ich habe mir doch gleich gedacht, als du zur Tür hereinkamst, dass da wieder jede Menge Arbeit auf uns zukommt«, stellte Rheinbachs Polizeichef scherzhaft fest. »Es wird halb so wild werden, Manfred. Die meiste Arbeit wird an mir hängen bleiben.« Als er Raafs skeptischen Blick sah, schob er sogleich ein kurzes »Versprochen!« hinterher. »Ich brauche nur einen Arbeitsraum, von dem aus ich die Ermittlungen koordinieren und leiten kann.«

Raaf gab mit einem kurzen Nicken sein Einverständnis.

»Außerdem werden wir uns nur einmal täglich zu einer kurzen Besprechung treffen«, fuhr Seibold fort, »dabei werden wir dann festlegen, inwieweit ich eure Hilfe brauche.«

»In Ordnung«, entgegnete Raaf, »mir wäre es allerdings lieb, wenn wir die anderen Kollegen heraushalten könnten. Sie wissen eh vor lauter Arbeit nicht, wo ihnen der Kopf steht. Du weißt ja, dass wir chronisch unterbesetzt sind.« Raaf schaute Seibold aufmunternd an. »Ich werde dir persönlich unter die Arme greifen. Es ist mir eine Herzensangelegenheit! Du weißt, wie nahe mir Helmuths Familie stand.«

Seibold blickte ihn dankbar an. Er war froh, dass er mit Raaf rechnen konnte, der sich in den langen Jahren seit ihrer ersten Begegnung zu einem guten, allseits respektierten und erfahrenen Polizisten entwickelt hatte. Er würde ihm eine gute Hilfe sein.

»Du kannst das alte Sekretärinnenzimmer nehmen.« Raaf nickte mit dem Kopf in Richtung von Traudels ehemaliger Wirkungsstätte. Ihre Stelle war vor einigen Jahren wegrationalisiert worden. »Mach es dir dort schon einmal bequem. Ich muss noch einmal kurz zur Stadtverwaltung. In einer dreiviertel Stunde bin ich wieder hier. Dann können wir loslegen.« Ohne ein Wort des Grußes drehte er sich um und strebte hastig dem Ausgang zu.

Seibold schaute ihm amüsiert nach. Manfred Raaf war ein Hektiker und stand im Ruf, etwas zerstreut zu sein, aber man konnte sich auf ihn verlassen. Als er die Eingangstür erreicht hatte, machte er noch einmal kehrt. »Ach übrigens, das hätte ich fast vergessen. Der Obduktionsbericht und die Ergebnisse der Spurensuche sind eben für dich angekommen, du kannst dich ja schon mal in meiner Abwesenheit damit beschäftigen.«

Walter Seibold wusste, dass er für die nächste Stunde reichlich zu tun hatte.

Seibold saß am Schreibtisch seiner provisorischen Dienststelle und ließ seine Blicke durch den Raum schweifen. Mithilfe eines jungen Polizeibeamten hatte er Traudels früheres Arbeitszimmer schnell hergerichtet. Wichtig war vor allem, dass er einen eigenen Telefonanschluss hatte. Unweigerlich kamen ihm die Ereignisse vom Februar 1953 noch einmal ins Gedächtnis. Das letzte Mal, als er an dieser Stelle gesessen hatte, war er der Verzweiflung nahe gewesen. Sowohl die Ermittlungen in der Mordserie, für deren Aufklärung man ihn nach Rheinbach abkommandiert hatte, als auch seine Beziehung zu Traudel waren damals an einen absoluten Tiefpunkt angekommen. So ähnlich fühlte er sich auch jetzt. Er gab sich einen Ruck, atmete tief durch und öffnete die Unterlagen zu den Ergebnissen der Spurensicherung.

»Es tut mir leid, dass ich mich verspätet habe, Walter«, kam Manfred Raaf eilig ins Zimmer gestürmt, »aber der Leiter des Ordnungsamts kam leider wieder nicht aus den Füßen.« Er ließ sich auf den Stuhl neben Seibold fallen.

»Macht nichts, ich bin auch gerade erst mit der Durchsicht der Berichte fertig«, antwortete Seibold nachdenklich. Er hatte die Fotos des Erkennungsdienstes eingehend studiert und legte die Bilder der Toten auf den Schreibtisch.

»Ach, deshalb siehst du so mitgenommen aus«, sagte Raaf mitfühlend.

Seibold nickte. »Es zerreißt mir das Herz!«, sagte er mit belegter Stimme, »andererseits ist es aber auch ein großer Ansporn für mich, den Mörder zu fassen.«

Raaf nahm die Fotos und betrachtete sie ebenfalls sorgfältig. Bei einigen Bildern runzelte er die Stirn und seufzte. Dann nickte er mit dem Kopf in Richtung der Akte und sagte: »Berichte mir kurz das Wichtigste!«

»Viel Überraschendes haben die Ergebnisse der Spurensicherung nicht hergegeben. Die Tatzeit wird auf dreiundzwanzig Uhr dreißig am Samstagabend festgelegt. Der Erkennungsdienst hat so gut wie keine Spuren des Täters an der Leiche und am Tatort gefunden. Man geht davon aus, dass der Mörder ihr im Wald aufgelauert hat. Die Stelle konnte man genau lokalisieren, weil dort ihr Fahrrad gefunden wurde. Ursula hat wohl versucht, abseits des Weges durch den dichten Fichtenwald zu ihren Freunden zurückzulaufen. Den Fluchtweg konnte man anhand der Spuren genau verfolgen.«

Seibold hob ein Foto vom Tisch, auf dem deutlich zu erkennen war, dass Ursula eine große Platzwunde am Kopf hatte. »Diese Verletzung stammt vermutlich von einem Zusammenprall mit einem Gegenstand«, fuhr er fort, »wahrscheinlich ein Ast. Es kann aber auch sein, dass der Mörder sie einholte und mit einem Schlag gegen die Stirn stoppte. Auf jeden Fall war diese Wunde nicht die Todesursache. Die Gerichtsmedizin geht eindeutig davon aus, dass sie erwürgt wurde. Und – man hat keinerlei Spuren von sexuellen Handlungen an ihr entdecken können.« »Wenigstens das nicht«, stellte Raaf erleichtert fest. »Weißt du übrigens schon was Neues von der Suchtruppe?«

Seibold schüttelte den Kopf. »Aber ich stehe im ständigen Kontakt mit Sperling. Ich bin der Erste, dem er Bescheid gibt, wenn sie eine Spur von Wassmann haben.«

»Wenn du mich fragst, ich bin mir ziemlich sicher, dass der Kerl schon längst über alle Berge ist«, sagte Raaf. Er war aufgestanden und begann, ruhelos im Zimmer auf und ab zu gehen.

»Ich glaube auch, dass er nicht mehr hier in der Gegend ist«, antwortete Seibold, »für die Fahndung außerhalb Rheinbachs hat Hausschild schon alles in die Wege geleitet. Bei ihm ist die Sache in guten Händen.«

»Wenn du dir so sicher bist, dass Wassmann nicht mehr in der Gegend ist«, Raaf blieb stehen und schaute Seibold fragend an, »warum betreibst du dann noch diesen Aufwand hier?«

»Solange Wassmann nicht gefasst ist und gestanden hat, ist es meine Pflicht, auch andere Optionen in Erwägung zu ziehen.«

Raaf verzog das Gesicht. Er kannte Seibolds notorische Skepsis noch von den Mordfällen im Jahre 1953 zur Genüge.

»Ich weiß«, rechtfertigte sich Seibold, »die Indizien gegen Wassmann sind erdrückend. Erstens geschieht der Mord einige Stunden nach seiner Flucht. Zweitens hatte er vorher bereits versucht, die Frau eines JVA-Bediensteten zu töten. Drittens wurde Ursula auf die gleiche Weise ermordet wie die früheren Opfer Wassmanns. Und schließlich ist sie nicht vergewaltigt worden. Auch das ist eine Parallele zu Wassmanns früherem Vorgehen. Aber ...«, Seibold machte eine Pause und zog Ursulas Brief aus der Hosentasche, »... aber es gibt auch noch das hier!« Er reichte dem erstaunten Raaf das Schriftstück.

Dieser überflog die von Seibold markierte Textstelle. »Kennst du diesen Techni?«, fragte Raaf und gab Seibold den Brief zurück.

»Noch nicht. Ich weiß nur von meiner Tochter, dass sein richtiger Name Thomas Burger ist und dass er der Techniker der Beat-Band des Konvikts St. Albert ist.« Seibold verstaute den Brief wieder in seiner Hosentasche, »Und genau dort werde ich jetzt hingehen.«

»Ich werde dich begleiten«, entgegnete Raaf sofort.

»Das brauchst du nicht«, Seibold gab dem Polizisten einen freundlichen Klaps auf die Schulter, »mir wäre es lieber, wenn du noch einmal Kontakt mit Sperling aufnimmst und sowohl den Tatort als auch den Fluchtweg von Ursula untersuchen könntest. Vielleicht haben die Kollegen von der

Spurensicherung doch noch irgendetwas übersehen.« Ohne eine Antwort Raafs abzuwarten, verließ Seibold den Raum.

Als er die Türklinke schon in der Hand hatte, kehrte er noch einmal zurück. Ihm war eingefallen, dass er dringend Hausschild anrufen musste. Gertrud Bienentreu hatte ihm erzählt, dass Wassmann von dem Nachbarshund am Unterarm gebissen worden war. Es war also damit zu rechnen, dass Wassmann sich in ärztliche Behandlung begeben musste oder bereits begeben hatte.

* * *

Das Konvikt St. Albert war an das Vinzenz-Palotti-Kolleg angeschlossen, das der Orden der Pallottiner im Jahre 1882 in Rheinbach gegründet hatte. Das Gebäude, ein ehemaliges Finanzamt, hatten die Patres vom Bund gemietet. Es diente etwa siebzig Schülern, die auf das Städtische Gymnasium gingen, als Internat und Studierheim. War die Ausbildung der Pallottiner zunächst nur für angehende Priester ausgelegt, so beherbergte das Konvikt nun auch Schüler, die den weltlichen Weg einschlagen wollten.

Seibold stand auf dem Bürgersteig der Tombergerstraße und schaute auf das vor ihm liegende, klobige, viereckige Gebäude. Obwohl er schon häufig daran vorbeigekommen war, hatte er es bislang wenig beachtet. Bei näherer Betrachtung wurde ihm jetzt klar, warum die Schüler des Konvikts dieses Haus »Kasten« nannten. Als er laute Stimmen und Rufe von der rückwärtigen Seite des Gebäudes hörte, wurde er neugierig und entschloss sich, lieber den Eingang über den Fahrweg links neben dem Gebäude zu nehmen. Als er das geöffnete Eingangstor passiert hatte, erkannte er sogleich den Ursprung des Lärms. Er kam von einem kleinen Bolzplatz auf dem hinteren Teil des Konviktgeländes, auf dem gerade Fußball gespielt wurde. Seibold blieb einen Moment stehen und schaute dem Treiben zu. Dann setzte er seinen Weg fort.

»Kann ich Ihnen vielleicht weiterhelfen?«

Der Kommissar war schon fast am Sportplatz vorbei, als er von dort gerufen wurde. Er drehte sich um und sah einen drahtigen, sportlichen Mann in kurzer Sporthose und völlig verschwitztem Trikot des 1. FC Köln. Seibold schätzte sein Alter auf Anfang dreißig.

»Das wäre sehr nett«, antwortete der Kommissar, »mein Name ist Walter Seibold von der Kripo Bonn. Ich hätte mich einmal gerne mit einigen Schülern des Internats unterhalten.«

»Ach, Sie kommen sicherlich wegen des Mordes an Ursula. Eine entsetzliche Geschichte! Wir sind alle völlig geschockt.« Der Mann wischte sich mit dem Ärmel seines Trikots die Schweißperlen von der Stirn.

»Kannten Sie Ursula?«, fragte Seibold erstaunt.

»Natürlich, sie war die Freundin von Wolfgang Siebertz. Er hat sie einige Male mitgebracht. Ein ungemein nettes Mädchen!«

»Und wer sind Sie, wenn ich fragen darf?«, wollte Seibold wissen. »Entschuldigung, ich habe mich noch gar nicht vorgestellt. Ich bin Pater Tobias und Erzieher hier im Konvikt.« Er machte Anstalten, dem Kommissar die Hand zu reichen, doch zog er sie rasch wieder zurück, als ihm auffiel, wie verschwitzt sie war.

»Sie sind Pater?«, fragte Seibold ungläubig.

»Was ist daran so erstaunlich?«, grinste Pater Tobias.

»Ach, wissen Sie, ich habe mir Patres irgendwie anders vorgestellt.«

»Ach, Sie meinen, mit Tonsur und Talar und den ganzen Tag ein Gebetbuch in der Hand?«

»So ungefähr«, entgegnete Seibold.

Pater Tobias lächelte. »Diese Zeiten sind vorbei. Der Orden ist so liberal, dass er uns in Fragen der Kleiderordnung gewisse Freiheiten lässt«, und mit einem Augenzwinkern fuhr er fort, »glauben Sie mir, dass kommt auch bei unseren Schützlingen gut an.«

Inzwischen hatte sich ein kleiner, übergewichtiger Mann zu ihnen gesellt, der trotz der Hitze einen braunen Trainingsanzug aus grober Wolle trug und einen so roten Kopf hatte, dass man Angst haben konnte, dass er gleich platzen würde. »Was ist nun, Bruder Tobias? Spielst du jetzt weiter, oder nicht?«, fragte er gereizt und rückte sein Stirnband zurecht, das seine rot gelockten Haare bändigte.

Pater Tobias antwortete nicht auf die Frage und stellte den Ankömmling vor. »Herr Seibold, darf ich vorstellen? Das ist Pater Wilfried, mein Kollege hier im Konvikt.«

Pater Wilfried nahm eine für sein kleines Gesicht viel zu groß geratene Hornbrille von der Nase und musterte den Kommissar. Man merkte ihm deutlich an, dass ihm die Spielunterbrechung gar nicht recht war.

»Herr Seibold ist von der Kriminalpolizei und hat einige Fragen wegen des ermordeten Mädchens«, fuhr Pater Tobias fort.

»Von der Kripo? Und was haben wir damit zu tun?«, entgegnete Pater Wilfried mürrisch.

»Du weißt doch, Wolfgang war mit ihr befreundet.«

»Ach so, dann mach du mal! Ich werde mit den Jungs weiterspielen!« Ohne ein weiteres Wort drehte er sich um und kehrte mit einem sonderbar watschelnden Gang zum Bolzplatz zurück.

»Nehmen Sie ihm seine Unhöflichkeit nicht krumm, Herr Seibold!«, sagte Pater Tobias entschuldigend, »er wirkt auf den ersten Blick auf seine Mitmenschen etwas sonderbar.

Aber im Grunde seines Herzens ist er ein lieber Kerl. Was er allerdings gar nicht mag, ist, wenn er beim Fußballspielen gestört wird.«

»Ich mache mir mehr Sorgen, dass er bei diesem Wetter einen Hitzschlag bekommt«, entgegnete der Kommissar.

»Das brauchen Sie nicht, Herr Seibold. Pater Wilfried ist ein ungemein zäher Kerl.«

Die beiden Männer gingen nebeneinander über einen kleinen Vorhof auf den Eingang des Konvikts zu.

»Wie lange dürfen Ihre Zöglinge eigentlich am Abend ausbleiben?«, fragte Seibold.

»Wolfgang und Heinz hatten sich für das Wochenende abgemeldet.« Der Pater wusste, worauf Seibold hinauswollte. »Sie haben wohl bei ihren Kumpels aus der Band übernachtet.«

Als sie die Eingangstreppe erreicht hatten, sagte der Pater: »Ich schlage vor, dass Sie zunächst einmal unserem Konviktleiter, Pater Anselm, Ihre Aufwartung machen. Wenn die Kriminalpolizei im Hause ist, sollte man ihn nicht übergehen. Ich werde mich derweil duschen. Anschließend stehe ich Ihnen gerne zur Verfügung.«

»Selbstverständlich«, antwortete Seibold, »wenn Sie mir sagen, wo ich ihn finde.«

In diesem Moment kam ein Junge die Eingangstreppe herunter. Pater Tobias sprach ihn an. »Rainer, sei bitte so freundlich und führe Herrn Seibold zu Pater Anselm!«

Der Junge sah den Kommissar neugierig an, dann nickte er. Als Seibold ihm über die Treppe ins Gebäude folgte, drehte er sich um und fragte zögerlich: »Sind ... sind Sie wirklich von der Kriminalpolizei?«

»Jawohl, ich bin ein waschechter Kommissar«, entgegnete Seibold mit gespielter Strenge.

»Und warum tragen Sie keine Pistole am Gürtel?«

»Meinst du denn, dass ich hier eine brauche?« Der Kommissar lächelte.

Der Junge zuckte mit den Schultern. »Ich denke, Kriminalpolizisten brauchen immer eine Pistole.«

Mehr noch als über seine sonderbare Vorstellung von Kriminalkommissaren wunderte sich Seibold, woher er in der Kürze der Zeit erfahren hatte, dass er von der Polizei war. Das Informationssystem unter den Schülern des Internats schien reibungslos zu funktionieren.

Seibold klopfte an die Tür. Als er ein leises »Herein« vernahm, betrat er den Raum. Auf der Schwelle blieb er zunächst überwältigt von dem Anblick, der sich ihm bot, stehen. Er schien sich eher in einer Kapelle als in einem Arbeitszimmer zu befinden. An sämtlichen Wänden hingen Bilder und Ikonen von Heiligen oder mit anderen christlichen Motiven. Auf den wertvollen Möbelstücken aus der Biedermeier-Zeit standen zahllose Kerzen und religiöse Skulpturen. Nur der schwere Schreibtisch und ein Aktenschrank erinnerten daran, dass es sich um das Dienstzimmer des Konviktleiters handelte. Seibold war von dem Anblick so gefangen, dass er über den Rand des schweren Teppichs stolperte, der in der Mitte des Raums lag.

»Um Himmels willen, was tun Sie da?« Der Mann hinter dem Schreibtisch war aufgesprungen und kam auf Seibold zu.

Der Kommissar wollte ihn gerade beruhigen, dass ihm nichts passiert war, als sich der Pater auf die Knie fallen ließ und den verrutschten Teppich wieder zurechtschob. »Was machen Sie nur mit dem heiligen Michael?« Beinahe zärtlich strich der Konviktleiter mit der Hand über das eingestickte

Bildmotiv, das den heiligen Michael darstellte, der gerade einem riesigen Lindwurm die Lanze in den Rachen stieß.

»Bitte entschuldigen Sie!«, entfuhr es Seibold, als er das entsetzte Gesicht des vor ihm knienden Paters sah.

Noch einmal glättete dieser den Teppich mit den Händen. Dann schien er sich wieder gefangen zu haben. »Nicht der Rede wert«, sagte er freundlich, als er wieder aufstand, »es ist ja zum Glück nichts passiert.«

Als er hinter seinen Schreibtisch zurückkehrte, hatte Seibold die Gelegenheit, den Leiter des Konvikts näher zu betrachten. Pater Anselm entsprach vom Äußeren schon eher seiner Vorstellung eines Ordensbruders. Er trug trotz der großen Hitze eine bis auf die Füße reichende schwarze Soutane. Sein Kopf war fast kahl geschoren und die runde Nickelbrille, die seine Nase zierte, ließ ihn etwas vergeistigt erscheinen. Die Art und Weise, wie er sich bewegte, ließ erkennen, dass er jünger war, als sein Äußeres vermuten ließ. Als Pater Anselm Platz genommen hatte, schlug er zunächst ein Buch zu, in dem er wohl vor Seibolds Eintreten gelesen hatte.

»Nehmen Sie doch Platz!« Er machte mit der Hand eine einladende Geste. »Was kann ich für Sie tun?«

Seibold zog einen der kunstvoll verzierten Stühle an den Schreibtisch heran und setzte sich. Dann stellte er sich vor.

»Die Kriminalpolizei hatten wir hier noch nie zu Besuch«, bei diesen Worten spitzte er seinen Mund und führte die Fingerspitzen seiner Hände zusammen, als wolle er beten, »was haben meine Zöglinge denn nun schon wieder angestellt?«

Der Kommissar folgerte zu seinem Erstaunen, dass der Pater noch nichts von Ursulas Tod zu wissen schien, und schilderte kurz den Grund seines Kommens.

»Das ist ja furchtbar«, entfuhr es dem Pater, »und damit sollen meine Jungs etwas zu tun haben?«

»Nein, nein«, sagte Seibold, als er das Entsetzen des Paters bemerkte, »es ist nur so, dass die Tote mit einigen Konviktschülern befreundet war. Besonders zu Wolfgang Siebertz soll sie ein sehr vertrautes Verhältnis gehabt haben.«

»Ach ja, unser Wolfgang ...«, Pater Anselm nickte, »... ich habe davon gehört.«

An dem Tonfall des Geistlichen erkannte Seibold, dass es sich bei Wolfgang Siebertz um eines seiner Sorgenkinder handelte.

»Ich muss ihm und den anderen nur einige Fragen stellen, weil sie kurz vor der Ermordung noch mit ihr zusammen waren.«

»Dann fragen Sie am besten Pater Tobias.« Der Pater schaute auf das Bild Papst Johannes des XXIII, das neben ihm auf dem Schreibtisch stand, als suche er von ihm eine Bestätigung. »Der hat den engsten Kontakt zu den Schülern und kann Ihnen sagen, wo sie sich im Augenblick befinden. Ich bin mehr oder weniger für die verwaltungstechnischen Angelegenheiten hier im Wohnheim zuständig und habe schon längere Zeit nichts mehr mit direkten Betreueraufgaben zu tun.«

»Pater Tobias habe ich bereits kennengelernt«, sagte Seibold und erhob sich von seinem Stuhl, »ich treffe ihn gleich.«

»Dann brauchen Sie ja meine Hilfe nicht mehr«, antwortete Pater Anselm und reichte dem Kommissar die Hand.

Seibold schaute sich noch einmal im Zimmer um und ließ dessen sakrale Atmosphäre auf sich wirken. Beim Hinausgehen achtete er peinlich darauf, den Teppich mit dem Bildnis des heiligen Michael nicht zu betreten.

Als er die Tür erreicht hatte, sagte der Leiter des Konvikts zum Abschied: »Herr Seibold, ich wünsche Ihnen viel Glück und hoffe, dass Sie diesen verabscheuungswürdigen Menschen bald seiner gerechten Strafe zuführen können.«

Der Kommissar nickte dankend. Vor allem aber dankte er allen Heiligen im Himmel, dass er bei den Ermittlungen im Konvikt mit Pater Tobias zusammenarbeiten konnte.

Pater Tobias hatte sich auf einer Bank in der Nähe des Eingangs niedergelassen und schien Seibold bereits zu erwarten. Er trug nun eine schwarze Hose und ein kurzärmeliges dunkles Hemd mit einem eingearbeiteten weißen Kragen, das ihn jetzt leichter als Mitglied eines geistlichen Ordens erkennen ließ. Er war im Gespräch mit einem Mann in legerer Sommerkleidung und einer Sonnenbrille, der neben ihm saß.

»Das trifft sich ja gut, Herr Seibold!«, empfing ihn der Pater und erhob sich von seinem Platz, »Sie können vielleicht zwei Fliegen mit einer Klappe schlagen.« Er war aufgestanden und fuhr mit einer einladenden Geste fort: »Darf ich Ihnen Peter Fähnrich vorstellen? Er ist der Klassenlehrer der Schüler, die zum Freundeskreis von Ursula gehörten. Ich nehme an, dass Sie an ihn auch Fragen haben. Ich habe ihm übrigens schon von Ihnen erzählt.«

»Bleiben Sie ruhig sitzen, meine Herren!«, entgegnete Seibold und schüttelte dem Lehrer die Hand. »In der Tat, das trifft sich gut. Darf ich Sie fragen, Herr Fähnrich, warum Sie Pater Tobias aufgesucht haben?«

Der Lehrer rutschte aus dem gleißenden Sonnenlicht in den Schatten und nahm seine Sonnenbrille ab. Seibold schätzte ihn auf das gleiche Alter wie Pater Tobias.

»Ich bin wegen Wolfgang Siebertz hier«, sagte er und bat den Kommissar, ebenfalls Platz zu nehmen. Seibold lehnte dankend ab.

»Er hat große Schwierigkeiten in der Schule«, kam Pater Tobias dem Lehrer zu Hilfe.

»Hat er schlechte Noten?«, wollte Seibold wissen.

»Das nicht!«, sagte der Klassenlehrer, »es geht mehr um sein Verhalten.« »Was meinen Sie damit?«

»Sie müssen wissen, unser Lehrerkollegium ist ...«, der Lehrer schien nach den richtigen Worten zu suchen, »... sagen wir einmal, in seinen Ansichten etwas rückständig. Wolfgang Siebertz ist jemand mit großen intellektuellen Fähigkeiten, aber eckt da mit seinem Verhalten und seinen Ansichten schon sehr an.«

Seibold munterte ihn mit einem Kopfnicken auf fortzufahren.

»Er bringt den liberalen, kritischen und revoltierenden Zeitgeist mit in unsere Schule. Das passt einigen Kollegen ganz und gar nicht, besonders den Älteren. Sie fürchten vor allen Dingen um ihre Autorität. Bedenken Sie, erst vor Kurzem wurde in Bayern die Prügelstrafe in den Schulen abgeschafft.«

Pater Tobias schüttelte ungläubig den Kopf.

»Auch ich habe so meine Schwierigkeiten mit meinen Kollegen«, fuhr Fähnrich fort, »sie werfen mir vor, dass ich meine Schüler, insbesondere Wolfgang Siebertz, in ihrer Aufsässigkeit bestärke.«

»Und? Tun Sie das?«, warf Seibold ein.

»Sagen wir einmal«, antwortete der Lehrer mit einem vielsagenden Lächeln, »ich nehme meinen pädagogischen Auftrag ernst, meine Schüler zu selbstbewussten, kritischen Bürgern unseres freiheitlichen, demokratischen Staates zu machen.«

Als der Lehrer Seibolds verständnislosen Blick sah, fuhr er fort: »Was meinen Sie, Herr Seibold, welche Schwierigkeiten ich mit meinen Musikkollegen hatte, als ich meine Schüler nicht die Tonleiter habe rauf und runter singen lassen, sondern mit ihnen Rockmusik im Unterricht gehört habe?« Der Lehrer schlug die Beine übereinander und lehnte sich nach hinten. »Sie mussten mir natürlich erklären können, warum diese Musik sie so fasziniert. Glauben Sie mir, seitdem kommen sie gerne zu mir in den Unterricht und akzeptieren mich.«

»Und warum haben Sie sich nun mit Pater Tobias getroffen?«, wiederholte Seibold seine Frage von vorhin.

»Weil ich mit ihm hier im Internat einen Gleichgesinnten gefunden habe. Wir überlegen, wie wir das Problem lösen können, bevor es weiter eskaliert. Es gibt Kollegen, die Mittel und Wege suchen, Wolfgang von der Schule zu weisen.«

»Und? Haben Sie schon eine Lösung gefunden?«

»Wir versuchen auf Wolfgang einzuwirken, dass er sich in Zukunft etwas zurücknimmt«, erklärte Pater Tobias.

»Und ich versuche meine Kollegen zu überzeugen, etwas mehr Verständnis für die Jugendlichen heutzutage aufzubringen.«

Seibold dachte an die Worte Traudels vom gestrigen Tag.

»Erzählen Sie mir etwas über die Musikkapelle der Schüler!«, setzte er seine Befragung fort.

»Sie meinen die Beat-Band!«, korrigierte der Klassenlehrer lächelnd.

Pater Tobias schaute den Lehrer an, dann übernahm er die Antwort, »Sie besteht aus vier Mitgliedern. Zwei davon, Wolfgang Siebertz und Heinz Peters, sind Internatsschüler, die anderen beiden wohnen in Rheinbach. Sie alle gehen in die gleiche Klasse, die 12b, in der Herr Fähnrich Klassenlehrer ist. Wolfgang Siebertz ist der Bandleader.«

»Ich interessiere mich besonders für einen Schüler, den alle Techni nennen«, sagte Seibold.

»Ah, Sie meinen Thomas Burger«, erklärte Fähnrich, »der Bandtechniker. Er gehört auch zur engeren Bandclique, wohnt aber nicht im Internat. Aber warum wollen Sie gerade ihn sprechen?«

»Haben Sie bitte Verständnis dafür, dass ich Ihnen aus ermittlungstechnischen Gründen darüber keine Auskunft geben kann.«

Pater Tobias schaute Seibold konsterniert an. »Ich denke, man weiß schon längst, wer der Mörder von Ursula ist – dieser entflohene Häftling aus der JVA«, sagte er.

Der Kommissar wunderte sich, wie schnell sich die Einzelheiten des Mordes in Rheinbach herumgesprochen hatten. »Zugegebenermaßen, viele Indizien sprechen dafür. Aber solange wir ihn noch nicht haben und er die Tat nicht gestanden hat, muss ich auch in andere Richtungen ermitteln!«

»Sie glauben doch nicht etwa, dass einer meiner Schüler etwas mit Ursula Wawers Tod zu tun hat!« Auch Peter Fähnrich fixierte den Kommissar mit einem verärgerten Blick.

»Ich glaube gar nichts«, wiegelte Seibold ab, »aber, wie gesagt, es ist meine Pflicht, allen Spuren nachzugehen, und die Bandmitglieder waren die letzten, die Ursula lebend gesehen haben.«

Peter Fähnrich und Pater Tobias schauten sich irritiert an.

»Können Sie mir etwas über Thomas Burger erzählen, Herr Fähnrich?«, wandte sich Seibold nun an den Klassenlehrer.

Peter Fähnrich überlegte einen Augenblick. Dann setzte er seine Sonnenbrille wieder auf und sagte: »Thomas ist ein verschlossener, introvertierter Junge, der, als ich die Klasse übernahm, große Schwierigkeiten hatte, von seinen Mitschülern akzeptiert zu werden. Seine große technische Begabung hat ihm aber in der letzten Zeit besonders bei den Schülern, die in der Band spielen, zu mehr Ansehen verholfen.« Als er Seibolds verständnislosen Blick sah, fühlte sich der Musiklehrer bemüßigt, seinen letzten Satz näher zu erklären. »Sie wissen doch sicherlich, Herr Seibold, dass die Zeiten der Tanzkapellen mit Blas- und Streichinstrumenten der Vergangenheit angehören. Heutzutage braucht jede Band jemanden, der sich mit dem technischen Schnickschnack der Elektrogitarren, Verstärkeranlagen und Lautsprecherboxen auskennt.«

Bei den letzten Worten Peter Fähnrichs waren die drei Männer aufgestanden und gingen in Richtung Bolzplatz. Seibold sah, dass Pater Wilfried an der Umzäunung stand und sie beobachtete.

»Das hat Thomas' Entwicklung sehr gut getan«, fuhr der Lehrer fort, »besonders, als sich Ursula Wawer für ihn zu interessieren begann. Dass sie sich schließlich für Wolfgang entschied, hat ihn hart getroffen.«

Als die Männer den Fahrweg zur Tombergerstraße erreichten, fragte Seibold: »Können Sie mir sagen, wo ich die Bandmitglieder und Thomas Burger jetzt finden kann?«

»Ich glaube, da haben Sie Glück, Sie können sie gleich alle gemeinsam antreffen«, entgegnete Pater Tobias, »sie üben zur Stunde im Proberaum der O.T. St. Martin für ihren ersten Auftritt am Samstag.«

Der Kommissar dachte, dass es eigentlich pietätlos war, schon so kurz nach Ursulas Tod ein Konzert zu geben.

Der Pater schien bemerkt zu haben, dass Seibold mit seinen Gedanken woanders war, und fragte: »Wissen Sie, wo die O.T. ist?«

»Ich bitte Sie, Pater!«, entgegnete Seibold mit gespielter Entrüstung. »Ich wohne seit sechzehn Jahren in Rheinbach!«

Der Kommissar reichte den beiden Männern die Hände. »Meine Herren, ich danke Ihnen für dieses aufschlussreiche

Gespräch und hoffe, dass ich bei weiteren Fragen wieder auf Sie zukommen darf.«

Als Walter Seibold die Bachstraße in Richtung der O.T. St. Martin hinunterging, drehte er sich noch einmal um und sah, dass die beiden Pädagogen ihm hinterherschauten. Auf dem Weg in die Stadtmitte erinnerte er sich wieder an seine Schulzeit und musste sich eingestehen, dass er glücklich gewesen wäre, solche Lehrer gehabt zu haben.

Die Offene Tür St. Martin war eine Jugendbegegnungsstätte, die die katholische Pfarrgemeinde Anfang der Sechzigerjahre in Rheinbach eingerichtet hatte. Dort konnten die Jugendlichen nachmittags unter Aufsicht und Betreuung von Sozialarbeitern ihre Freizeit verbringen. Den jungen Bands der Beat-Ära stellte man sogar einen Proberaum im oberen Stockwerk zur Verfügung. Zunächst war die O.T. nur eine Holzbaracke gewesen, doch war dieses Provisorium später einem modernen Gebäude gewichen, das sich an ein schönes, altes Fachwerkhaus direkt gegenüber der Pfarrkirche anschloss.

Walter Seibold blieb vor dem Gebäude stehen. Die großen Glasfenster im hinteren Teil des ersten Stocks waren wegen der großen Hitze geöffnet. Der Kommissar lauschte einen Augenblick den Klängen, die aufdringlich auf die Straße schallten. Er schüttelte den Kopf. Er konnte beim besten Willen nicht verstehen, wie jemand an dieser schrecklichen Musik Gefallen finden konnte. Bevor er die Tür zur O.T. öffnete, schaute er noch einmal an der alten Wasserpumpe vorbei über den kleinen Platz am Bürgerhaus auf die andere Straßenseite. Unwillkürlich kamen ihm die Ermittlungen aus dem Jahr 1953 in den Sinn. Dort, wo jetzt die Kreissparkasse stand, befand sich damals das Hotel *Burrenkopf*, in dem er während seines Aufenthalts in Rheinbach gewohnt hatte. Er hätte damals nicht geglaubt, dass er je noch mal in Rheinbach in einem Mordfall würde ermitteln müssen.

Als er das Gebäude betrat, fiel ihm gleich links neben der Eingangstür ein kleiner Raum ins Auge. Dieser schien sowohl als Rezeption als auch als Aufenthaltsort für den Leiter der O.T. zu dienen. Seibold sah hinein und entdeckte einen hemdsärmeligen, dunkelhaarigen Mann, der in einem Aktenordner blätterte. Er trug eine auffällige Brille. An den dicken Brillengläsern erkannte Seibold, dass der Mann sehbehindert sein musste. Er war so in seine Lektüre vertieft, dass er erschrocken hochfuhr, als Seibold ihn ansprach. Der Kommissar zeigte seinen Dienstausweis und nannte den Grund seines Kommens. Der Mann, der sich als Matthias Elser vorstellte, erklärte sich sogleich bereit, ihn zum Proberaum der Musiker zu führen. Seibold folgte ihm eine Treppe hoch in den ersten Stock. Von dort gingen sie durch einen großen Raum, der wohl als Veranstaltungsraum diente. Am Ende des Saals steuerte Matthias Elser auf eine kleine Tür zu. Kurz bevor sie diese erreichten, verstummte die Musik, was Walter Seibold mit großer Zufriedenheit registrierte. Er konnte sich nicht vorstellen, in einem kleinen Raum einer so großen Lautstärke ausgesetzt zu sein, ohne dabei Schaden an Leib und Seele zu nehmen.

Matthias Elser öffnete die Tür. Ein Schwall verbrauchter Luft und Zigarettenqualms schlug den beiden entgegen. Als er sich an das abgedunkelte Licht gewöhnt hatte, sah er zunächst die Instrumente und die Verstärkeranlage auf der linken Seite des Raums. Die Mitglieder der Band hatten sich auf einen Stapel übereinanderliegender Judomatten niedergelassen und ließen eine Bierflasche kreisen. Seibold meinte auch den süßlichen Geruch von Marihuana zu riechen.

Der kurzsichtige Heimleiter stolperte über einen auf dem Boden stehenden Gitarrenständer und wäre zu Boden gestürzt, hätte Seibold ihn nicht rechtzeitig aufgefangen. Als er sich wieder aufgerappelt hatte, sagte er zu den Jugendlichen: »Jungs, es tut mir leid euch zu stören, aber hier ist ein Kommissar der Kripo Bonn, der euch sprechen möchte.« Matthias Elser drehte sich um und zeigte auf Walter Seibold. Dann verließ er mit einem kurzen Gruß den Raum.

Die Bandmitglieder musterten Seibold argwöhnisch. Der Kommissar ging davon aus, dass sie ihn kannten. Sicher hatte Johanna ihnen einiges über seine Vorbehalte gegenüber der Gruppe erzählt. Er musste also behutsam vorgehen.

»Ihr kennt mich sicherlich!«, sagte Seibold freundlich und ging einige Schritte auf die Jugendlichen zu. Er beugte sich ein wenig vor, um ihre Gesichter besser sehen zu können, bevor er weitersprach: »Ich bin der Vater von Johanna Seibold. Ich versuche herauszubekommen, wer Samstagnacht eure Freundin ermordet hat. Ich denke, es ist auch in eurem Sinne, dass derjenige, der ihr und euch das angetan hat, so schnell wie möglich gefasst wird. Daher wäre es schön, wenn ihr mir einige Fragen beantworten könntet. Danach könnt ihr sofort weiterproben.«

Zunächst herrschte Totenstille. Schließlich schaute die Gruppe auf einen jungen Mann mit langen braun gelockten Haaren, der in ihrer Mitte saß. Er trug trotz des Wetters eine grüne Army-Jacke mit einem großen Peace-Zeichen auf der Brusttasche. Das musste Wolfgang Siebertz sein, dachte Seibold. Ein attraktiver und interessanter Bursche, wenn er eine vernünftige Frisur hätte, musste er sich eingestehen.

»Wir proben heute sowieso nicht mehr«, brach Wolfgang Siebertz das Schweigen und schaute Seibold herausfordernd an.

»Und warum nicht?«

»Wir sind alle nicht mit den Gedanken bei der Sache. Uschis Tod hat uns sehr getroffen«, antwortete er und schaute auf den Boden.

»Aber ich denke, ihr habt am Samstag euren ersten Auftritt?«

»Wir haben lange diskutiert, ob wir überhaupt spielen sollen«, meldete sich ein schlaksiger Bursche mit Bassgitarre, dessen lange blonde Haare Seibold an die Perücken des Rokoko-Zeitalters erinnerten, »aber wir haben uns dann entschieden, doch aufzutreten.«

Wolfgang Siebertz übernahm wieder das Gespräch: »Uschi hat unsere Musik geliebt und sich so auf unseren ersten Auftritt gefreut.« Er schluckte. »Sie hätte gewollt, dass wir spielen, und wir werden ihr den Auftritt widmen.«

Die übrigen Bandmitglieder bestätigten seine Worte mit kräftigem Kopfnicken. Seibold spürte, dass das Eis jetzt gebrochen war. Er konnte nun mit der eigentlichen Befragung beginnen.

»Einen Vorwurf kann ich euch aber nicht ersparen.« Der Kommissar setzte sich ebenfalls auf den Rand der Judomatten. »Wie konntet ihr nur ein junges Mädchen so spät in der Nacht alleine nach Hause gehen lassen?«

Die Jugendlichen schauten betreten auf den Boden.

»Glauben Sie mir, ich habe mir schon Vorwürfe genug gemacht«, sagte Wolfgang Siebertz kleinlaut, »aber wir sind doch alle davon ausgegangen, dass sie über die Landstraße nach Rheinbach fährt. Außerdem hat sie mein Angebot, sie nach Hause zu begleiten, abgelehnt.«

»Ist euch am Samstagabend irgendetwas Ungewöhnliches aufgefallen?«, fragte der Kommissar.

Ein schmächtiger blonder Junge, der anscheinend der Schlagzeuger der Band war und während des Gesprächs unentwegt nervös mit seinen Stöcken auf die Judomatte trommelte, meldete sich das erste Mal zu Wort. »Was meinen Sie damit?«

»Habt ihr irgendjemanden vor, während oder nach eurer Fete in der Umgebung der Tomburg gesehen, der nicht zu euch gehörte?«

Der Kommissar schaute einen nach dem anderen an. Alle verneinten.

»Oder hat sich jemand vor oder nach Ursulas Abschied von der Clique entfernt?«

Dem Kommissar fiel auf, dass sich Wolfgang Siebertz und der Bassist einen kurzen Blick zuwarfen.

»Ich verstehe diese Fragen nicht« sagte Wolfgang Siebertz, »ich denke, man weiß schon, wer Uschis Mörder ist.«

»Das ist nur eine Mutmaßung«, entgegnete Seibold sofort, »wir haben noch nichts Konkretes.« Der Kommissar ließ die Jugendlichen absichtlich im Unklaren über den Stand der Dinge. »Wer von euch ist Thomas Burger?«

Diese Frage kam so unvermittelt, dass sich die Bandmitglieder erschrocken ansahen. Schließlich drehten zwei von ihnen ihre Köpfe in Richtung der Verstärkeranlage. Dort hatte Seibold aus dem Augenwinkel schon seit einiger Zeit einen schwarzhaarigen, blassen Jungen beobachtet, der mit einem Schraubenzieher in dem Innenleben einer Lautsprecherbox herumwerkelte und so tat, als ginge ihn das Gespräch nichts an. Er schien aber jedes Wort mitbekommen zu haben, denn er stand langsam auf und drehte sich in Richtung des Kommissars.

»Das ... bin ... ich«, stotterte er kaum hörbar.

»Könntet ihr mich bitte einen Moment mit Thomas alleine lassen? Ich möchte unter vier Augen mit ihm sprechen«, sagte Seibold. Erst jetzt fiel ihm auf, dass er die jungen

Männer duzte, obwohl sie sich in einem Alter befanden, wo die Anrede »Sie« eigentlich angebracht wäre. Doch keiner von ihnen hatte sich daran gestört. Einer nach dem anderen erhob sich von seinem Platz und ging wortlos an Seibold vorbei zum Ausgang. Nur Wolfgang Siebertz blieb einen Moment stehen und gab Thomas Burger mit einem aufmunternden Blick zu verstehen, dass er bleiben würde, um ihm beizustehen, wenn er dies wünschte. Dieser antwortete mit einem leichten Kopfschütteln.

Seibold wartete, bis alle den Raum verlassen hatten, dann gab er dem jungen Mann mit einer Geste zu verstehen, dass er neben ihm Platz nehmen sollte.

»Nein danke, ich stehe lieber«, sagte er trotzig und verschränkte die Arme vor der Brust.

»Wie du möchtest«, erwiderte Seibold, »ich habe gehört, dass du mit Ursula befreundet warst. Ist das richtig?«

Der Kommissar erhielt keine Antwort.

»Stimmt es auch, dass sie dich verlassen hat, um mit Wolfgang Siebertz zu gehen, wie ihr zu sagen pflegt?«

Auch auf diese Frage erfolgte eisiges Schweigen.

»Gut«, sagte Seibold mit ruhiger Stimme, »wenn du hier nicht mit mir reden möchtest, werde ich dich morgen früh von einem Polizeiauto zur Vernehmung in das Polizeipräsidium abholen lassen. Ich weiß nicht, was deine Eltern dazu sagen werden.«

Diese Einschüchterung verfehlte nicht ihre Wirkung. Einen kurzen Augenblick überlegte der junge Mann noch, dann stieß er unfreundlich hervor: »Es verhält sich so, wie Sie gesagt haben.«

»Stimmt es auch, dass du Ursula gedroht hast, dass du ihr etwas antun würdest, wenn sie nicht zu dir zurückkehrt?«

»Wer erzählt denn so einen Blödsinn?« Thomas Burger beantwortete die Frage mit einem spöttischen Lächeln.

Langsam zog Seibold Ursula Wawers Brief aus der Hosentasche und faltete ihn auseinander. »Ursula hat dies in ihrem letzten Brief geschrieben. Außerdem berichtete sie, dass sie deine Drohungen äußerst ernst nahm und große Angst hatte.«

Thomas Burger reagierte mit einem trotzigen Kopfschütteln auf diese Vorwürfe.

»Sie hat auch ihrer besten Freundin, meiner Tochter Johanna, davon erzählt, und ich sehe keinen Grund, ihr nicht zu glauben.«

Der Kommissar bemerkte, dass der junge Mann langsam seine Fassung verlor. Nervös wischte er sich die Schweißperlen von der Stirn. »Ja, ja!«, schrie er plötzlich, »ich habe ihr gedroht. Aber das war doch alles nicht ernst gemeint. Verstehen Sie doch: Ich wollte sie mit allen Mitteln zurückgewinnen.«

Seibold wusste, dass jetzt die Zeit für die entscheidende Frage gekommen war. »Bist du ihr auch am Samstagabend nach der Feier nachgegangen?«

»Ja ... aber ich habe sie nicht angetroffen!« Thomas Burger sah den Kommissar verzweifelt an. »Ich gebe ja auch zu, dass ich ihr das Licht am Fahrrad kaputtgemacht habe, damit sie das Fahrrad nicht benutzen konnte.« Die Stimme des Jungen wurde immer schriller und überschlug sich fast. »Aber ich habe doch angenommen, dass sie trotzdem den Weg über die Landstraße nach Rheinbach nehmen würde. Wer konnte denn ahnen, dass sie durch den dunklen Wald nach Hause geht!«

Seibold sah den jungen Mann kalt an.

»So glauben Sie mir doch!« Thomas Burger schlug die Hände vors Gesicht und ließ sich auf die Judomatten fallen. »Ich habe ... sie doch geliebt«, schluchzte er, »ich wollte doch nur ... mit ihr reden. Ich hätte ... ihr doch nie ... etwas antun können!« Dann ging sein Schluchzen in ein hemmungsloses Weinen über.

Seibold wusste nicht, wie er auf diese Beichte reagieren sollte, denn Thomas Burger hatte sich zweifelsohne mitschuldig am Tod Ursulas gemacht. Diese Schuld würde er sein Leben lang zu tragen haben. Eine Weile saß er in Gedanken versunken da und starrte auf den Boden. Dann streckte er zögernd seinen Arm aus und klopfte dem weinenden Jungen auf die Schulter. Sagen konnte er nichts. Nach einer Weile stand er auf und verließ den Proberaum. Draußen warteten die übrigen Bandmitglieder. Durch die geöffnete Tür hörten sie Thomas Burgers Schluchzen und schauten Seibold beunruhigt an.

»Es ist schon okay!«, sagte dieser im Vorbeigehen. »Kümmert euch um euren Freund! Er braucht euch jetzt.«

* * *

Seibold saß in der Wache an seinem Schreibtisch und wartete auf Manfred Raaf. Er hatte sich inzwischen in die Ermittlungsunterlagen von den früheren Verbrechen Wassmanns in Duisburg vertieft, die Hausschild ihm so rasch hatte zukommen lassen. Er legte die Tatortfotos von den alten Fällen neben die Fotos der toten Ursula, zog seine Lesebrille an und studierte ein Bild nach dem anderen sorgfältig. Erfreut pfiff er durch die Zähne. Genau das hatte er sehen wollen! Wassmann hatte seine früheren Opfer an der Stelle liegen lassen, an der er sie ermordet hatte. Ursula aber war von ihrem Mörder nach der Tat mit dem Rücken an den Stamm einer Buche gelehnt worden. Plötzlich hielt er inne. Langsam nahm er eines der Fotos und hielt es vors Auge.

Tatsächlich! Seibold schüttelte den Kopf. Dass ihm das nicht vorher aufgefallen war! Der Mörder hatte Ursula zwei circa einen halben Meter lange, dünne Stecken in die Achselhöhlen geklemmt, sodass sie etwas nach vorne abstanden. Was hatte das zu bedeuten? Serienmörder änderten ihre Methoden selten, auch wenn zwischen den einzelnen Mordtaten Jahre lagen. Und Wassmann hatte seine früheren Opfer nach der Tat weder bewegt noch mit irgendwelchen Symbolen bedacht.

Seibold wurde aus seinen Gedanken gerissen, als die Tür zu seinem provisorischen Büro geräuschvoll aufgerissen wurde und ein gehetzt wirkender Manfred Raaf den Raum betrat. Nichts Ungewöhnliches, denn Raaf wirkte eigentlich immer gehetzt.

»Tu mir einen Gefallen, Walter!«, sagte er und warf seine Dienstmütze zielsicher auf einen Stuhl. »Machen wir es bitte kurz. Ich habe mich um achtzehn Uhr zum Tennisspielen verabredet.«

Seibold verspürte keine Lust, sich von Raafs Eile anstecken zu lassen, und sagte bestimmt: »Ich glaube, dein Tennispartner wird Verständnis dafür haben, wenn du etwas später kommst. Es geht schließlich um die Aufklärung eines Mordes an einem Rheinbacher Mädchen!«

Manfred Raaf tat so, als würde er Seibolds Bemerkung überhören. »Ich komme gerade von Sperling und seiner Suchtruppe«, fuhr er unbeirrt fort, »man hat sich im Einvernehmen mit Hausschild geeinigt, die Suche nach Wassmann in Rheinbach aufzugeben, weil man keine Chance mehr sieht, ihn hier zu finden. Du weißt ja, ich bin sowieso der Meinung, dass er längst über alle Berge ist.«

Seibold hatte damit gerechnet. Er hoffte jetzt, dass die bundesweite Fahndung nach dem Flüchtigen bald erfolgreich war.

»Und?«, Raaf schaute den Kommissar interessiert an, »wie ist dein Gespräch mit dem Jungen verlaufen, der Ursula bedroht hat?«

» Ich habe ihn ordentlich in die Mangel genommen«, antwortete Seibold, »er hat dann auch zugegeben, dass er sich am Samstagabend an ihrem Fahrrad zu schaffen gemacht hat, um sie zu zwingen zu Fuß zu gehen, damit er sich mit ihr unterhalten konnte.«

Raaf hatte wieder begonnen, unruhig im Zimmer auf und ab zu gehen.

»Manfred!« Seibold bemühte sich, möglichst freundlich zu klingen. »Hör bitte mit dem Gerenne auf! Du machst mich ganz nervös.«

Raaf blieb abrupt stehen.

Der Kommissar wartete so lange, bis sich Manfred Raaf widerwillig gesetzt hatte, und fuhr dann fort: »Er behauptet aber, er habe sie verpasst, weil er angenommen hatte, sie würde auch zu Fuß den Weg über die Landstraße nach Rheinbach nehmen und nicht durch den Wald.«

»Und? Denkst du, dass er die Wahrheit sagt?«, Raaf blickte Seibold an und zog die Augenbrauen hoch.

»Ich glaube ihm. Ich bin mir sicher, dass er Ursula nicht getötet hat. Es sei denn, meine Berufserfahrung und meine Menschenkenntnis lassen mich völlig im Stich.«

»Also doch Wassmann«, sagte Raaf etwas resigniert, »und da können wir von hier aus im Augenblick wenig ausrichten.«

»Nicht unbedingt«, sagte Seibold und bedeutete Raaf, näher an den Schreibtisch heranzurücken, »schau dir einmal diese Fotos hier an!« Seibold berichtete von seinen Entdeckungen, die er beim Betrachten der Fotos gemacht hatte. »Ich bin mir ziemlich sicher, dass die Morde an den Frauen in Duisburg und der Mord an Ursula nicht vom gleichen Täter begangen wurden.«

Raaf schaute sich ein Foto nach dem anderen genau an und ließ die Worte Seibolds eine Weile auf sich einwirken. »Eine gewagte These nach dem augenblicklichen Ermittlungsstand, wo alles auf die Täterschaft von Wassmann hindeutet«, entgegnete er.

»Eben nicht alles!« Der Kommissar sammelte die Fotos ein und legte sie in die Aktenmappe zurück. »Genau dort werde ich ansetzen.«

»Und wie willst du weiter vorgehen?«, fragte Raaf.

»Das weiß ich noch nicht. Aber mir wird schon was einfallen! Wir müssen nur etwas Geduld mitbringen!«, dabei schaute der Kommissar Manfred Raaf tadelnd an. Er wusste, dass Geduld normalerweise ein Fremdwort für Rheinbachs Polizeichef war. »Aber geh jetzt ruhig zu deinem Tennisspiel!« Bei diesen Worten dachte Seibold daran, dass auch er sich eigentlich vorgenommen hatte, im Urlaub wieder mehr Sport zu treiben. Das hatte er in der letzten Zeit arg vernachlässigt. »Wir sehen uns morgen früh auf der Wache, in Ordnung?«, sagte er zum Abschied.

Raaf nickte erleichtert und eilte mit einem kurzen »Bis dann!« aus dem Zimmer.

Seibold atmete tief durch und schaute ihm hinterher. Er wartete einen Moment, bis er die nötige Ruhe wiedergefunden hatte. Dann griff er zum Telefonhörer. Er hatte noch dringende Gespräche zu führen. Zunächst musste er Hausschild über seine Entdeckung informieren. Dann wollte er Professor Jung anrufen.

* * *

Als Seibold nach Hause kam, saßen Traudel und Maria am Küchentisch und blätterten in einem Fotoalbum. Als er näher kam, sah er, dass es Fotos waren, auf denen auch Ursula zu sehen war. Er küsste beide Frauen zur Begrüßung auf die Stirn und bemerkte, dass sie geweint hatten.

»Schau einmal!«, sagte Traudel und zeigte ihm eine Fotografie. Es zeigte ihn auf allen vieren durch hohes Gras kriechen. Ursula und Johanna saßen auf seinem Rücken und jauchzten vor Vergnügen. »Ist das kein schönes Bild?«

Seibold nickte und schluckte schwer.

»Weißt du, wann das war?«

Er überlegte angestrengt. Schließlich drehte er das Bild um und las: *Steinerberg, August 1956.* »Es war eine schöne Zeit«, sagte er und setzte sich zu den beiden auf die Küchenbank.

Wortlos blätterten sie Seite für Seite im Album um.

Schließlich sagte Maria: »Papa, weiß man schon etwas über Uschis Mörder?«

»Leider nicht. Man hat die Suche nach dem flüchtigen Frauenmörder hier in Rheinbach aufgegeben.«

»Soll das heißen, dass er über alle Berge ist und vielleicht nie zur Verantwortung gezogen wird?«, fragte sie entsetzt.

Seibold zuckte mit den Schultern. Nach einer kurze Pause sagte er: »Ich bin eh der Meinung, dass er nicht der Mörder ist.«

Die beiden Frauen blickten ihn erstaunt an. »Meinst du vielleicht, es war der junge Mann aus der Band?«, fragte Traudel, »Johanna hat mir erzählt, dass du ihn verdächtigst.«

»Es stimmt«, entgegnete Seibold, »ich habe ihn heute verhört, aber ich bin mir sicher, dass er nicht der Täter ist.«

»Und wieso glaubst du, dass der entflohene Frauenmörder nicht der Täter ist?«, wollte Maria wissen.

»Weil sein Täterprofil und das des Mörders von Ursula nicht zueinanderpassen.«

Als Seibold die erstaunten Gesichter von Traudel und Maria sah, erzählte er ihnen von seinen Rückschlüssen, die er bei der Besichtigung der Tatortfotos am Nachmittag gemacht hatte. »Ich habe eben ein längeres Gespräch mit Professor Jung gehabt«, fuhr er fort, »das ist ein Kriminalpsychologe, mit dem ich schon öfter erfolgreich zusammengearbeitet habe.«

Der Kommissar stand auf und machte das Küchenfenster auf, in der Hoffnung, dass ein leichter Durchzug die Hitze etwas erträglicher machen würde. »Auch er ist der Meinung, dass das veränderte Tatverhalten darauf hindeutet, dass Wassmann nicht der Mörder von Ursula ist. Über die Bedeutung der kurzen Stöcke, die der Mörder Ursula in die Achselhöhlen gesteckt hat, konnte er mir leider auch nichts sagen. Dafür sind mehr Anhaltspunkte nötig.«

Traudel war aufgestanden und hatte begonnen, den Tisch zu decken. »Walter, wann wird denn Ursulas Leichnam nun freigegeben?«, sagte sie stockend. »Elisabeth möchte sie gerne noch einmal sehen. Außerdem müssen wir wissen, wann wir die Beerdigung planen können.«

»Ich werde mich darum kümmern«, versprach der Kommissar. Nach einer kurzen Pause fragte er: »Wo ist übrigens Johanna?«

»Sie ist mit der Bandclique zum Tatort gefahren«, antwortete Traudel, »sie wollen dort Blumen niederlegen.«

»Kerzen und Gedenklichter hat Förster Münster ihnen nicht erlaubt«, warf Maria ein, »wegen der Brandgefahr.«

Seibold nickte. Münster hatte recht, das wäre bei der Hitze und Trockenheit wirklich unverantwortlich gewesen.

»Ich wollte übrigens nach dem Abendessen auch noch einmal zum Tatort«, sagte er, »wollt ihr mitfahren?«

Die beiden Frauen sahen sich an. Dann stimmten sie zu. Der Kommissar nutzte die Zeit bis zum Abendessen, um noch einmal im Fotoalbum zu blättern. Maria setzte sich zu ihm. Sie legte ihren Kopf an seine Schulter. »Paps«, sagte sie nach einer Weile, »ich bin ganz sicher, dass du den Mörder von Uschi fängst.«

»Ja?«, entgegnete Seibold«, was macht dich da so sicher?«

»Weil du der beste Kommissar auf der Welt bist.«

Der Kommissar lächelte dankbar und streichelte ihr über das Haar. Er konnte jede Aufmunterung gebrauchen.

* * *

Die Seibolds waren über die große Anteilnahme der Rheinbacher angenehm überrascht. Die Stelle, an der Ursula ermordet worden war, war über und über mit Blumen und anderen Beileidsbekundungen geschmückt. An dem Baum, gegen den der Mörder sie gelehnt hatte, hatten Johanna und ihre Freunde ein Bild von ihr aufgehängt. Traudel nahm sich vor, diesen Ort am nächsten Tag mit Elisabeth aufzusuchen, denn sie hoffte, dass diese Gedenkstätte auch ihr etwas Trost zu schenken vermochte.

Die Seibolds waren auf dem Weg zum Tatort Johanna und der Bandclique begegnet. Seibold musste wieder schmerzlich feststellen, wie abweisend sich Johanna ihm gegenüber verhielt.

Während Traudel und Maria schweigend Ursulas gedachten, suchte der Kommissar die Umgebung noch einmal ab. Schon nach wenigen Minuten hatte er gefunden, wonach er gesucht hatte. Nicht weit vom Tatort entfernt entdeckte er einen Weidenstrauch, an dem deutlich zu erkennen war, dass jemand vor nicht allzu langer Zeit zwei Zweige abgebrochen hatte. Für Seibold stand fest, dass der Mörder sich hier an Ort und Stelle entschieden hatte, Ursula mit den Weidenruten zu kennzeichnen. Nur warum?

* * *

Pater Ambrosius kniete auf seinem Lieblingsplatz in der ersten Reihe der Kapelle des St. Josephs Lyzeums. Von dieser Stelle hatte er die beste Aussicht auf den herrlichen barocken Hochaltar aus der ehemaligen Rheinbacher Pfarrkirche St. Martin, der ihn schon seit seiner ersten Besichtigung der kleinen Kirche so fasziniert hatte. Hier, an dieser würdigen, abgelegenen Gottesstätte, glaubte er, endlich Ruhe zu finden. Er vergrub sein Gesicht tief in die Hände und rief mit einem weiteren Ave Maria die Hilfe der Gottesmutter an. Wie oft schon hatte er sich gefragt, warum Gott ihm diese schwere Bürde auferlegt hatte. Warum hatte der Erlöser gerade ihm, der sein Leben lang gottesfürchtig gelebt hatte und nichts anderes wollte, als ihm bis an sein Lebensende in Demut zu dienen, diese schweren Prüfungen auferlegt? Warum ließ er zu, dass dieser Dämon ihn immer wieder peinigte; diese grausame Macht, die einen animalische Trieb in ihm auslöste, der sich seiner Gedanken und Sinne bemächtigte und den er nicht beherrschen konnte. Des Öfteren schon hatte ihn der Dämon über einen längeren Zeitraum in Ruhe gelassen und es schien, als hätten seine Gebete und Bußübungen über ihn gesiegt. Doch dann kehrte er umso heftiger wieder in seinen Körper zurück. Hatte er nicht alles versucht ihm zu entgehen? Gerade erst vor einem halben Jahr hatte er sich nach Rheinbach versetzen lassen, nachdem der Dämon ihn im Internat in Moers wieder mit aller Macht überfallen hatte. Zunächst ließ er ihn hier im Vinzenz-Palotti-Kolleg einige Wochen in Ruhe. Doch dann war er plötzlich wieder da und bedrängte ihn mit aller Macht. Als sein Vorgesetzter, Pater Sebastian, ihm erzählte, dass die Leiterin der Schwestern Unserer Lieben Frau das Vinzenz-Pallotti-Kolleg gebeten habe, einen Pater als Priester für ihre Kapelle abzustellen, hätte er Nein sagen können. Aber der Dämon in ihm war wieder einmal übermächtig gewesen. Gerade jetzt in den heißen Sommertagen hatte er wieder so grausam Besitz von ihm ergriffen, obwohl er sich verzweifelt gegen ihn wehrte und jede freie Minute in die Kapelle ging, um die bösen Versuchungen mit Gebeten zu vertreiben. Pater Ambrosius schlug seinen Kopf so hart auf die Gebetsbank, dass ihm die Sinne schwanden. Sah der Herr denn nicht die Kasteiungen, die er sich auferlegte, um Buße zu tun, damit der Dämon endlich von ihm wich? Flehend ging sein Blick zum Marienstandbild. Konnte die Mutter der Gnaden nicht bei ihrem eingeborenen Sohn fürsprechen, ihn zu erlösen? Wieder stieß der Pater seine Stirn hart auf das Holz.

»Pater Ambrosius?«

In seiner Benommenheit dachte er zunächst, die Mutter Gottes habe ihn gerufen. Doch dann begriff er, dass die Stimme aus dem hinteren Teil der Kapelle kam.

»Ist alles in Ordnung mit Ihnen?«

Der Pater zitterte am ganzen Körper, als er sich erhob und sich umdrehte. Schwester Gisela, die Oberin des Ordens, schaute ihn sorgenvoll an.

»Es ist ... alles in Ordnung, Schwester«, stammelte er verlegen, »ich bin nur auf dem glatten Boden ausgerutscht.«

Als er grußlos an der Oberin vorbei durch die Tür der Kapelle ging, spürte er, dass sie ihm nicht glaubte. Dann bemerkte er, dass ihm Blut in die Augen lief. Jetzt wusste er auch, warum Schwester Gisela ihn so entsetzt angestarrt hatte.

* * *

Das Mädchen rannte schreiend in die dunkle Nacht hinein. Die Silhouette der Tomburg lag im Mondlicht drohend und geheimnisvoll über ihr. Immer wieder schaute sie sich in panischer Angst um. Sie wusste, dass sie um ihr Leben rannte, denn die dunkle Gestalt mit der Kapuze holte immer mehr auf. Als sie sie erreicht hatte, legte sie ihren Arm um Johannas Hals und riss sie nieder. Sie lag auf dem Rücken und der Mann drückte sie kraftvoll mit den Knien auf den Boden. Er weidete sich an ihrer Angst und beugte sich langsam über sie ...

Walter Seibold fuhr mit einem Schrei hoch, rang keuchend nach Luft. Dann wischte er sich mit einer Hand den Schweiß aus dem Gesicht.

»Was ... was ... ist los, Walter?« Traudel war durch Seibolds Schrei unsanft aus dem Tiefschlaf gerissen worden und noch völlig verschlafen. Sie tastete nach Walter und blickte ihn, als ihre Hände ihn gefunden hatten, besorgt an.

»Nichts, Traudel ...«, sagte Seibold noch immer keuchend, »es ... es war nur ein Albtraum.«

Mit wild klopfendem Herzen ließ er sich wieder nach hinten ins Bett fallen und atmete geräuschvoll ein.

Traudel legte sich nahe an ihn heran. »Tsch ... tsch ... alles ist wieder gut, mein Schatz«, sagte sie beruhigend und streichelte seinen verschwitzten Körper. Als sie nach einiger Zeit bemerkte, dass sein Atem wieder ruhiger ging, fuhr sie fort: »Ich kann auch nicht gut schlafen, Walter.«

Seibold antwortete nicht und schluckte schwer.

»Mich verfolgte die ganze Zeit ein Gedanke.«

Seibold fühlte sich noch immer zu erschöpft, um zu antworten.

»Wenn es stimmt, was du sagst, dass Wassmann nicht der Täter ist, dann könnte das bedeuten, dass der Mörder höchstwahrscheinlich aus Rheinbach oder Umgebung kommt und dass ...«

Seibold merkte, dass ihr die folgenden Worte nicht leicht über die Lippen kamen.

»... damit zu rechnen ist, dass er ... ein weiteres Mal zuschlägt.«

Genau das war es, was Seibold auch schon die ganze Zeit bis in seinen Traum hinein verfolgt hatte.

Dienstag, 12. August 1969

Als Walter Seibold am nächsten Morgen die Polizeiwache betrat, war der Leiter der Rheinbacher Polizeiwache noch nicht anwesend. Raaf ließ sich entschuldigen, wie ihm der diensthabende Polizist ausrichtete, da die Besprechung bei der Stadtverwaltung wegen des anstehenden Schützenfestes am Wochenende länger als erwartet dauerte.

Dem Kommissar war es nicht unrecht, denn er hatte noch genug zu tun. Er ging in sein Arbeitszimmer und griff zum Telefon. Mit Hausschilds Sekretärin vereinbarte er ein Treffen mit Hausschild um elf Uhr im Polizeipräsidium. Die Dinge, die es zu besprechen galt, wollte er lieber unter vier Augen bereden als am Telefon. Dann vertiefte er sich noch einmal in die Untersuchungsberichte der Morde in Duisburg und in Rheinbach. Ihm war völlig unverständlich, dass die Kollegen des Erkennungsdienstes nicht erwähnt hatten, dass die Holzstecken in Ursulas Achseln von einem Strauch ganz in der Nähe abgebrochen worden waren. Dann besah er sich die Fotografien vom Tatort mit einer Lupe. Vielleicht hatte der Täter weitere Spuren gelegt, die bisher keiner entdeckt hatte. Mit Schrecken und einem Anflug von schlechten Gewissen bemerkte er, wie emotionslos er die ihm so vertraute Ermordete betrachtete. Aber es musste sein, wenn er die Ermittlungen sachlich und mit klarem Kopf führen wollte. Trotz intensiver Suche konnte er keine weiteren Hinweise finden. Schließlich lehnte er das Bild der Toten an einen Aktenordner und rückte etwas nach hinten, um es aus einer anderen Perspektive zu betrachten. Das Bild erinnerte ihn an irgendetwas, aber er vermochte nicht zu erfassen, an was. Er hoffte darauf, dass ihm die Eingebung, wie schon so oft, später kommen würde.

»Wenn wir auf der Polizeiwache so arbeiten würden wie die auf dem Ordnungsamt, könnten wir unseren Laden hier schließen.« Seibold hörte Raafs polternde Stimme aus dem Nebenzimmer. Ausführlich ließ sich Rheinbachs Polizeichef bei seinen Kollegen über die schleppende Arbeitsweise des Ordnungsamtsleiters aus. Dann betrat er das Zimmer und begrüßte Seibold.

»Bei euch beiden scheinen die richtigen Extreme aufeinanderzutreffen«, spöttelte der Kommissar, doch Raaf schien nicht zu verstehen, was Seibold damit sagen wollte, und wechselte rasch das Thema: »Was hast du heute vor?«

Seibold antwortete nicht, sondern forderte Raaf mit einem mahnenden Blick auf, sich zu setzen.

Diesmal hatte Raaf verstanden und ließ sich übertrieben langsam auf dem Stuhl vor dem Schreibtisch nieder. Dann rief er dem Polizisten im Nebenraum zu, eine Kanne Kaffee aufzubrühen. »Als Traudel noch hier war, musste ich meine Kollegen nicht darauf aufmerksam machen«, knurrte er missmutig und gedachte wehmütig der Zeit, als es noch eine Sekretärin auf der Polizeiwache gegeben hatte.

»Bist du heute Morgen mit dem verkehrten Bein aufgestanden, Manfred?«, fragte Seibold.

Raaf holte tief Luft und atmete geräuschvoll aus. »Ach, ich weiß es nicht. Ich nehme an, es liegt am Wetter. Irgendwie ist jeder gereizt. Ich hoffe, dass es langsam etwas kühler wird.« Raaf lockerte seine Krawatte und öffnete den obersten Hemdknopf. »Also, wie willst du weiter vorgehen?«

»Am besten fasse ich erst mal zusammen, was wir bereits haben«, sagte Seibold und lehnte sich auf seinem Stuhl zurück. »Hauptverdächtiger ist und bleibt Friedrich Wassmann. Die Fahndung nach ihm läuft auf Hochtouren. Es ist davon auszugehen, dass er sich nicht mehr hier in der Nähe aufhält. Daher ist die weitere Suche nach ihm hier in Rheinbach zweitrangig für uns.«

Der Kommissar machte eine Pause, als der Polizist im Nebenzimmer sehr geräuschvoll das Kaffeeservice zusammenstellte. »Wenn aber meine These stimmt«, fuhr Seibold fort, »dass Wassmann nicht der Täter war, dann ist davon auszugehen, dass der Mörder von Ursula sehr wahrscheinlich aus Rheinbach oder der näheren Umgebung stammt und vielleicht sogar mit Ursula bekannt war. Nehmen wir einmal an, dass er ein Psychopath ist – und darauf deuten die Symbole hin, die er am Tatort hinterlassen hat –, dann ist er vielleicht schon einmal in dieser Hinsicht auffällig geworden. Ich werde also gleich nach Bonn fahren und versuchen herauszubekommen, ob jemand hier aus der Gegend schon einmal mit einem derartigen Vorgehen aktenkundig geworden ist. Es sei denn ...« Seibold zog die Augenbrauen hoch, »... er ist ein Ersttäter.«

»Du sprichst die ganze Zeit von einem männlichen Täter. Könnte es nicht auch eine Frau sein?«, gab Raaf zu bedenken.

»Die Ausführung der Tat spricht mehr für einen männlichen Täter«, antwortete Seibold, »außerdem war Ursula sehr sportlich und kräftig. Einer Frau wäre es also sehr schwergefallen, sie zu erwürgen.«

»Aber die Platzwunde an ihrem Kopf lässt doch vermuten, dass sie vor der Tat durch irgendetwas niedergestreckt wurde. Dann war sie vielleicht ohnmächtig – und dann könnte es auch eine Frau gewesen sein, die sie erwürgt hat.«

Seibold nickte nachdenklich. »Durchaus möglich«, entgegnete er, »gut, dass du daran gedacht hast. Also müssen wir auch diese Möglichkeit bei unseren Ermittlungen berücksichtigen.«

Der diensthabende Polizist brachte das Tablett mit dem Kaffeegeschirr herein und stellte es auf den Schreibtisch.

»Danke, Erwin«, sagte Raaf, »wir bedienen uns schon selbst.«

Während Raaf das Geschirr verteilte, fuhr Seibold fort: »Falls der Mörder aus Ursulas näherem Umfeld stammt, müssen wir uns Gedanken machen, welches Motiv er haben könnte und was die Stöcke bedeuten sollen.«

»Tja, was könnte das für ein Motiv sein?«, wiederholte Raaf nachdenklich und schenkte den Kaffee ein.

»Vielleicht Eifersucht, wie bei Thomas Burger, oder ein Konkurrenzkampf oder irgendetwas Abstruses. Ich weiß es nicht ...«, antwortete Seibold, »... auf jeden Fall müssen wir alle Mitglieder der Clique noch einmal in die Mangel nehmen.«

»Und wer macht das?«, fragte Raaf.

»Du!«, Seibold führte seine Tasse zum Mund und zwinkerte Raaf zu.

Raaf verschluckte sich an seinem Kaffee.

»Was ist, Manfred? Ist er zu heiß?«, grinste Seibold.

Raafs Miene zeigte deutlich, dass er alles andere als begeistert war.

»Ach ja, das hätte ich fast vergessen«, sagte Seibold, »du solltest auch die Erzieher des Konvikts noch einmal verhören und sie nach ihrem Alibi befragen.«

* * *

Clemens Hausschild telefonierte gerade, als Seibold das Zimmer betrat. Er gab ihm mit einem Wink zu verstehen, Platz zu nehmen. Dem Kommissar wurde rasch klar, mit wem er telefonierte. Es war Cebin, der Leiter der Mordkommission Duisburg. Interessiert hörte er zu. Den Gesprächsfetzen konnte er entnehmen, dass auch in Duisburg trotz intensiver Observierung aller früheren Kontaktpersonen bisher keine Spur zu Wassmann führte. Auch die Nachforschungen bei Ärzten, mit denen er früher in Verbindung gestanden hatte und die er wegen seiner Verletzung vielleicht konsultiert haben könnte, hatten zu keinem Ergebnis geführt.

»Das gibt es doch gar nicht«, schnaubte Hausschild und warf den Telefonhörer auf die Gabel, »der Kerl kann sich doch nicht in Luft aufgelöst haben.«

»Wir müssen Geduld haben, Clemens!«, versuchte Seibold ihn zu beruhigen, »irgendwann wird die Ratte schon aus ihrem Loch kommen. Und dann schnappen wir sie.«

»Geduld, Geduld«, ereiferte sich der Leiter der Mordkommission, »sag das einmal der Staatsanwältin und der Presse! Du weißt doch, wie sensibel die öffentliche Meinung gerade auf Mädchenmorde reagiert.«

Seibold verstand ihn nur zu gut. Er wusste, unter welchem Druck Hausschild stand. »Clemens, du weißt, dass ich der Meinung bin, dass Wassmann nichts mit dem Mord an Ursula zu tun hat.«

»Ja, ich kenne deine Meinung«, grummelte Hausschild ungehalten, »aber es spricht doch bisher wirklich alles für Wassmann als Täter. Es kann doch kein Zufall sein, dass kurz nach seiner Flucht ein Frauenmord passiert. Zumal er es wenige Stunden vorher schon einmal versucht hat.« Hausschild sah Seibold fest in die Augen. »Und warum soll es nicht auch einmal Ausnahmen von der Regel geben, dass Serienmörder immer nach dem gleichen Muster vorgehen? Die Meinung von Professor Jung in Ehren – aber: Wassmann war jetzt über acht Jahre im Bau. Keiner weiß, wie sich so ein krankes Gehirn in dieser Zeit entwickelt und warum er auf einmal seinen Opfern Weidenruten ansteckt!«

Seibold war klar, dass Hausschild froh war, mit Friedrich Wassmann überhaupt jemanden zu haben, den er der Öffentlichkeit als mutmaßlichen Täter anbieten konnte.

»Vielleicht benutzt ihn auch jemand als Alibi«, gab Seibold zu bedenken. »Ich werde mir auf jeden Fall die Zeit nehmen und in die Akten von Straftätern hier aus der Gegend hineinschauen, die Gewaltverbrechen gegen Frauen begangen haben. Vielleicht finde ich irgendwelche Ähnlichkeiten.«

»Tu das nur!«, meinte Hausschild, »es ist natürlich absolut richtig, dass wir jeder Spur nachgehen, solange es nicht hundertprozentig feststeht, dass Wassmann der Täter ist.«

»Übrigens ...«, wechselte Seibold das Thema, »... wann, meinst du, kann die Gerichtsmedizin Ursulas Leichnam freigeben? Wir müssen auch an die Angehörigen denken. Sie ...«

»Natürlich, natürlich«, unterbrach ihn Hausschild, »ich werde gleich mit der Staatsanwaltschaft reden. Ich denke, wir können sie heute noch nach Rheinbach überführen.«

Als Seibold das Zimmer seines Vorgesetzten verließ, war er froh, wenigstens eine gute Nachricht mit nach Rheinbach nehmen zu können.

* * *

Der Kommissar betrat sein Haus und wurde sogleich von lauter Rockmusik empfangen, die aus Johannas Zimmer dröhnte. Wütend warf er seine Aktentasche auf den Sessel und wollte gerade nach oben stürmen, als Traudel sich ihm in den Weg stellte.

»Fang nicht gleich wieder Streit an, Walter!«, sie hielt ihn am Arm fest, »ich regele das schon.«

»Es ist einfach pietätlos!«, ereiferte sich Seibold. »Auch Elisabeth gegenüber. Man hört den Krach bis auf die Straße.

Ich kann nicht begreifen, dass du das zulässt.« Es fiel Seibold zunehmend schwerer, das übertriebene Verständnis seiner Frau Johanna gegenüber zu akzeptieren.

»Jugendliche gehen eben ungezwungener mit dem Tod um als wir«, versuchte Traudel Johanna in Schutz nehmen.

Seibold schaute noch einmal wütend nach oben und warf sich dann erschöpft in einen Sessel.

Traudel ging die Treppe hoch zu Johannas Zimmer. Einige Augenblicke später hörte die Musik auf.

Seibold massierte sich die Schläfen. Fünf Stunden hatte er im Glutofen des Bonner Präsidiums Akten gewälzt, aber keinen einzigen Hinweis gefunden, der ihm weiterhalf.

Mühsam raffte er sich auf, um unter die Dusche zu steigen. Als er auf dem Weg zum Bad war, sah er neben dem Telefon einen Zettel liegen, den Traudel geschrieben hatte. *Bitte Manfred anrufen!* »Das muss bis gleich warten«, sagte er sich und öffnete die Tür zum Badezimmer.

* * *

Pater Ambrosius hatte die Abendmesse gelesen. Anschließend wartete er, bis der letzte Besucher die Klosterkapelle verlassen hatte. Er wollte alleine sein, wenn er mit Gott Zwiesprache hielt, um ihm zu danken, dass der Dämon sich während des ganzen Tages nicht einmal gemeldet hatte, obwohl er genügend Gelegenheit dazu gehabt hätte. So verließ er guten Mutes das Hauptgebäude durch den Seiteneingang und sog tief die würzige Sommerluft ein. Einen kurzen Augenblick lauschte er noch dem Ruf eines Käuzchens aus dem nahen Klosterpark, dann machte er sich auf den Weg zum Vinzenz-Pallotti-Kolleg. Mit federnden Schritten ging er an dem Neubau des Lyzeums vorbei, in dem sich die

Klassenräume und Zimmer der Internatsschülerinnen befanden.

Bevor er die Straße Zur Lurheck erreichte, blieb er abrupt stehen, als er ein Geräusch vernahm, das aus dem unteren Stockwerk des Gebäudes kam. Zunächst versperrte ihm eine kleine Fichte die Sicht. Als er einige Schritte zurückging, konnte er erkennen, dass jemand aus dem Fenster eines Klassenraumes stieg. Er verbarg sich rasch hinter der Fichte. Es dauerte nicht lange und die Person ging an ihm vorüber, ohne ihn zu bemerken.

Jetzt konnte der Priester sie genau erkennen. Es war ein junges Mädchen, mit langen, kastanienbraunen Haaren und einem auffällig kurzen Minikleid. Pater Ambrosius durchfuhr ein angenehmer Schauder, denn er kannte sie. Schon oft war sie ihm im Gottesdienst und auf dem Schulgelände aufgefallen. Er wartete, bis das Mädchen das Internatsgelände verlassen hatte und in Richtung Stadtpark ging. Seine innere Stimme sagte ihm, dass es nicht richtig war, ihr zu folgen. Aber da war er wieder, der Dämon – gegen seine Macht kam er einfach nicht an.

Das Mädchen ging sehr schnell, und er musste sich beeilen, sie nicht aus den Augen zu verlieren. Sein Blick heftete sich an ihre schlanken, wohlgeformten Beine, seine Erregung wuchs mit jedem Schritt. An der Gräbbachbrücke, ganz in der Nähe des Konvikts St. Albert, wartete ein junger Mann mit langen blonden Haaren auf sie. Die beiden fielen einander in die Arme und küssten sich.

Pater Ambrosius blieb stehen und versteckte sich hinter einer Garagenwand. Von dort konnte er beobachten, wie das Pärchen auf einen Parkweg zusteuerte und schließlich im Stadtpark verschwand. Einen Augenblick wartete der Pater noch. Dann setzte er sich in Bewegung und folgte ihnen.

Nach einer Weile konnte er sie wieder sehen. Sie kamen sehr langsam voran, denn immer wieder blieben sie stehen, um sich zu küssen. Der Dämon befahl ihm geduldig zu warten. Schließlich steuerten die Jugendlichen auf eine Parkbank zu, die etwas erhöht auf einem Hügel über einer kleinen Schlucht hinter den Tennisplätzen des TC Rot-Weiß Rheinbach stand. Bevor sie sich setzten, ging der junge Mann zu einem kleinen Gebüsch und zerrte eine Plastiktüte hervor. Anscheinend hatte er sie hier vorher versteckt.

Pater Ambrosius blieb zunächst in einiger Entfernung stehen. Die Nacht war mondlos, und er wartete, bis tiefe Dunkelheit herrschte. Dann ging er gebückt langsam um den Hügel herum. Als er sich hinter der Parkbank befand, schlich er lautlos durch das Gebüsch an die jungen Leute heran. Er kam ihnen so nahe, dass er sie mit ausgestrecktem Arm hätte berühren können. Er sah, dass der junge Mann Bierflaschen aus der Plastiktüte nahm und sie öffnete. Hastig stürzten sie das Bier hinunter. Dann kramte der Junge eine kleine Blechdose aus der Tüte, die Tabak, Zigarettenblättchen und eine kleine braune Masse enthielt. Er holte alles hervor und drehte daraus in nur wenigen Minuten mit geübten Fingern für beide einen Joint, den sie mit gierigen Zügen inhalierten.

Pater Ambrosius war auf die Knie gesunken und versuchte zum letzten Mal, mit einem Gebet die finstere Macht in ihm zu vertreiben. Aber er kam nicht gegen sie an. Immer wieder befahl ihm der Dämon, die nackte, weiße Haut des Mädchens mit seinen Blicken aufzusaugen, und ein animalisches Gefühl der Erregung beherrschte ihn mehr und mehr. In dieser Haltung verharrte er fast eine Stunde.

Der Junge hatte in dieser Zeit fast das Doppelte an Rauschmitteln konsumiert wie seine Partnerin, und allmählich zeigten die Drogen ihre Wirkung. Mit glasigen Augen lehnte er den Kopf an die Schulter seiner Freundin. Schließlich stand das Mädchen auf. »Komm, Heinz!«, sagte sie befehlend, »ich glaube, jetzt ist es Zeit, eine Erfrischung zu nehmen.« Auch sie war schon sehr unsicher auf den Beinen. Mühsam erhob sich der junge Mann und lallte irgendetwas Unverständliches. Dann machte sich das junge Pärchen eng umschlungen auf den Weg zum Rheinbacher Waldschwimmbad, das sich nur wenige Meter hinter der Holzbank am Rand des Stadtparks befand. Sie passierten den geschlossenen Haupteingang und liefen dann an der hohen Umzäunung des Schwimmbads entlang.

Pater Ambrosius war ihnen gefolgt. Als er auf der Höhe der Umzäunung war, hatte er sie auf einmal aus den Augen verloren. Regelrecht panisch hetzte er den beiden hinterher. Sein Erstaunen war groß, als er sie nach einiger Zeit auf der anderen Seite des Zauns sah. Lachend tollten sie über die Liegewiese des Bads. Wie waren sie nur in das Innere gekommen? Der Zaun war am oberen Ende mit Stacheldraht verstärkt, sodass sie nicht darübergeklettert sein konnten. Atemlos untersuchte der Pater Meter für Meter der Umzäunung. Aber er konnte keine Öffnung finden. Er hastete weiter am Zaun entlang und gelangte schließlich an die gegenüberliegende Seite des Schwimmbads. Hier am Stifterweg befand sich ein eisernes Eingangstor, das nicht mit Stacheldraht bewehrt war.

Der Pater raffte die Rockschöße seines Talars und stieg auf die Klinke des Tors. Die ungewohnte Anstrengung war so groß, dass er bald am ganzen Körper schweißgebadet war. Trotzdem gelang es ihm, sein rechtes Bein über den oberen Rand des Eingangstors zu legen. Dann zog er das linke Bein nach und saß rittlings auf dem Tor. Er nahm all seinen Mut zusammen und sprang hinunter. Der Aufprall auf die Wiese war so heftig, dass er sich überschlug. Keuchend blieb er auf dem Boden liegen und sah zu den Jugendlichen hinüber. Erleichtert stellte er fest, dass sie ihn nicht bemerkt hatten. Der Pater schaute sich auf dem Gelände um und suchte nach einem Versteck. Dann kroch er auf allen Vieren zu einer Baumgruppe oberhalb des Schwimmbeckens und versteckte sich hinter einem Baum in der Nähe einer Betontreppe, die zum Becken hinabführte. Hier setzte er sich eine Weile auf den Boden und rang nach Luft. Er schaute in Richtung des Schwimmbads und sah das glitzernde Wasser des Beckens nur wenige Meter unter ihm.

Als er wieder zur Liegewiese schaute, sah er, wie das Mädchen versuchte, seinen Freund zum Aufstehen zu bewegen. Nach einigen vergeblichen Versuchen blieb er einfach liegen. »Dann geh ich eben alleine schwimmen«, hörte er das Mädchen trotzig sagen. Sie stand auf und ging in seine Richtung. Nur wenige Meter vor ihm blieb sie stehen und streifte ihr Kleid über den Kopf. Vor Erregung krallten sich seine Finger in die Rinde des Baums. Als sie sich auch noch ihrer Unterwäsche entledigte und nackt vor ihm stand, vibrierte jede Faser seines Körpers. Das Mädchen legte seine Kleidungsstücke zusammen und ging auf die Treppe zu, die zum Schwimmbecken führte. Jetzt ging sie ganz nah an ihm vorbei, und Pater Ambrosius streckte langsam und zitternd seine Hand aus. Lieber Gott, sagte er sich, ich möchte sie nur ein einziges Mal berühren. Nur einmal ihre weiße, weiche Haut streicheln.

Mittwoch, 13. August 1969

Heinz Peters wachte auf und fröstelte ein wenig. Er spürte, dass die Wiese, auf der er lag, nass vom Morgentau war. Er brauchte einige Zeit, um zu begreifen, wo er war. Ihm war furchtbar übel und sein Kopf schmerzte entsetzlich. Voller Schrecken schaute er auf seine Armbanduhr. Um Gottes Willen! Es war bereits kurz vor sechs. In wenigen Minuten war Weckzeit im Internat, dann würde es auffallen, dass er nicht anwesend war.

Er schaute sich um. Ganz allmählich kehrten die Geschehnisse des gestrigen Abends wieder in sein Gedächtnis zurück. Wo war Margareta? Er stand auf und rief nach ihr. War sie in der Nacht noch ins Lyzeum zurückgekehrt? Aber das konnte eigentlich nicht sein; dass sie ihn einfach hier so liegen ließ, das passte nicht zu ihr. Er schaute in Richtung Schwimmbad. Die tief stehende Morgensonne blendete ihn, doch als er seine Augen mit der Hand gegen das Licht abschirmte, erkannte er Kleidungsstücke, die etwas abseits der Treppe lagen, die zum Schwimmbecken führte. Bei näherem Hinsehen erkannte er, dass sie Margareta gehörten. War sie etwa schwimmen? Das war doch nicht möglich, schließlich musste sie doch auch wieder ins Internat zurück.

Er rannte zum Schwimmbecken hinüber und blieb wie angewurzelt stehen, als er auf dem Grund des Beckens etwas liegen sah. Er traute zunächst seinen Augen nicht. War es wirklich möglich, was er da sah? Dann traf es ihn wie ein Keulenschlag. An den langen, braunen Haaren, die sich wie ein Fächer im Wasser ausgebreitet hatten, erkannte er, dass es Margareta war. Er stieß einen schrillen Schrei aus und stürzte die Treppe hinunter. Ohne sich auszuziehen, sprang er ins Becken. Das kalte, frische Wasser machte seine Sinne etwas klarer. Mit wenigen Zügen war er in der Mitte des Schwimmbeckens und tauchte hinab. Nach kurzer Zeit erschien er prustend an der Wasseroberfläche. Er hatte die Tote unter den Achseln gepackt und schleppte sie ans Ufer. Seine durchnässte Kleidung behinderte ihn, trotzdem gelang es ihm, die Tote auf den Beckenrand zu ziehen. Krampfhaft versuchte er sich daran zu erinnern, welche Wiederbelebungsmaßnahmen es zu machen galt, schließlich hatte er das erst kürzlich im Erste-Hilfe-Kursus zu seinem Führerschein gelernt.

Als er jedoch Margaretas Kopf in beide Hände nahm und in ihre starren Augen blickte, erkannte er, dass jede Rettung vergebens war. Dann sah er die hässlichen Würgemale an ihrem Hals. Er stand auf und stolperte zum nächsten Gebüsch. Dort fiel er auf die Knie und musste sich übergeben.

* * *

Seibold ging mit unsicheren Schritten die Treppe hinab und schaute auf die hohe Standuhr im Flur. Tatsächlich! Viertel nach sechs! Er hatte sich also nicht vertan, als er, durch heftiges Klopfen an der Haustür aus dem Schlaf gerissen, einen Blick auf den Wecker auf seiner Schlafkommode geworfen hatte. Nur mit einem Morgenmantel bekleidet schlurfte er schlaftrunken zur Tür. Ein erneutes energisches Klopfen ertönte.

»Ja, ja, ist ja gut, ich komme ja schon«, schimpfte der Kommissar. Er öffnete die Tür einen Spalt und spähte hinaus. Er blinzelte in das helle Sonnenlicht und sah eine Gestalt in einem langen, schwarzen Talar. Dann erkannte er sie. Es war Pater Tobias.

»Ich bitte tausendmal um Entschuldigung, Herr Seibold, dass ich so früh störe.« Seibold bemerkte, dass der Geistliche völlig verstört war. »Was ist denn los?«, fragte er und fuhr sich mit der Hand über die Augen.

»Darf ich vielleicht hineinkommen?« Der Pater schaute sich scheu um, als sei es ihm unangenehm, vor der Tür weiterzusprechen.

»Natürlich, kommen Sie herein«, antwortete Seibold und öffnete die Tür.

Als der Pallottinerpater eingetreten war, wandte er sich Seibold zu und schaute ihn ernst an. »Herr Seibold, es ... es ist anscheinend etwas Furchtbares passiert«, der Pater schluckte schwer, bevor er weitersprach, »... Heinz Peters ... sitzt in meiner Kammer und heult Rotz und Wasser. Er behauptet ... er habe eben seine Freundin tot aus dem Schwimmbad gezogen.«

Seibold brauchte einige Augenblicke, um das Gehörte zu begreifen. »Um Gottes willen ... was ist denn ... passiert?«, stotterte er, »haben ... Sie schon die Kollegen und einen Krankenwagen gerufen?«

»Nein, das habe ich in der Aufregung vergessen«, sagte Pater Tobias kleinlaut. Dann ging er einen Schritt auf Seibold zu und flüsterte: »Ich bin direkt zu Ihnen gekommen, weil Heinz meinte, ... sie sei wohl ermordet worden.«

Mit einem Schlag war der Kommissar hellwach und verzichtete auf jede weitere Frage. Er lief zum Telefon und rief die Polizeiwache und den Krankenwagen an. »Warten Sie einen Augenblick! Ich ziehe mir nur gerade was über«, sagte er hastig, als er vom Telefon zurückkehrte. Dann drehte er sich um und eilte die Treppe hoch.

»Können Sie mir sagen, was Ihr Schützling mit seiner Freundin nachts im Schwimmbad zu suchen hat?«, fragte Seibold ungehalten, als er wegen eines Radfahrers scharf bremsen musste, der von der Neugartenstraße auf die Tombergerstraße einbog. Nach dem ersten Schock war er erst jetzt allmählich in der Lage, die Umstände des Geschehenen zu hinterfragen. Obwohl das Waldschwimmbad nur fünf Gehminuten von der Polligstraße entfernt war, hatte sich der Kommissar entschieden, mit dem Auto dorthinzufahren.

Pater Tobias, der auf dem Beifahrersitz saß, wurde durch das unsanfte Bremsen nach vorne geschleudert. »Heinz Peters hat ... mir gebeichtet, dass er wohl ... schon mehrere Male nachts ausgebüchst ist und sich ... mit seiner Freundin getroffen hat. Sie ist Internatsschülerin im Lyzeum und heißt Margareta Spilles.« Der Pater klammerte sich krampfhaft mit beiden Händen am Haltegriff des Armaturenbretts fest und schaute Seibold ob seiner Fahrweise ängstlich an. »Dabei sind sie dann ... wohl auch immer schwimmen gegangen.«

Der Kommissar schüttelte fassungslos den Kopf und entschloss sich, weitere Einzelheiten lieber persönlich von Heinz Peters zu erfahren. Sie hatten das Kloster der Schwestern Unserer Lieben Frau passiert und gelangten an die kleine Stichstraße, die von der Tombergerstraße zum Schwimmbad hinabführte. Mit quietschenden Bremsen nahm er die Kurve und brauste am Vereinsheim des Tennisclubs vorbei den abschüssigen Weg hinunter. Vor dem Haupteingang des Schwimmbads stieg er voll in die Bremse und stellte den Wagen neben dem Rettungswagen der Malteser ab. Sie waren also schon da.

Am Kassenhäuschen begegneten sie zunächst dem Bademeister, der alle Hände voll zu tun hatte, den Frühschwimmern zu erklären, dass sie heute wegen eines Unfalls das Bad nicht benutzen konnten. Er kannte Seibold.

»Endlich, Walter, gut, dass du da bist«, sagte er und zeigte am Sprungturm vorbei auf die gegenüberliegende Seite des Schwimmbeckens. »Da hinten liegt sie!«

Seibolds Blick folgte dem ausgestreckten Arm des Bademeisters. Unterhalb der Treppe, die zur Liegewiese führte, konnte er zwei Rettungssanitäter erkennen, die vor dem Opfer niederknieten. Pater Tobias im Schlepptau, hastete der Kommissar auf die Unfallstelle zu, sorgsam darauf achtend, dass er nicht auf dem kleinen, nassen Gehweg, der das Becken umrandete, ausrutschte. Keuchend erreichte er die Sanitäter und warf einen Blick über ihre Schulter. Als er die dunklen Würgemale am Hals der Toten sah, wusste er, dass sie nicht durch einen Badeunfall ums Leben gekommen war. Seine schlimmste Befürchtung hatte sich bewahrheitet. Der Mörder hatte ein weiteres Mal zugeschlagen. Plötzlich wurde Seibold übel und es drehte sich alles um ihn. Er musste sich setzen.

»Herr Seibold, was ist mit Ihnen?«

Der Kommissar hörte die Stimme des Paters wie aus der Ferne.

»Geht es Ihnen nicht gut?«

»Doch ... doch ... es geht mir ... gut«, antwortete der Kommissar. Allmählich hatte er sich wieder gefangen. Vorsichtig stand er auf. Pater Tobias starrte ihn sorgenvoll an. Mit unsicheren Schritten ging der Kommissar zum Kassenhäuschen. Dort gab es ein Telefon. Er musste dringend Hausschild und die Spurensicherung anrufen. Von ferne hörte er das Martinshorn der Rheinbacher Polizei.

* * *

Seibold und Raaf standen auf der Tomburgerstraße unterhalb des Konvikts und besprachen das weitere Vorgehen. Sie waren bis eben am Tatort gewesen und hatten die Arbeit des Erkennungsdienstes aufmerksam verfolgt. Da die Staatsanwältin zugegen war, blieb Seibold im Hintergrund und überließ Hausschild die Leitung der Ermittlung am Tatort. Als dann die Vertreter der Presse eintrafen, hatten die beiden lieber das Weite gesucht.

Seibold entschied, dass Raaf Schwester Gisela, die Leiterin des Mädcheninternats, über den Tod ihrer Schutzbefohlenen unterrichten sollte. Die Nonne hatte schon um sieben Uhr verzweifelt an der Polizeiwache angerufen und die Schülerin als vermisst gemeldet. Seibold wollte währenddessen das Konvikt aufsuchen, um Heinz Peters zu befragen. Seibold und Raaf vereinbarten, sich am Nachmittag um halb drei mit Hausschild zu einer Besprechung auf der Rheinbacher Polizeiwache treffen.

Seibold betrat dieses Mal das Konvikt St. Albert durch den Haupteingang. Schon auf dem Flur wurde er von Pater Anselm empfangen. Er machte ein Gesicht, als wäre er den apokalyptischen Reitern persönlich begegnet. »Ist das nicht furchtbar, Herr Seibold?«, begrüßte er den Kommissar. »Was ist nur in Heinz gefahren?« Mit einer Geste bedeutete er Seibold, ihm zu folgen. »Und stimmt es?«, fragte er mit weinerlicher Stimme, »ist dieses arme Mädchen, mit dem er zusammen war, wirklich ermordet worden?«

Als Seibold seine Frage mit einem Kopfnicken beantwortete, schaute er mit einem verklärten Blick nach oben und sagte: »Welches Strafgericht des Herrn bricht denn nur über Rheinbach herein?«

Als er bemerkte, dass seine letzten Worte Seibold irritierten, drehte er sich um und schritt voran. Als sie die Treppe in den ersten Stock hinaufstiegen, fuhr der Leiter des Konvikts fort: »Heinz Peters stand so unter Schock, dass ich lieber den Arzt angerufen habe. Er hat ihm eben eine Beruhigungsspritze verabreicht. Nur gut, dass die anderen Internatsschüler noch nichts mitbekommen haben. Sie befinden sich, Gott sei Dank, noch alle in der Schule.«

Sie blieben vor einer dunklen Eichentür stehen, auf der das Namensschild *Pater Tobias* angebracht war. »Wir haben uns entschlossen, ihn noch eine Weile in seiner Obhut zu belassen«, erklärte der Pallottinerpater. »Wir wollten ihn nicht auf seinem Zimmer alleine lassen. Nur Wolfgang Siebertz ist hiergeblieben. Er ist sein Zimmernachbar und hatte große Sorge, als sein Freund die ganze Nacht nicht zurückkehrte. Er weiß über alles Bescheid.«

Der Pater öffnete vorsichtig die Tür. Die Fenster des Zimmers waren mit Vorhängen abgedunkelt. Seibold sah Pater Tobias und Wolfgang Siebertz neben einer Schlafcouch sitzen, auf der Heinz Peters lag. Der Konviktleiter hatte nicht übertrieben. Der Junge war in einem jämmerlichen Zustand. Leichenblass, mit einem blauen Morgenmantel bekleidet, lag er auf dem Rücken und starrte an die Decke. Als Seibold das Zimmer betrat, erhoben sich Pater Tobias und Wolfgang Siebertz von ihren Stühlen. Der Kommissar blieb stehen und musterte Heinz Peters. »Könnte ich vielleicht einige Minuten mit Heinz alleine reden?«, fragte er.

Die Umstehenden sahen Heinz Peters an. Nach einer Weile schloss dieser die Augen und sagte kaum hörbar: »Darf Wolfgang hierbleiben, Herr Seibold?«

Der Kommissar überlegte einen Moment, dann gab er sein Einverständnis. Die beiden Pater schauten sich verlegen an. Dann verließen sie wortlos den Raum.

Seibold setzte sich auf den Stuhl, auf dem vorher Pater Tobias gesessen hatte. Auch Wolfgang Siebertz setzte sich wieder. Als der Kommissar seinen Blick durch das Zimmer gleiten ließ, entdeckte er eine Flasche Sprudel und Trinkgläser, die auf einem kleinen Tisch neben der Schlafcouch standen. Wortlos erhob er sich und verteilte die Gläser. »Ich nehme an, Pater Tobias hat nichts dagegen, wenn wir in dieser Hitze einen Schluck aus seiner Sprudelflasche nehmen«, sagte er und füllte die Gläser. Seibold hatte den ganzen Morgen noch nichts getrunken und leerte sein Glas fast in einem Zug. Er wartete, bis die jungen Männer ebenfalls getrunken hatten und die Gläser absetzten.

Dann sagte er mit ruhiger Stimme: »Heinz, würdest du mir bitte erzählen, was in der letzten Nacht vorgefallen ist?«

Heinz Peters nahm einen weiteren Schluck aus dem Glas. Dann begann er mit stockender Stimme zu erzählen. Während er sprach, schaute er ab und zu hilfesuchend zu Wolfgang Siebertz. Er beschrieb die vergangene Nacht so detailliert wie möglich, verschwieg aber die Drogen. Der Kommissar hörte ruhig zu und unterbrach ihn nicht. Als Heinz seine Schilderung beendet hatte, schaute er Seibold unruhig an.

Der Kommissar schwieg einige Zeit. Dann sagte er. »Habt ihr solche nächtlichen Streifzüge schon öfters unternommen?«, fragte er schließlich.

Heinz Peters nickte zögerlich.

»Wie oft schon?«

Der Junge überlegte kurz. »Vier- oder fünfmal.«

Der Kommissar wandte sich Wolfgang Siebertz zu »Und du? Bist du mit Ursula auch schon in der Nacht auf Wanderschaft gewesen?«

Nach einem kurzen Zögern bejahte auch er.

»Wie seid ihr eigentlich in das Innere des Schwimmbads gelangt?«

Diesmal war es Wolfgang Siebertz, der antwortete: »Circa fünfzig Meter rechts neben dem Kassenhäuschen befindet sich sowohl vor als auch hinter der Umzäunung ein Gebüsch. Dort haben wir vor einigen Wochen ein Loch in den Zaun geschnitten, das von außen nicht zu sehen ist.«

Seibold gab sich mit der Antwort zufrieden. Er wusste, dass die Spurensuche dieses Loch entdeckt hatte.

»Eine Sache kann ich einfach nicht glauben«, wandte sich Seibold wieder Heinz Peters zu, »... dass du mir nichts dir nichts so einfach eingeschlafen bist und nichts mitbekommen hast.«

Heinz Peters hatte diese Frage erwartet und wechselte einen unsicheren Blick mit seinem Freund. Dieser nickte ihm zu. Daraufhin flüsterte Heinz Peters: »Ich ... ich ... war völlig high. Ich habe jede Menge Joints geraucht ... und ...«

»... dazu Bier getrunken«, beendete Seibold den Satz. Er wusste, dass der Erkennungsdienst viele Bierdosen in der Nähe des Schwimmbads an einer Parkbank gefunden hatte. Heinz Peters antwortete nicht und senkte den Kopf. Seibold wusste, dass diese Mixtur in großen Mengen eine absolut betäubende Wirkung hatte. Eine Sache stand für ihn fest: Heinz Peters schien wirklich nichts mitbekommen zu haben und fiel somit als Zeuge aus.

Seine nächste Frage richtete sich an beide Schüler: »Habt ihr in der Vergangenheit jemanden bemerkt, der euch und eure Freundinnen beobachtet oder sich in einer anderen Weise auffällig verhalten hat?«

Wieder schauten sich die beiden Freunde unsicher an. Nach einiger Zeit zuckten sie ratlos mit den Schultern und schüttelten den Kopf.

Draußen im Flur war plötzlich Lärm zu hören. Die ersten Internatsschüler kehrten vom Städtischen Gymnasium zurück. Seibold wusste, dass es nichts brachte, die Jungen weiterzuverhören. »Haltet euch für weitere Befragungen bereit«, sagte er.

Als er aufstand, wunderte er sich, warum er zu dieser abgenutzten Floskel gegriffen hatte. Es konnte nur ein Ausdruck seiner völligen Ratlosigkeit sein. Er verabschiedete sich und verließ den Raum.

Walter Seibold ging die Tombergerstraße in Richtung Polligstraße hinunter. Er wollte nach Hause. Er musste dringend sein Hemd wechseln und etwas essen. Außerdem wollte er Traudel und Johanna berichten, was passiert war. Er hatte seit seinem fluchtartigen Verlassen des Hauses am frühen Morgen noch nichts von sich hören lassen. Als er seinen Gang beschleunigte, spürte er wieder leichte Kopfschmerzen und seine alte Narbe. Die ersten Vorboten einer Wetteränderung. Es schien zwar noch die Sonne, aber die trockene, klare Luft wurde allmählich schwüler. Man hatte für morgen heftige Gewitter gemeldet.

Als er sich auf der Höhe des Hexenturms befand, konnte er sowohl die Bachstraße als auch auf die Polligstraße einsehen. Überall standen kleine Menschengruppen zusammen und diskutierten lebhaft. Der zweite Mädchenmord in Rheinbach innerhalb weniger Tage brachte die Volksseele zum Kochen. Er wusste, dass er und Hausschild immer mehr unter Druck gerieten, dem mörderischen Treiben endlich ein Ende zu setzten.

* * *

» ... und wenn wir in jedes Mauseloch hier in Rheinbach reinkriechen, wir müssen den Kerl erwischen!«, schnaubte

Hausschild und wippte ungeduldig auf seinem Stuhl, der beängstigende Töne von sich gab.

Seibold hatte mit seinem Chef soeben einen umfangreichen Maßnahmenkatalog aufgestellt, damit die Suche nach Wassmann endlich zum Erfolg führte. Er reichte von einem erneuten Einsatz der Suchtruppe über Straßensperren bis zu einer Wurfzettelaktion, mit der die Bevölkerung zur Mithilfe bei der Suche nach dem entflohenen Häftling aufgefordert wurde. Außerdem sollten Tag und Nacht Polizisten in Rheinbach und Umgebung patrouillieren.

Hausschild waren die Strapazen der eben zu Ende gegangenen, improvisierten Pressekonferenz, bei der er im Beisein der Staatsanwältin heftige Kritik hatte einstecken müssen, noch deutlich anzumerken. Immer wieder war die Frage laut geworden, warum die Polizei nicht in der Lage war, Wassmanns endlich habhaft zu werden. Für keinen der Anwesenden gab es offenbar irgendeinen Zweifel daran, dass er der Mörder der beiden Mädchen war und sich also noch irgendwo in Rheinbach oder Umgebung aufhalten musste.

»... dass mir am Ende meiner Laufbahn noch so ein Fall unterkommen muss ...«, Hausschild konnte den Satz nicht beenden, denn Manfred Raaf polterte in den Raum und hielt stolz ein in Stanniolpapier eingepacktes Paket hoch, aus dem der aufdringliche Geruch von Pommes Frites entwich.

»So, Herr Hausschild, ich glaube, wir haben uns allmählich eine kleine Stärkung verdient.« Er legte das Paket auf den Tisch und packte es aus. »Reifenbergers haben die besten Pommes weit und breit«, sagte er und reichte dem Bonner Polizisten ein Schälchen über den Tisch.

Hausschilds Schimpfen ging, als er die erste Fritte in Majo tunkte und in seinen Mund schob, sofort in ein genüssliches Grunzen über. Raaf bot auch Seibold eine Portion an, doch dieser lehnte ab, da er zu Hause schon gegessen hatte. Raaf verzog bedauernd das Gesicht, doch Seibold wusste, dass die Enttäuschung nur vorgetäuscht war, denn sein Kollege war im Grunde froh, zwei Portionen vertilgen zu können.

Seibold wartete einen Moment ab und nutzte die genießerische Stille seiner Kollegen, um seine Sicht der Dinge darzulegen. »Wir sollten trotzdem die Option nicht aus den Augen verlieren, dass der Täter aus dem Umkreis der Opfer kommt.«

Raaf und Hausschild schauten sich an und verdrehten die Augen.

»Ich kann einfach nicht glauben, dass es ein Zufall ist, dass die beiden ermordeten Mädchen aus der gleichen Clique kommen«, fuhr Seibold unbeirrt fort, »außerdem ging der Täter wieder untypisch für Wassmanns früheres Verhalten vor.«

Raaf stellte sein Schälchen ab und leckte sich seine Finger. »Das musst du mir näher erklären«, sagte er.

»Der Täter hat sein Opfer auch dieses Mal wieder nicht am Tatort liegen lassen«, entgegnete Seibold. »Die Spurensicherung hat eindeutig festgestellt, dass der Täter Margareta auf der Liegewiese erwürgt haben muss. Anschließend hat er sie die Treppe hinuntergezogen und ins Wasser geworfen. Die Schürfwunden und die Hämatome am Kopf belegen das eindeutig.« Seibold sah seinen Kollegen fest in die Augen. »Warum hat er das getan? Wir müssen zwar noch den endgültigen Bericht der Gerichtsmedizin abwarten, aber der Arzt vor Ort hat mir gesagt, dass er sich ziemlich sicher ist, dass das Mädchen schon tot war, bevor es ins Wasser geworfen wurde.«

Hausschild schluckte den Rest einer Fritte herunter, bevor er antwortete: »Vielleicht wollte der Täter nur sichergehen, dass sein Opfer auch wirklich stirbt.«

Seibold zuckte mit den Schultern. »Schon möglich ... aber ich glaube es nicht.«

»Ansonsten passt aber das Vorgehen exakt zu Wassmann«, erklärte Hausschild, »es ist eindeutig erwiesen, dass er sich auch in Duisburg seine Opfer im Wald oder in Parks aussuchte. Genauso verhält es sich hier in Rheinbach. Dann ist es gar nicht mehr so ein großer Zufall. Wer treibt sich sonst hier in Rheinbach nachts an diesen Orten herum? Es sind doch die Jugendlichen aus dieser Clique.«

Seibold kannte Hausschild schon viele Jahre und schätzte sein kriminalistisches Gespür eigentlich außerordentlich. Es musste also der ungeheure Erfolgsdruck sein, der ihn so unzugänglich für seine Argumente machte.

»Wenn es Wassmann war, müssen wir davon ausgehen, dass er sich mit großer Wahrscheinlichkeit die ganze Zeit hier in der Gegend aufgehalten hat«, warf Raaf ein. »Wo kann er sich nur so lange verstecken, ohne eine Spur zu hinterlassen? Er muss doch essen oder seine Wunde behandeln lassen.«

»Seid ihr schon auf den Gedanken gekommen, dass ihn vielleicht jemand verstecken könnte?«, fragte Seibold.

»Hier in Rheinbach?«, entgegnete Raaf fassungslos, »wer sollte so was machen? Und warum?«

Einen Moment sahen sich die Polizisten fragend an.

Schließlich sagte Hausschild: »Wenn es sich wirklich so verhält, dann kommt vielleicht etwas bei der Befragung der Bevölkerung raus. Vielleicht gibt es jemanden in Rheinbach, dem etwas aufgefallen ist?«

Der Leiter der Bonner Mordkommission war bei diesen Worten aufgestanden und faltete sein leeres Frittenschälchen zusammen.

»Auf jeden Fall solltest du sicherheitshalber weiterhin im Umkreis der Jugendlichen ermitteln«, sagte er zu Seibold,

»ich werde mich derweil mit den übrigen Kollegen der Sonderkommission intensiv auf die Suche nach Wassmann machen.« Damit wandte er sich an Raaf, der gerade begonnen hatte, seine zweite Portion zu vertilgen: »Und Sie, Herr Raaf, übernehmen mit Ihren Kollegen die Wurfzettelaktion!«

Der Leiter der Rheinbacher Polizeiwache kommentierte die Aufforderung Hausschilds, indem er sich geräuschvoll an einer Fritte verschluckte.

* * *

»Lobet den Herren, den mächtigen König ...« Stimmgewaltig drang das Kirchenlied aus den leicht geöffneten Fenstern der Kapelle des Altbaus auf die Fahrstraße, die zum Neubau des Lyzeums führte.

Seibold verharrte einen Moment und überlegte, ob er wieder umkehren und das Internat später noch einmal aufsuchen sollte. Er rechnete damit, dass Schwester Gisela ebenfalls den Gottesdienst besuchte und er sie nicht antreffen würde. Doch dann entschied er sich, es dennoch zu versuchen. Langsam ging er die Stufen in die Empfangshalle des Gebäudes hoch. Er sah auf der linken Seite die Hausmeisterloge, die jetzt nicht besetzt war, weil der Schulbetrieb um diese Uhrzeit längst vorbei war. Er blieb stehen und lauschte einen Moment, aber es herrschte im gesamten Schultrakt eine fast schon beängstigende Stille.

»Hallo, ist da jemand?« Seibolds Stimme hallte laut durch die Halle und den Treppenaufgang hoch, der sich ihm gegenüber befand und in die höheren Stockwerke führte. Er wartete einen Augenblick. Als er keine Antwort erhielt, ging er auf eine Glastür zu, hinter der sich ein langer Gang befand. Er öffnete sie und lauschte hinein. Er vernahm eine Stimme, die aus einer der Türen weiter hinten im Gang zu ihm drang. Mit verhaltenen Schritten ging er ihr nach und blieb vor der Tür stehen. Sie war einen Spalt geöffnet und Seibold konnte hören, dass sich jemand auf Englisch unterhielt. Dann erst entdeckte er das Schild, das rechts neben der Tür angebracht war. *Schwester Gisela, Direktorin.* Er war also richtig.

Langsam griff er mit der Hand nach der Tür und zog sie so weit auf, dass er in das Zimmer sehen konnte. Er sah eine Frau um die Sechzig in dunkler Ordenstracht hinter einem Schreibtisch sitzen. Ihre Haare waren nicht zu erkennen, denn sie waren sorgsam unter einer Schwesternhaube versteckt. Sie hielt einen Telefonhörer in der Hand und sah sehr erschöpft aus. Seibold konnte trotz ihrer getönten Brillengläser erkennen, dass sie gerötete Augen hatte. Die Nachricht über Margaretas Tod schien sie sehr mitgenommen zu haben. Im Augenblick schien das Gespräch unterbrochen zu sein und sie nutzte die Zeit, um ein Brötchen in eine Tasse Kakao zu tunken.

Seibold kannte diese Essgewohnheit noch von Tante Lisa. Sie nannte sich in der Voreifeler Mundart Zoppen. Gerade wollte sie den Happen zum Mund führen, als sie an einem knackenden Geräusch in der Leitung bemerkte, dass die Verbindung abgebrochen war. Mit einem groben Schimpfwort knallte sie den Hörer auf die Gabel und biss in das Brötchen.

Seibold räusperte sich und klopfte an. Schwester Gisela erschrak. Hastig würgte sie den Bissen hinunter und rückte ihre Schwesternhaube zurecht. »Ja bitte, wer ist da?«, fragte sie übertrieben laut, um die peinliche Situation zu überspielen. »Entschuldigen Sie bitte, dass ich so hereinplatze«, erwiderte Seibold und öffnete die Tür vollständig, »aber es war niemand da, der mich bei Ihnen hätte anmelden können.«

»Ja, ja«, gab die Nonne zur Antwort und verbarg das angebissene Brötchen in einer offenen Schublade, »es sind alle in der Trauerandacht.«

Als Seibold nichts erwiderte, sagte sie betroffen: »Sie müssen wissen: Zwei unserer Schülerinnen sind in den letzten Tagen ermordet worden. Diese Nacht war es eine Internatsschülerin, für die ich die Verantwortung hatte. Es ist einfach unfassbar.«

»Aus diesem Grund bin ich hier«, entgegnete der Kommissar und stellte sich vor. »Seibold, Seibold ..., sind Sie vielleicht der Vater von Johanna Seibold aus der Untersekunda? Der Kommissar?«

Seibold nickte. Die Miene der Nonne erhellte sich ein wenig. »Ich habe Johanna im Englischunterricht. Angenehm Sie kennenzulernen. Nehmen Sie doch Platz, Herr Seibold!«

Der Kommissar rückte den Stuhl vor dem Schreibtisch zurecht und setzte sich.

»Ich konnte nicht mit in die Kapelle«, fuhr Schwester Gisela erklärend fort, »ich versuche schon den ganzen Tag, Margaretas Eltern zu erreichen.«

»Ist das so schwer?«, wollte Seibold wissen.

Schwester Gisela nickte. »Margaretas Vater, Erwin Spilles, gehört eine bekannte Ölspedition in Bergheim. Er weilt zurzeit auf Geschäftsreise in Übersee und wird von seiner Frau begleitet. Es ist fast unmöglich, an ihn heranzukommen.«

»Haben Sie es schon einmal über ihre Verwandten oder die Firma versucht?«

»Margareta hat keine Geschwister, und andere Verwandte sind mir nicht bekannt ...« Die Nonne machte eine kleine Pause und nahm einen Schluck aus der Kakaotasse, »... und außerdem möchte ich gerne die Nachricht selber überbringen, ... auch wenn es mir schwerfällt.«

Schwester Gisela seufzte laut hörbar und schaute Seibold verzweifelt an.

»Es ist so furchtbar«, die Ordensschwester verlor die Fassung, »die Eltern geben ihre Kinder voller Vertrauen in unsere Obhut. Und dann passiert so etwas ...« Die Internatsleiterin setzte ihre Brille ab und wischte sich mit einem Taschentuch über die nassen Augen.

»Sie sollten sich nicht zu sehr verantwortlich fühlen«, versuchte Seibold die Ordensschwester zu trösten, »Margareta hat sich schließlich ohne Ihr Wissen aus dem Internat entfernt. Sie wusste, dass sie einen schweren Verstoß gegen die Hausordnung beging.«

Die Schulleiterin schüttelte den Kopf. »Ein schwacher Trost. Was ist das nur für eine Zeit, Herr Seibold?«

Der Kommissar schaute erstaunt auf. Die plötzliche Schärfe in ihrer Stimme überraschte ihn.

»Vor einigen Jahren hätte sich noch niemand getraut, uns so zu hintergehen. Aber die jungen Dinger werden immer dreister und nutzen die Freiheiten, die wir ihnen geben, maßlos aus ...«, die Stimme der Nonne bebte vor Zorn. »... mit ihrer aufreizenden und unkeuschen Kleidung provozieren sie die Männer geradezu. Kein Wunder, dass dann so etwas passiert wie diese Nacht. Wenigstens hier in der Schule habe ich noch die Möglichkeit, durch eine strenge Kleiderordnung dieser neuen Mode entgegenzuwirken.«

Seibold dachte an das Gespräch mit Traudel und entschied sich, auf einen Kommentar zu verzichten. Er wartete, bis sich die Nonne wieder einigermaßen beruhigt hatte. Dann sagte er: »Darf ich Ihnen jetzt einige Fragen stellen?«

Schwester Gisela fuhr sich wieder mit ihrem Taschentuch über die Augen und nickte.

»Wie viele Männer sind an Ihrer Schule bzw. an Ihrem Internat beschäftigt?«

Die Schwester schaute zunächst irritiert auf. Nur ganz allmählich verstand sie den Sinn der Frage. »Sie meinen doch nicht ...«, stammelte sie.

»Reine Routine«, beruhigte sie der Kommissar.

Die Direktorin überlegte einen Moment. »Wir haben in unserem Lehrerkollegium nur sehr wenige Männer. Dann gibt es noch Herrn Martini, unseren Hausmeister, und die Gärtner.«

»Ist Ihnen im Verhalten dieser Personen den Mädchen gegenüber etwas aufgefallen?«

Die Nonne schüttelte den Kopf.

»Oder ist Ihnen diesbezüglich von den Mädchen etwas zugetragen worden?«

Wieder verneinte die Schwester nach kurzer Überlegung.

»Können Sie mir bitte bis morgen eine Liste Ihrer männlichen Angestellten geben?«

»Was möchten Sie denn damit?«, fragte Schwester Gisela.

»Auch das ist reine Routine«, antwortete der Kommissar. Natürlich würde er alle, die auf der Liste standen, hinsichtlich irgendwelcher Auffälligkeiten überprüfen.

In diesem Moment klingelte das Telefon. Die Schwester wartete einen Augenblick. Dann blickte sie Seibold entschuldigend an und hob ab. Jemand meldete sich auf der anderen Seite in englischer Sprache. Die Nonne legte die Hand auf die Muschel. »Es ist Amerika«, flüsterte sie.

Seibold hatte verstanden und reichte der Oberin die Hand. »Vielen Dank für Ihre Auskünfte«, sagte er schnell, »ich werde morgen noch einmal vorbeischauen und mir die Liste abholen. Außerdem möchte ich Ursulas und Margaretas Mitschülerinnen befragen.«

Schwester Gisela nickte. Als der Kommissar den Raum verlassen hatte, war die Verbindung schon wieder unterbrochen. Schwester Gisela wartete geduldig und tunkte ihr Brötchen in den Kakao. Sie dachte noch einmal an das Gespräch mit Seibold. Da fiel ihr plötzlich ein, dass sie Pater Ambrosius in ihrer Aufzählung vergessen hatte. Dabei kam ihr wieder sein sonderbares Verhalten von vorgestern Abend, als sie ihm in der Kapelle begegnet war, in den Sinn. Sie wollte aufstehen und Seibold hinterherlaufen. Dann entschied sie sich, doch sitzen zu bleiben. Nein, das konnte nicht sein. Das war einfach unmöglich! Wieder klingelte das Telefon.

* * *

Seibold hatte aufgehört zu spielen. Er stand vom Klavier auf und setzte sich neben Traudel auf die Couch. Sie war eben von Elisabeth zurückgekehrt und suchte in einem kleinen Karton nach Adressen von Verwandten, die eine Einladung zu Ursulas Beerdigung erhalten sollten.

»Warum hast du schon aufgehört?«, fragte sie. Traudel liebte es, wenn er Klavier spielte.

»Ich bekomme heute einfach nichts zustande«, antwortete der Kommissar resigniert.

In diesem Augenblick schallte laute Musik aus der ersten Etage. Johanna hatte wieder ihre Lieblingsplatte aufgelegt. *Please allow me to introduce myself* ... Traudel legte den Karton beiseite und wollte aufstehen.

»Lass sie nur«, sagte er und hielt sie am Arm fest, »ich spiele heute sowieso nicht mehr.«

Seibold dachte an den Streit von eben mit Johanna. Obwohl in Rheinbach im Augenblick an jeder Straßenecke Polizisten patrouillierten, hatte er ihr verboten, am Abend das Haus zu verlassen, solange der Mädchenmörder nicht gefasst war. Wütend hatte sie sich auf ihr Zimmer verzogen. Und er war die ewigen Auseinandersetzungen mit ihr einfach leid. Zusammengesunken saß er auf der Coach und stierte auf den Boden. Traudel beobachtete ihn. Sie hatte ihn noch nie so gesehen. Fahl und abgespannt und wie um Jahre gealtert.

»Was ist mit dir, Walter?«, fragte sie leise.

Es vergingen einige Sekunden, bevor Seibold antworte: »Traudel ... ich kann nicht mehr. Ich kann diesen Beruf nicht mehr ertragen.«

Traudel starrte ihn entgeistert an.

»Heute Morgen, als ich den geschundenen Körper dieses jungen Mädchens sah, spürte ich, dass die letzte Schale von mir abgefallen ist«, fuhr er mit Verzweiflung in der Stimme fort.

»Was meinst du damit?«, fragte sie noch immer konsterniert.

»Es ist wie bei einer Zwiebel», antworte Seibold und schaute sie mit leeren Augen an, »sie hat viele Schalen, die ihr Innerstes schützen. Bei jeder dieser scheußlichen Verbrechen, die ich in den vielen Jahren erleben musste, ist eine Schale von mir abgefallen. Jetzt fühle ich mich so, als wäre meine Seele freigelegt. Ich habe keine Kraft mehr, gegen das Böse anzugehen.«

Traudels Blick wurde weich. Sie zog seinen Kopf an sich heran. »Es ist im Augenblick einfach alles zu viel für dich«, sagte sie und streichelte ihm über das Haar, »der Tod Ursulas und der Schmerz, uns alle so leiden zu sehen, dein Versprechen an Helmuth, die Angst, Johanna zu verlieren und ...«, sie machte eine kleine Pause, »... ich kenne dich ganz genau ... deine Selbstvorwürfe, den Mord an dem jungen Mädchen letzte Nacht nicht verhindert zu haben.«

Als Seibold schwieg, fuhr sie fort: »Du bist ein guter Polizist. Viele deiner Kollegen sagen, dass du die seltene Gabe der Intuition hast. Du erspürst bei einem Verbrechen oft schneller als die anderen, wer der Schuldige ist. Aber auch das hat seine Grenzen. Du darfst dich nicht für alles verantwortlich machen.«

Sie spürte, dass ihre Worte ihm guttaten, dass sein Atem wieder ruhiger ging. »Schöpfe wieder Kraft daraus, dass es Menschen geben muss, die gegen das Böse angehen und dass du die besondere Gabe hast, das gut zu können. Erneuere deine Schalen mit dem Gedanken, die Opfer zu sühnen und den Menschen, die ihre Angehörigen durch ein Verbrechen verloren haben, den einzigen Trost zu schenken, den sie haben, indem du den Täter seiner gerechten Strafe zuführst. Denke an Helmuth und Elisabeth, an Maria und Johanna und ... an mich!«

Walter Seibold hatte seine Augen geschlossen und zugehört. Er spürte Traudels gleichmäßigen Herzschlag und die Kraft, die er ihm verlieh. Morgen früh würde er sich wieder an seine Arbeit machen.

* * *

Mit unmenschlicher Anstrengung hatte er sich wieder zur Tür geschleppt. Er hängte sich mit beiden Händen an die Klinke und zog sie herunter, obwohl er wusste, dass es zwecklos war. Sie würde sich nicht öffnen. Dann hob er seine Hand und schlug gegen das Metall, aber seine Schläge waren in den letzten Stunden immer kraftloser geworden. Niemand würde sie hören. Schließlich warf er sich mit letzter Kraft dagegen. Aber was konnte sein geschwächter Körper gegen dieses robuste Hindernis aus Stahl ausrichten?

Voller Verzweiflung lehnte sich Friedrich Wassmann gegen die Tür und kühlte seine heiße Stirn an dem kalten Stahl. Da sackte er zusammen und schrie. Erneut schüttelten Krämpfe seine Eingeweide. Er umfasste Bauch und Magen mit beiden Armen, als wollte er den brennenden Schmerz umfassen und erwürgen. Nach endlosen Minuten ließ die Pein nach, und er lag keuchend auf dem Boden. Er wusste: Der Schmerz würde wiederkommen und in immer kürzeren Abständen sein Inneres verbrennen. Allmählich war es ihm zur Gewissheit geworden: Das verdammte Drecksstück würde ihn hier unten verrecken lassen. Seit zwei Tagen hatte sie sich nicht mehr sehen lassen. Zunächst hatte er versucht, aus dem Fenster zu entkommen, aber das Luder hatte den Lichtschacht versperrt. Immer wieder hatte er am Fenster gestanden und laut um Hilfe gerufen, bis seine Stimme versagte. Aber niemand hatte ihn gehört. Dann kam der Durst und er musste leidvoll erfahren, dass sie auch das Wasser abgestellt hatte. Als Letztes hatte sie ihm den Strom abgedreht, und das Licht war ausgegangen. Seitdem konnte er sich nur noch wie ein Blinder tastend im Raum bewegen. Und immer wieder hatte er sich gefragt: warum? Was war plötzlich in sie gefahren? Was war der Grund, dass sie ihn so elendig verrecken lassen wollte? Gut, er hatte sie hintergangen, indem er sich nachts aus seinem Versteck geschlichen hatte. Aber das war doch kein Grund, ihn so zu bestrafen.

Dem Wahnsinn nahe robbte Wassmann nun zum Waschbecken und zog sich hoch. Gierig suchte seine trockene Zunge den Wasserhahn. Als sie ihn gefunden hatte, versuchte er, etwas Flüssigkeit aus der Leitung zu saugen, um das schreckliche Brennen in seinen Eingeweiden zu lindern. Vor einigen Stunden hatte er wenigstens noch einige Tropfen herauslutschen können. Aber auch diese Quelle war jetzt versiegt.

Keuchend schleppte er sich wieder zur Tür. Er legte sich hin und versuchte verzweifelt, durch den kleinen Türspalt am Fußboden zu spähen. Dort war eine winzige Lichtquelle. Er wollte nur ein kleines bisschen Licht, eine kleine Hoffnung, in der großen Finsternis um ihn herum.

Da ließ ein erneuter Anfall seinen Körper verkrampfen. Mit heiserer Stimme schrie er seinen Schmerz und seine Verzweiflung in die Dunkelheit.

Donnerstag, 14. August 1969

Seibold war etwas länger im Bett liegen geblieben. Normalerweise stand er immer mit Traudel und Johanna auf. Es waren nicht nur seine Kopfschmerzen, die ihn heute davon abgehalten hatten. Er wollte seiner Tochter einfach nicht begegnen. In den letzten Tagen hatte sie ihn beim gemeinsamen Frühstück völlig missachtet. Er konnte es einfach nicht mehr ertragen. Er spürte, dass ihr Verhalten ihn ablenkte und seine Konzentration und Kraft zu sehr beanspruchte. Irgendwie hatte er im Gefühl, dass er beides an diesem Tag mehr denn je brauchen würde.

Die Situation war auch für Traudel immer unerträglicher geworden. Seibold hatte die beiden schon den ganzen Morgen streiten gehört. Als er aus dem Bad kam, stand Johanna an der Haustür. Bevor sie das Haus verließ, sagte sie übertrieben laut, damit er es auch mitbekam: »Aber in die Schule darf ich gehen. Das ist nicht zu gefährlich, oder?« Dann fiel die Tür ins Schloss.

Als Seibold die Treppe herunterkam, wartete Traudel auf ihn. Sie wusste, dass er die letzten Worte gehört hatte, und wollte etwas dazu sagen. Aber der Kommissar schüttelte den Kopf. Er wollte einfach nichts mehr davon hören.

Traudel akzeptierte es und sagte stattdessen: »Du weißt, dass ich gleich mit Elisabeth nach Bonn fahren möchte? Wir brauchen für die Beerdigung dringend neue Trauerkleidung. Wärst du so nett, heute die Brötchen zu holen? Ich kann mich dann in der Zwischenzeit schon fertigmachen.«

Seibold war es recht. Er liebte es, durch das morgendliche Rheinbach zu gehen, wenn die Kinder in der Schule waren und die Betriebsamkeit auf den Straßen begann. Er holte seine Geldbörse aus einer Schublade des Küchenschranks und ging zur Haustür.

Als er auf der Schwelle stand, fasste ihn Traudel zärtlich am Arm. »Ich habe es im Gefühl, dass du heute ein gutes Stück weiterkommst«, sagte sie und küsste ihn auf die Wange. Sie hatte an das Gespräch von gestern Abend gedacht und wollte ihm Mut machen.

Er nickte dankbar und ging in den Hof.

Als er durch die Hoftür die Polligstraße betrat, meldeten sich wieder seine pochenden Kopfschmerzen. Die Sonne schien das erste Mal seit drei Wochen nicht mehr und versteckte sich mehr und mehr hinter Kumuluswolken, die das nahende Gewitter ankündigten. Dafür hatte eine für diese Uhrzeit schon unerträgliche Schwüle eingesetzt.

Seibold blieb einen Moment an der Kreuzung zur Bachstraße stehen und wischte sich den Schweiß aus dem Nacken. Von dort genoss er den Blick auf die kleine Grundschule, die sich malerisch an die alten Fachwerkhäuser und die Reste der früheren Burganlage anschloss. Er sah die Erstklässler durch die Fensterscheiben, wie sie mit ihren Griffeln Buchstaben auf ihre Tafeln kritzelten. Unweigerlich kam ihm der Gedanke, wie es möglich war, dass in dieser Kleinstadtidylle ein Mörder auf diese bestialische Art sein Unwesen treiben konnte.

Nachdem er die kleine Torpassage von der Pfarrgasse zum Lindenplatz durchschritten hatte, hörte er, wie jemand seinen Namen rief. Seibold drehte sich um und sah einen kleinen Mann, der mit verschränkten Armen an einer Hauswand lehnte. »Seibold, komm ens hä!«, rief er.

Der Kommissar kannte ihn. Es war Jupp Reifferscheid. Ein Original, das jedem in Rheinbach ein Begriff war. Irgendwann, durch die Erlebnisse vom letzten Krieg seelisch zerstört, hatte er sich entschlossen, niemals etwas anderes zu tragen als einen blauen Arbeitsanzug und eine alte, grüne Kappe. Auch nicht an Sonn- und Feiertagen. Meistens trieb er sich in den Altstadtgässchen in der Stadtmitte herum. Arbeiten hatte ihn schon lange keiner mehr gesehen, dafür hielt er gerne einen Plausch mit jedem Passanten und brachte sie mit unsinnigen Fragen und lustigen Lügenmärchen zum Lachen. Seibold mochte ihn und ließ ihn nicht einfach stehen.

»Hallo Jupp«, sagte er und ging auf ihn zu. »Ist es dir auch so warm wie mir?« Seibold hatte sich auch nach sechzehn Jahren noch nicht an den Rheinbacher Dialekt herangetraut.

Jupp Reifferscheid überging die Frage. »Saach, Seibold, ich han doheim e Booch jefonge. Meenst de, dat könnt ich verkoofe?«

»Na klar, Jupp«, antwortete der Kommissar und konnte sich ein Grinsen nicht verkneifen, »Bücher können die Leute immer gebrauchen.« Er wusste, worauf das Schlitzohr hinauswollte und sagte. »Bring es mir vorbei!«

Jupp strahlte ihn glücklich an.

Als Seibold weiterging, wusste er, dass auch das Buch seinen Platz in einem Schrank im Schuppen finden würde. Neben all dem vielen Krimskrams, den ihm Jupp seit vielen Jahren für jeweils fünfzig Pfennige verkauft hatte.

Hell schrillte die Türschelle, als Seibold die Tür zur kleinen Bäckerei *Horst* in der Neustrasse öffnete. Eine Kundin war vor ihm an der Reihe. Geduldig ging er zur Rückwand des Verkaufsraums und betrachtete die Schokoladentörtchen, die appetitlich in einer Glasvitrine ausgelegt waren. Anneliese Horst, die Bäckerin und Kegelfreundin von Traudel, war nicht im Laden.

Dafür bediente Anita, eine kleine schwarzhaarige Verkäuferin, die in der Bäckerfamilie als Mädchen für alles fungierte. Seitdem sie erfahren hatte, dass Seibold Kriminalkommissar war, himmelte sie ihn an. »Wat darf et sein?«, sprach sie die Kundin an und balancierte mit schriller Stimme zwischen Voreifeler Mundart und Hochdeutsch, »wieder vier Brütsche und ein Schwarzbrot?«

Die Kundin, eine gepflegte Frau in einem eleganten Hosenanzug, antwortete so leise, dass Seibold sie nicht verstehen konnte.

»Heute wieder nur zwei? Se han och Räch, in der Schwüle kriecht mer nix runter.«

Nur anhand Anitas Antwort konnte der Kommissar erahnen, was die Kundin gesagt hatte.

Schnell hatte die Verkäuferin die gewünschte Ware mit geübten Griffen eingepackt. »Dann krije ich eine Mark und achtzig«, sagte sie und legte die Tüte mit den Backwaren auf die Ablage der Glastheke.

Die Dame hatte den Preis wohl schon errechnet, denn ohne in ihr Portemonnaie zu greifen, überreichte sie Anita den passenden Betrag. Dann verstaute sie die Brötchentüte in ihrer Einkaufstasche, und mit einem ausgesucht höflichen »Vielen Dank und auf Wiedersehen!« drehte sie sich um und ging zum Ausgang. Dabei drehte sie Seibold den Rücken zu und streifte ihn mit einem scheuen Blick.

Wiederum ging der Ton der schrillen Türschelle Seibold durch Mark und Bein, als sie die Tür öffnete und die kleinen Treppenstufen zur Neustraße hinunterging.

»Wie hältst du dieses schreckliche Gebimmel nur den ganzen Tag aus, Anita?«, fragte Seibold und kam an die Verkaufstheke.

»Mit der Zeit jewöhnt sich der Mensch an alles, Herr Seibold«, antwortete Anita und verstaute das Geld in die Kasse.

»Wer war übrigens die nette Dame, die gerade den Laden verlassen hat?« Seibold schaute der eleganten Frau durch das große Schaufenster hinterher.

Die Verkäuferin musterte den Kommissar mit einem kessen Blick. »Wollen Se mich etwa verhören, Herr Kommissar?«

» Nein, nein«, lächelte Seibold, »es ist nur rein interessehalber.«

»Dann passen Se aber auf, dass ich der Frau Seibold nix davon erzähle.«

»Das würdest du doch nie tun, oder?«, fragte Seibold gespielt streng.

»Natürlich nich, dafür kann ich Se viel zu jut leiden.« Anita schritt zum Schaufenster und warf nun ebenfalls der Kundin einen kurzen Blick hinterher. »Also, dat is de Frau Clausing, eine janz feine Frau! Se kommt aus Köln und wohnt ein paar Häuser weiter de Neustraß erauf.«

Seibold ging zur Eingangstür, um von dort einen besseren Blick auf die Straße zu haben. Er sah, dass Frau Clausing jetzt ihre Wohnung erreicht hatte und die Eingangstür aufschloss. »Soviel ich weiß, hatte se in Köln en Apothek und soll nich unvermöjend sein. Kein Mensch weiß, warum se hier nach Rheinbach jezogen is. Aber dat jeht ja auch keinen wat an.«

Nachdenklich nickte Seibold mit dem Kopf. »Dann hätte ich gerne vier Brötchen, Anita!«, sagte er schließlich. »Traudel kommt bestimmt schon um vor Hunger!«

Der Kommissar stand vor der Bäckerei und schaute auf seine Armbanduhr. Es war gerade einmal halb neun, und das Hemd klebte ihm schon am Leib. Nachdenklich ging sein Blick noch einmal zu dem kleinen Haus, das Frau Clausing eben betreten hatte. Obwohl er sie nur ganz flüchtig gesehen hatte, war er sich sicher, dass er sie irgendwo schon einmal gesehen hatte. Außerdem konnte er sich des Eindrucks nicht erwehren, dass sie ihr Gesicht vor ihm hatte verbergen wollen. Tief in Gedanken machte er sich auf den Heimweg.

Als er die Hauptstraße überqueren wollte, sah er einen jungen Mann in grüner Uniform, der einen kleinen Tabakwarenladen betrat. Es war ein Bediensteter der JVA. Plötzlich stutzte der Kommissar und blieb stehen. Er schaute dem jungen Beamten nach und fasste sich an den Kopf. Das war es! Er konnte sich jetzt genau erinnern. Frau Clausing war Mitglied der Betreuergruppe in der JVA gewesen. Er hatte sie gesehen, als er vor einigen Tagen bei Hoffmann gewesen war. Aufgeregt setzte er seinen Weg fort.

Als er an dem kleinen Spielwarengeschäft *Conzen* vorbeikam, beschleunigte er seinen Schritt. Auf dem Lindenplätzchen begann er zu laufen. Jupp Reifferscheid stand noch immer an der gleichen Stelle und wunderte sich, was in den Kommissar gefahren war.

Traudel schaute ihren Mann fassungslos an, als er völlig verschwitzt und außer Atem die Wohnung betrat. »Ist etwas passiert?«, fragte sie ängstlich.

»Nein, nein«, antwortete Seibold und eilte an ihr vorbei ans Telefon. Er schlug das Telefonbuch auf. »Justiz ... Justiz ...«, sagte er leise vor sich hin und blätterte hastig die Seiten um. Als er endlich die richtige Seite gefunden hatte, prägte er sich die Telefonnummer ein. Dann begann er zu wählen.

»JVA Rheinbach, Vermittlung«, meldete sich eine Stimme nach wenigen Augenblicken.

»Bitte verbinden Sie mich mit dem Anstaltsleiter«, sagte Seibold und tippte mit den Fingern nervös auf das Telefonbuch.

Endlich stand die Verbindung. »Kreis, Vorzimmer von Herrn ...«, weiter kam sie nicht.

»Seibold am Apparat, bitte geben Sie mir Herrn Hoffmann!«

»Das geht nicht, Herr Seibold. Er ist in der Abteilungsleiterkonferenz und will nicht gestört werden«, antwortete die Sekretärin gereizt.

»Frau Kreis, es muss gehen. Es ist von äußerster Wichtigkeit.« Seibold spürte, dass sie einen Moment unschlüssig war, und legte mit eindringlicher Stimme nach: »Frau Kreis, ich bitte Sie! Es geht um Friedrich Wassmann!«

»Gut«, gab sie schließlich nach, »ich stelle Sie durch.«

Es dauerte eine Weile, bis sich Hoffmann meldete. »Ich habe doch ...«, polterte er los.

Seibold ließ ihn nicht ausreden. »Herr Hoffmann, ich habe Frau Kreis ausdrücklich gebeten, mich mit Ihnen zu verbinden. Seibold hier, Kripo Bonn. Sie wissen doch, wir haben vor einigen Tagen miteinander gesprochen. Ich habe eine ganz dringende Anfrage bezüglich Friedrich Wassmann.«

»Ach, Sie sind es, Herr Seibold!«, sagte der Anstaltsleiter in versöhnlicherem Ton, »was gibt es denn so Wichtiges?«

»Können Sie mir sagen, ob eine Frau Clausing aus Rheinbach der externen Betreuergruppe angehört und sich um Wassmann gekümmert hat?«

Der Anstaltsleiter überlegte einen Moment. »Ich kenne Frau Clausing«, antwortete er zögernd, »aber ob sie speziell Wassmann betreut hat, kann ich Ihnen nicht sagen. Da müsste ich nachfragen. Bleiben Sie bitte einen Moment dran!«

Seibold hörte ungeduldig mit, wie Hoffmann in seiner Abteilungsleiterrunde herumfragte. Dann meldete sich Hoffmann wieder.

Als Seibold den Hörer auflegte, sagte er langsam zu Traudel: »Ich glaube, ich weiß jetzt, wo Wassmann ist.«

Er wartete einen Augenblick, um seine Gedanken zu ordnen. Dann hob er den Hörer wieder ab. Er musste dringend mit Hausschild und Raaf telefonieren.

* * *

Die Jugendlichen schauten immer wieder aus dem Fenster. Aber noch war niemand auf der Tombergerstraße zu sehen. Wie jeden Donnerstagmorgen hatten sie sich im kleinen Clubhaus des Tennisvereins getroffen, um die Schulmesse zu schwänzen. Wolff Hanig, der Schlagzeuger der *Troop*, war Mitglied des Vereins und besaß einen Schlüssel. So konnten sie hier unbeobachtet ihre Zeit verbringen. Sie wussten zwar, dass sie vom Gesetz her religionsmündig waren und nicht verpflichtet werden konnten, die Messe zu besuchen, aber das Lehrerkollegium und insbesondere der Religionslehrer, Dr. Schimme, der die Messe abhielt, sahen es gar nicht gerne, wenn sie ihr fernblieben. Es hatte schon einigen Ärger gegeben, und es war bekannt, dass das Schwänzen des Schulgottesdienstes beträchtlichen Einfluss auf Dr. Schimmes Notengebung im Fach Religion hatte.

Die Gruppe saß um einen kleinen Tisch in der Nähe der Clubtheke und diskutierte schon eine ganze Weile angestrengt. Wolfgang Siebertz war gerade aufgestanden und drehte sein Tonbandgerät leiser, damit sie sich besser unterhalten konnten.

»Du weißt genau, was Seibold und der Rheinbacher Bulle uns gesagt haben«, sagte Heinz Peters, »wir sollen auf jeden Fall jede kleinste Auffälligkeit innerhalb unserer Clique melden. Auch von Leuten aus unserem Umfeld.«

»Aber bedenke auch, was wir in diesem Falle damit anrichten können«, der Bandleader holte seine Geldbörse aus der

Hosentasche und ging zum Cola-Automaten, »Pater Wilfried wird kein Bein mehr auf die Erde bekommen. Es kann sogar sein, dass man ihn achtkantig rauswerfen wird.«

»Wir hätten es schon längst Patobi sagen müssen«, gab Heinz Peters zu bedenken und nahm einen Schluck von seiner Fanta, »seine Streicheleinheiten gerade dir gegenüber werden immer aufdringlicher. Und denk dran, wie auffällig er in der letzten Zeit um uns herumscharwenzelt, wenn wir unter der Dusche stehen.« »Wer ist denn eigentlich Patobi?«, warf der schmächtige Schlagzeuger ein.

»Ach ja, das kannst du nicht wissen, weil du nicht im Konvikt wohnst«, antwortete Wolfgang Siebertz. »So nennen wir im »Kasten« Pater Tobias.« Er warf ein Markstück in den Automaten und drückte die Cola-Taste. Nachdem die Flasche geräuschvoll ihren Weg durch das Innere des Automaten in die Auswurfablage gefunden hatte, ging er zum Tisch zurück.

»Ja, ja«, wandte er sich jetzt an Heinz Peters, » aber das ist doch alles einigermaßen harmlos. Er tut doch keinem was zuleide. Ansonsten ist er doch total in Ordnung.« Er nahm den Flaschenöffner vom Tisch und öffnete seine Cola. »Und glaubst du allen Ernstes, dass er etwas mit den Morden zu tun haben könnte? Ich kenne ihn schon so lange. Das kann einfach nicht sein.«

Wolfgang Siebertz hatte seine Schwierigkeiten damit, Pater Wilfried zu melden, denn gerade dieser Pater war es gewesen, der seine musische und gestalterische Ader sehr früh entdeckt und nachhaltig gefördert hatte.

»Macht er sich auch an die Jüngeren ran?«, wollte der Schlagzeuger wissen.

»Das ist uns bisher noch nicht aufgefallen«, antwortete Heinz Peters. »Oder?«, er suchte den Blick von Wolfgang Siebertz.

Dieser schüttelte den Kopf. »Wenn das so wäre, würde ich ihn auf jeden Fall melden!«, fuhr der Schlagzeuger fort, »ihr wisst, damit ist nicht zu spaßen.«

»Sie kommen!» Techni, der während des Gesprächs in der Nähe des Fensters gestanden hatte, beendete mit diesem Ausruf das Gespräch.

Die Jugendlichen standen auf und gingen auf das Fenster zu, sorgsam darauf achtend, dass sie niemand von draußen sehen konnte. Die Horde der Schüler, die am Schulgottesdienst teilgenommen hatte, wälzte sich die Tombergerstraße hoch. Zunächst, ungestüm, die Sextaner und die anderen Schüler der Unterstufe. Etwas gemächlicher folgten die älteren Schüler und die Lehrer des Kollegiums, die nicht das Auto benutzten. Als auch der letzte Schüler des lärmenden Lindwurms am Ende der Tombergerstraße zum Städtischen Gymnasium abgebogen war, blieben die jungen Männer noch einen Augenblick auf ihrem Beobachtungsposten. Sie erwarteten amüsiert das Sahnehäubchen. Ganz zum Schluss und wie immer völlig außer Atem kam der übergewichtige Dr. Schimme die Straße hochgehastet. Wieder hatte sich kein Lehrerkollege gefunden, der ihn mit dem Auto mitnahm. Amüsiert warteten sie ab, bis auch er um die Ecke gebogen war. Dann nahmen sie ihre Schultaschen und verließen den Raum.

Als Wolff Hanig das Gittertor zum Clubgelände abschloss, nahm Wolfgang Siebertz Heinz Peters zur Seite. »Unternimm bitte noch nichts wegen Pater Wilfried«, raunte er ihm ins Ohr, »lass uns noch eine Nacht darüber schlafen.«

Selbst seinem besten Freund verriet er nicht, dass er etwas vorhatte.

* * *

Seibold trieb Raaf und dessen Kollegen zur Eile an. Ein Gedanke ging ihm nicht aus dem Sinn. Bedeutete die Tatsache, dass Frau Clausing heute weniger Brötchen als in den letzten Tagen gekauft hatte, dass Wassmann nicht mehr bei ihr war? Hatte er sich vielleicht inzwischen aus dem Staub gemacht? Als er eben Hausschild gegenüber am Telefon seine Bedenken geäußert hatte, war dieser damit einverstanden gewesen, dass Seibold die Aktion auch ohne ihn ausführen konnte.

Vorsichtig näherten sich die Polizisten dem Haus auf der Neustraße. Sie hatten den Passanten, die sich in der Nähe aufhielten, die Anweisung gegeben, sich vom Einsatzort fernzuhalten, bis die Aktion beendet war. Seibold hatte mit Raaf vereinbart, dass er zunächst alleine an die Haustür gehen wollte. Erst wenn Frau Clausing die Tür geöffnet hatte, sollten die anderen dazukommen und die Wohnung stürmen.

Langsam stieg Seibold die drei Treppenstufen zum Eingang hoch. Er vergewisserte sich, dass auf dem Namensschild *Clausing* stand, dann klingelte er. Er war erleichtert, dass Frau Clausing nicht sehen konnte, wer vor der Tür stand, denn es gab weder einen Spion in der Haustür noch ließ das Seitenfenster einen Blick darauf zu. Ungeduldig lauschte er nach Geräuschen hinter der Tür. Als er nichts hörte, klingelte er ein zweites Mal. Dieses Mal länger und energischer. Wieder wartete er einige Zeit. Aber nichts rührte sich. Gerade wollte er die Treppenstufen wieder hinabsteigen, um mit Raaf das weitere Vorgehen zu besprechen, als er glaubte, etwas hinter der Tür zu hören. Er verharrte und ging mit einem Ohr etwas näher heran. Jetzt vernahm er es ganz deutlich. Schlurfende Schritte. Jemand musste sich mit Hausschuhen dem Eingang nähern. Der Kommissar räusperte sich noch einmal nervös. Dann hörte er, wie ein Sicherheitsschloss betätigt wurde. Langsam öffnete sich die Tür so weit, wie es die Kette des Sicherheitsschlosses erlaubte. Seibold sah in die Augen von Frau Clausing, die den Kopf durch den Türspalt zwängte.

»Guten Morgen, Frau Clausing ...«, weiter kam er nicht. Die Frau hatte ihn erkannt. Schnell wollte sie die Haustür wieder zuschlagen. Seibold schob geistesgegenwärtig seinen rechten Fuß in den Türspalt. Mit aller Gewalt warf sich die Frau gegen die Tür. Der Kommissar spürte einen stechenden Schmerz in seinem Fuß, denn er trug nur leichte Sommerschuhe.

»Los Manfred, jetzt!«, presste er mit schmerzverzerrter Stimme hervor.

Aus dem Augenwinkel sah er Raaf und seine Kollegen um die Ecke hasten. Schnell hatten sie die Situation erfasst. Seibold behielt weiterhin seinen Fuß in der Türspalte und versuchte, seinen Körper so weit wie möglich wegzudrehen, damit die Kollegen gegen die Tür anstürmen konnten.

Raaf und ein jüngerer Polizist verständigten sich mit einem Blick. Dann nahmen sie Anlauf und ließen sich wuchtig gegen die Haustür fallen. Als Frau Clausing zurückgeworfen wurde, konnte der Kommissar seinen schmerzenden Fuß zurückziehen. Aber die Sicherheitskette verhinderte, dass sich die Tür ganz öffnete. Wieder nahmen die Polizisten Anlauf. Dieses Mal hielt die Kette nicht mehr. Krachend brach sie aus der Verankerung, und die Polizisten stürmten in den Hausflur. Seibold eilte ihnen hinterher.

Frau Clausing war in die Küche geflüchtet. Dort saß sie auf einem Stuhl und funkelte die Polizisten böse an. »Was fällt Ihnen ein, in dieser Art und Weise in meine Wohnung einzudringen?«, kreischte sie hysterisch.

Manfred Raaf ging nicht darauf ein. »Wo ist er?«, fuhr er die Frau an.

»Wo ist wer?«, antwortete sie mit gespielter Ahnungslosigkeit.

Seibold hatte die Küche betreten und lehnte sich mit dem Rücken gegen den Küchenschrank. Er hatte seinen Schuh ausgezogen und massierte seinen schmerzenden Fuß. »Friedrich Wassmann«, sagte er ruhig, »der Mann, den Sie in der JVA betreuen und den Sie seit mehreren Tagen in Ihrem Haus verstecken.«

Dieses Mal fixierte sie den Kommissar mit einem stechenden Blick. »Was reden Sie da für einen Unsinn!«, schrie sie empört, »ich kenne keinen Mann mit diesem Namen.«

Seibold begriff, dass es sinnlos war, weiter mit ihr zu reden. Mit einem Kopfnicken gab er Raaf und seinen Kollegen zu verstehen, die Wohnung zu durchsuchen. Sie machten kehrt und verließen die Küche. Seibold hörte, wie Raaf seinen Kollegen Anweisungen gab. Jeweils zwei Männer sollten das Erdgeschoss und den ersten Stock durchkämmen. Er selber wollte es mit einem Kollegen im Keller versuchen. Die Frau stand protestierend auf, aber Seibold fasste sie fest am Arm.

»Es ist besser, wenn Sie jetzt keinen Widerstand leisten«, sagte er bestimmt.

Mit einer ruckartigen Bewegung versuchte sie sich aus seinem Griff zu winden. Aber Seibold hielt den Arm noch energischer fest. Ein weiteres Mal funkelte Frau Clausing den Kommissar böse an. Dann setzte sie sich hin. Trotzig senkte sie ihren Blick und starrte auf den Boden. Ohne sie aus den Augen zu lassen, nahm Seibold einen Stuhl und setzte sich zu ihr an den Tisch.

Schweigend saßen sie sich die nächsten Minuten gegenüber und warteten auf das Ergebnis der Hausdurchsuchung.

Ab und zu rieb sich Frau Clausing ihren schmerzenden Arm und fuhr erbost hoch, wenn sie hörte, dass einer der Polizisten geräuschvoll ein Möbelstück verrückte. Nach einiger Zeit kehrten die Polizisten nach und nach wieder in die Küche zurück. Mit einem Kopfschütteln signalisierten sie Seibold, dass ihre Suche erfolglos war. Nur Raaf fehlte noch. Seibold spielte schon mit dem Gedanken, einen der Polizisten nach ihm suchen zu lassen, als er schließlich auftauchte.

Leichenblass schaute er Seibold an und stammelte: »Komm ... einmal mit ... Walter. Das ... das musst ... du dir ansehen!«

Nachdem Seibold einen Polizisten angewiesen hatte, auf Brigitte Clausing aufzupassen, folgte er Raaf in den Keller. Als sie die Treppe hinuntergingen, blieb der Rheinbacher Polizeichef an einem kleinen Holzkasten stehen, der an der Wand hing. Er öffnete ihn. Zufrieden stellte er fest, dass er den Sicherungskasten gefunden hatte. Einige Augenblicke brauchte er, um die gelockerte Sicherung zu entdecken. Dann drehte er sie wieder fest. Am Fuße der Treppe gelangten sie in einen kleinen Gang, der nur spärlich beleuchtet war. An seinem Ende sah der Kommissar eine halb geöffnete Eisentür, neben der ein Brecheisen auf dem Boden lag. Daneben stand eine Werkzeugkiste. Das war also der Grund, warum Raaf so lange gebraucht hatte. Er hatte Werkzeug gesucht und die Tür aufgebrochen. Als sie weitergingen, fiel Seibold auf, das die anderen Kellertüren aus Holz waren. Die Stahltür schien wohl nachträglich eingebaut worden zu sein. Vorsichtig bewegte sich der Kommissar weiter. Raaf war zurückgeblieben.

Seibold befand sich jetzt direkt vor der aufgebrochenen Tür. Er hob seine Hand und zog sie etwas weiter auf. Dann schob er langsam seinen Kopf vor. Als er in den Raum hineinblickte, kam ihm ein beißender Gestank entgegen. Der

Kommissar blickte nach unten und fuhr erschrocken zurück. Gleich vor ihm, in Reichweite der Tür, war eine halbnackte Gestalt, die lang hingestreckt in ihrem Erbrochenen lag. Seibold blickte in ein ausgemergeltes Gesicht. Anhand der Fahndungsfotos wusste er, dass sie Friedrich Wassmann gefunden hatten. Er musste sich überwinden, den Mann näher zu untersuchen. Er hielt sich sein Taschentuch fest vor Mund und Nase und fasste nach seinem Handgelenk. Nach einiger Zeit hatte er den Puls gefunden. Ganz schwach konnte er ihn spüren. Gott sei Dank! Friedrich Wassmann war noch nicht tot.

* * *

Man hatte den Eindruck, dass die Luft im provisorischen Vernehmungszimmer der Polizeiwache in Rheinbach regelrecht stand. Brigitte Clausing saß auf der gegenüberliegenden Seite des Schreibtisches und fächerte sich mit einem leeren Aktenordner Frischluft zu. Es war jetzt zwölf Uhr dreißig, und die Schwüle wurde immer unerträglicher. Teilnahmslos blickte sie in die Gesichter der Männer, die ihr gegenübersaßen. Alle warteten gespannt auf die Nachricht aus der Intensivstation des Rheinbacher Krankenhauses. Frau Clausing hatte der Staatsanwältin vor wenigen Minuten zu verstehen gegeben, dass sie nur dann bereit sei, weiter auszusagen, wenn sie erfuhr, wie es um Wassmann stand.

Seibold saß etwas abseits und ließ der Staatsanwältin und Hausschild den Vortritt beim Verhör. Er nutzte die Zeit und warf noch einmal einen Blick auf die Notizen, die er sich während der Befragung gemacht hatte. Bislang hatte sich Brigitte Clausing nur zu dem Motiv geäußert, aus dem sie den Frauenmörder auf diese grausame Weise umbringen wollte. Sie gab verblüffend emotionslos zu Protokoll, dass Wassmann vor neun Jahren ihre jüngere Schwester in Duisburg ermordet hatte, als sie sich dort am Wochenende auf einer Fortbildung aufhielt. Ihre Eltern waren über ihren Tod nicht hinweggekommen und kurz nacheinander gestorben. So war nur sie von der Familie übrig geblieben. Der Hass gegenüber Wassmann wurde mit der Zeit so groß, dass in ihr allmählich der Entschluss gereift war, ihn zu töten. Sie hatte ihre Apotheke in Köln verpachtet und sich ein Haus in Rheinbach auf der Neustraße gekauft. Durch die Betreuergruppe war es ihr gelungen, an Wassmann heranzukommen. Da ihre Schwester verheiratet gewesen war und einen anderen Namen trug, war es nicht aufgefallen, dass sie miteinander verwandt waren. Mit der Zeit hatte sie es geschafft, Wassmann vorzutäuschen, dass sie sich in ihn verliebt hatte und ihm zur Flucht verhelfen wollte. Der Plan war gewesen, dass er sich so lange bei ihr im Keller verbergen sollte, bis Gras über seine Flucht gewachsen war. Dann wollten sie sich ins Ausland absetzen, jedenfalls dachte er das.

Seibold klappte seinen Notizblock wieder zu. Zum wiederholten Male fasste er sich an den Kopf und rieb sich seine schmerzende Operationsnarbe. Da klingelte endlich das Telefon. Hausschild nahm ab. Alle beobachteten gespannt, wie er mit düsterer Miene in den Hörer lauschte. Nachdem er sich bei dem Arzt bedankt hatte, legte er den Hörer wieder auf die Gabel.

Mit strengem Blick fixierte er Brigitte Clausing und wischte sich mit seinem Taschentuch den Schweiß aus dem Hemdausschnitt. »Der Arzt sagte, dass er Wassmanns Chance zu überleben auf höchstens zwanzig Prozent einschätzt. Er kann es nur seiner ausgezeichneten Konstitution verdanken, dass er überhaupt noch lebt.«

Als Hausschild bemerkte, dass Brigitte Clausing mit großer Zufriedenheit auf die Nachricht reagierte, fuhr er fort: »Sie sollten lieber hoffen, dass Wassmann überlebt. Bei versuchtem Mord ist die Haftstrafe, die Sie erwartet, wesentlich geringer.«

Frau Clausing kommentierte Hausschilds Bemerkung mit einer Geste, die anzeigte, dass ihr das völlig gleichgültig war.

»Wir haben nun unseren Teil der Abmachung erfüllt«, übernahm die Staatsanwältin das Wort, »ich, hoffe, Sie erfüllen den Ihren jetzt auch.«

Die Angesprochene antwortete nicht und schaute gelangweilt in die Runde.

»Wann haben Sie ihm das erste Mal das Gift verabreicht?«, versuchte Hausschild das Verhör in Gang zu bringen.

Wiederum griff Brigitte Clausing mit provozierender Lässigkeit zum Aktenordner und benutzte ihn als Fächer.

Hausschild, der von ihren Provokationen genug hatte, wollte gerade lospoltern, als sie plötzlich ganz ruhig antwortete: »Gleich am ersten Tag zum Abendessen. Dann jeden weiteren Tag zu jeder Mahlzeit eine etwas höhere Dosis.«

Nach diesem Eingeständnis entstand eine kleine Pause, die Seibold nutzte, um zum ersten Mal in das Verhör einzugreifen. »Hat Wassmann den Kellerraum irgendwann einmal während seines Aufenthaltes verlassen?«

»Ja«, kam die prompte Antwort.

»Wussten Sie davon?«, hakte Hausschild nach.

»Er dachte, ich wüsste es nicht. Später habe ich es dann verhindert.« Sie lächelte zynisch.

»Hat Friedrich Wassmann den Keller auch in der Nacht von Samstag auf Sonntag verlassen?«

Die Verhörte überlegte kurz. Dann bejahte sie mit einem Kopfnicken.

»Sie sagten eben, Sie hätten seine Ausflüge schließlich verhindert«, Seibold war aufgestanden, denn er wusste, dass die folgende Frage die entscheidende war, »wann hat Wassmann das letzte Mal den Keller verlassen?«

Bevor sie antwortete, schaute Seibold seinem Chef fest in die Augen.

»Das war am Montag!«

»Sind Sie sicher?«

»Ganz sicher, ich habe den Keller am Montagmorgen so verbarrikadiert, dass keine Maus mehr entweichen konnte. Außerdem war er schon viel zu schwach dazu.«

Hausschild schluckte. Margareta Spilles war in der Nacht von Dienstag auf Mittwoch ermordet worden. Damit war klar, dass Wassmann auf keinen Fall den zweiten Mord begangen haben konnte.

Und für Seibold stand damit fest, dass er den ersten auch nicht begangen hatte.

* * *

Der Kommissar hatte das Rathaus passiert und stand vor der Kreuzung an der Grabenstraße. Als er in die Neustraße einbog, konnte er schon von Weitem das Haus von Brigitte Clausing sehen. Er musste an Hausschild denken, der mit der Staatsanwältin das Verhör fortsetzte. Er tat ihm ein wenig leid. Endlich war es ihnen gelungen, Wassmann zu schnappen. Doch dann war seine Theorie, dass nur er der Mörder sein konnte, wie eine Seifenblase geplatzt. Seine nächste Pressekonferenz, die für fünfzehn Uhr dreißig angesetzt war, würde wieder der reinste Spießrutenlauf werden.

Seibold empfand keinerlei Genugtuung, dass er mit seiner Theorie recht gehabt hatte. Im Gegenteil. Liebend gerne hätte er sich getäuscht, wenn nur endlich der Albtraum in Rheinbach zu Ende gegangen wäre. Resigniert musste er feststellen, dass er im Augenblick so gut wie nichts Konkretes in der Hand hatte. Er war sich nur ganz sicher, dass der Mörder der Mädchen im Umkreis der Jugendclique zu finden war. Es konnte kein Zufall sein, dass beide Mordopfer sehr eng mit den beiden Konviktschülern befreundet waren. Da galt es anzusetzen. Nach einer kurzen Zwischenstation zu Hause in der Polligstraße wollte er zunächst noch einmal das Lyzeum aufsuchen.

Als er an Frau Clausings Haus vorbeikam, warf er noch einmal einen Blick auf die demolierte Haustür. Ein rotes Absperrband sollte verhindern, dass Unbefugte das Haus betreten konnten. Eine kleine Menge Neugieriger hatte sich vor dem Haus zusammengefunden und diskutierte lebhaft. Auch Anita, die kleine Verkäuferin aus der Bäckerei, war darunter. Als man ihn sah, verstummten die Gespräche, aber keiner traute sich, eine Frage an ihn zu stellen. Seibold grüßte freundlich die beiden Polizisten, die noch immer vor dem Haus patrouillierten. Dann beschleunigte er seine Schritte.

* * *

Schwester Gisela saß an ihrem Schreibtisch und wartete auf Walter Seibold. Schon seit einer dreiviertel Stunde verhörte er die Mitschüler von Margareta und Ursula in einem Nebenraum. Ihr war es gar nicht recht, dass dies zur Zeit des Silentiums stattfand. Die anschließenden Freistunden, die den Schülerinnen jeden Nachmittag zur Verfügung standen, wären ihr lieber gewesen. Doch der Kommissar hatte aus Zeitgründen darauf bestanden. Sie schaute auf die Liste, die sie für Seibold angefertigt hatte und auf der alle männlichen

Angestellten des Lyzeums aufgeführt waren. Noch einmal überlegte sie kurz. Sie hatte gehofft, dass der flüchtige Frauenmörder die Taten begangen hatte. Aber Seibold hatte ihr gegenüber eben verlauten lassen, dass man ihn heute Morgen gefunden hatte und es nicht danach aussah, dass er der Täter war. Dann griff sie zum Füllfederhalter und wollte den Namen von Pater Ambrosius daruntersetzen, als der Kommissar plötzlich an der geöffneten Tür erschien.

»So das wär's«, sagte er, »ich hoffe, ich habe Ihre Schützlinge nicht zu sehr in Anspruch genommen.«

»Darf ich Ihnen vielleicht eine Tasse Kaffee bringen lassen?«, fragte die Ordensfrau freundlich.

»Nein, vielen Dank«, antwortete Seibold und dachte daran, dass er gegen ein kühles Getränk bei den Temperaturen nichts einzuwenden gehabt hätte.

»Haben Sie übrigens die Eltern von Margareta erreicht?«, fuhr Seibold unvermittelt fort und trat an den Schreibtisch.

»Ja«, antwortete die Direktorin und seufzte, »nach langem Hin und Her. Es war schrecklich. Sie befinden sich jetzt auf dem Weg zurück nach Deutschland.« Die Leiterin des Internats überlegte einen Augenblick, ob sie dem Kommissar nach dem Ergebnis seiner Vernehmung fragen sollte. Dann ließ sie es. Wenn sich wichtige Erkenntnisse ergeben hätten, die sie und das Lyzeum betrafen, würde er sie schon informieren.

»Ah, das ist also die Liste.« Seibold hatte die Namensaufstellung gesehen und nahm sie vom Schreibtisch. »Vielen Dank, Schwester Gisela.« Flüchtig überflog der Kommissar die Namen. Dann faltete er das Schriftstück zusammen und steckte es in seinen Notizblock.

Als Schwester Gisela sah, dass sich der Kommissar zum Gehen bereit machte, erhob sie sich von ihrem Sessel und druckste: »Einen ... Augenblick ... noch ...«

Seibold bemerkte, dass es ihr Mühe bereitete weiterzusprechen. »... ich glaube, es ist besser, ... noch einen Namen hinzuzufügen.«

»Und wer ist es?« Der Kommissar wurde hellhörig.

»Es ist Pater Ambrosius. Er ist auf unseren Wunsch vom Vinzenz-Pallotti-Kolleg abgestellt und hält in unserer Kapelle die Gottesdienste ab.« Schwester Gisela hatte sich wieder gesetzt. »Ich glaube, es ist besser, Sie nehmen einen Moment Platz.«

Seibold schaute sie gespannt an, bevor er sich setzte. Dann erzählte ihm die Ordensschwester von ihrer Begegnung mit Pater Ambrosius in der Lyzeumskapelle am Montagabend.

»Sie sagen, er hätte eine blutende Wunde am Kopf gehabt«, unterbrach sie der Kommissar, »worauf war sie Ihrer Meinung nach zurückzuführen?«

»Ich ... glaube, er ... hat sie sich selber zugefügt«, antwortete die Oberin. Als sie Seibolds verständnislose Miene sah, fuhr sie fort: »Ich meine gesehen zu haben, dass er seinen Kopf immer wieder auf die Ablage der Kirchenbank schlug.«

»Warum hat er das getan?«

»Ich ... ich hatte den Eindruck, dass es eine Bußübung war.«

»Eine Bußübung?«, wiederholte der Kommissar erstaunt, »das müssen Sie mir erklären!«

»Seit jeher werden Bußübungen von vielen Geistlichen vollzogen, wenn sie eine Sünde begangen haben oder ...«, die Nonne zögerte einen Moment, »... in Versuchung geführt werden, eine zu begehen.«

Der Kommissar hob interessiert die Augenbrauen.

»Den meisten genügt die Buße in Form von Gebeten«, erklärte Schwester Gisela, »einige kasteien sich auch ... besonders bei großen Verfehlungen.«

Seibold erinnerte sich daran, schon einmal von Bußgürteln und Selbstgeißelungen als Waffe gegen die fleischliche Lust bei Geistlichen gehört zu haben. Aber die Vorstellung von peitschenschwingenden Mönchen hatte er immer in das Reich der Fabeln verbannt.

»Es gibt noch eine weitere Besonderheit bezüglich Pater Ambrosius'.« Schwester Giselas Worte rissen ihn aus seinen Gedanken. »Meine Mitschwestern berichteten mir, dass er bei der Trauerandacht gestern Abend nervlich so angeschlagen war, dass er sich kaum auf den Beinen halten konnte.«

Schwester Gisela machte eine Pause. Dann sagte sie verärgert: »Sein Auftritt war geradezu peinlich, besonders vor den Internatsschülerinnen!«

Seibold hatte genug gehört. »Wo kann ich Pater Ambrosius finden?«

»Er wohnt nicht hier. Er hat ein Zimmer im Vinzenz-Pallotti-Kolleg«, antwortete die Ordensschwester und spielte nervös mit ihrem Füllfederhalter.

Der Kommissar stand auf und reichte ihr die Hand. Bevor er das Zimmer verließ, drehte er sich noch einmal um. Eine Frage musste er einfach noch stellen. »Warum haben Sie mir davon nicht schon gestern erzählt?«, fragte er etwas vorwurfsvoll.

Schwester Gisela ließ sich mit der Antwort Zeit. »Sehen Sie; Herr Seibold«, sagte sie und erhob sich von ihrem Sessel, »man will einem Bruder in Christi keine unnötigen Schwierigkeiten machen. Wir haben doch alle gedacht, dass der entflohene Frauenmörder hinter den Taten stand. Jetzt hat sich die Sachlage natürlich verändert!«

Zunächst wollte der Kommissar darauf antworten. Dann entschied er sich, nichts zu sagen. Wann würden die Menschen endlich verstehen, dass in Fällen wie diesen falsche Rücksichtnahme tödliche Folgen haben konnte?

Seibolds Blick ging sorgenvoll zum Himmel, als er den Neubau des Lyzeums verließ. Die zusammenhängende Wolkendecke verfärbte sich allmählich in ein dunkles Grau, und die Luft war so stickig, dass ihm das Atmen Mühe machte. Abertausende von kleinen Gewittertierchen schwirrten um ihn herum und setzten sich in sein Gesicht. Angeekelt versuchte er sie mit der Hand wegzuwischen. Kein Zweifel. Es würde nicht mehr lange dauern, bis die angekündigte Gewitterfront Rheinbach erreicht hatte. Er hoffte, noch vorher beim Vinzenz-Pallotti-Kolleg anzukommen. Als er ein leises Grollen über der Ahr-Region hörte, wusste er, dass er sich beeilen musste.

Der Kommissar konnte nicht wissen, dass sich Pater Ambrosius nur wenige Meter von ihm entfernt in der Klosterkapelle aufhielt.

Walter Seibold wurde von einem jungen Pater im Foyer des Hauptgebäudes des Vinzenz-Pallotti-Kollegs empfangen. Anscheinend übte er die Funktion des Pförtners aus. »Kann ich Ihnen weiterhelfen?«, fragte er freundlich, als er sah, dass Seibold auf ihn zukam.

»Ich hätte gerne Pater Ambrosius gesprochen«, sagte der Kommissar. Dann stellte er sich vor.

Als der junge Pater hörte, wen er vor sich hatte, wurde er wesentlich distanzierter. »Ich glaube, es ist besser, wenn ich zunächst einmal Pater Sebastian, unseren Pater Rektor, hole«, sagte er.

»Tun Sie das«, entgegnete der Kommissar. Wieder einmal stellte er fest, dass Internatsleiter nicht gerne übergangen werden, wenn die Polizei im Hause ist.

Nachdem der Pförtner gegangen war, hatte Seibold Zeit, sich im Foyer umzuschauen. Sein Blick fiel auf eine Holzstatue, die einen Heiligen darstellte. Obwohl die Konturen der Gestalt nur grob herausgearbeitet waren, war der Kommissar von ihrer künstlerischen Schlichtheit fasziniert und ging mehrere Male bewundernd um sie herum.

»Herr Seibold!«

Als der Kommissar seinen Namen hörte, drehte er sich um. Aus einem Seitengang erschien eine imposante Gestalt. Ein gepflegter älterer Mann mit kurz geschnittenen, grauen Haaren kam lächelnd auf ihn zu. Seine eng anliegende Soutane zierte ein großes Silberkreuz, das er an einer langen Kette um seinen Hals trug und das bei jedem Schritt auf seinem mächtigen Bauch tanzte.

»Ich bin Pater Sebastian«, begrüßte der Rektor Seibold und streckte ihm die Hand entgegen. »Ich hoffe, Sie haben nicht zu lange gewartet. Mein junger Ordensbruder hat mir erzählt, dass Sie Pater Ambrosius sprechen wollen. Ich habe ihn sogleich losgeschickt, um nach ihm zu suchen. Ich nehme an, dass er in Kürze hier sein wird.«

Seibold wollte antworten, als ein lauter Donnerschlag ertönte. Die beiden Männer zuckten unwillkürlich zusammen und sahen einander erschrocken an.

»Mein Gott, ein Gewitter!«, entfuhr es Pater Sebastian. »Na ja, es gibt Angenehmeres, aber es reinigt wenigstens die Luft.«

Seibold nickte. Er wollte etwas sagen, aber der Pater redete schon weiter. »Sie sind also Kriminalkommissar?«, der Klostervorsteher schaute ihn interessiert an. »Pater Anselm, unser Konviktleiter, hat mir schon von Ihnen erzählt. Sie waren ja schon einige Male auf unserer Zweigstelle an der Tombergerstraße, da einige unserer Konviktschüler mit den ermordeten Mädchen befreundet waren. Eine schreckliche Geschichte. Es soll sich ja sogar bei dem einen Mädchen um eine Schülerin des Mädchenpensionats St. Joseph handeln.«

Der Kommissar wollte antworten, aber wiederum fiel ihm der Pater ins Wort. »Man sagt, dass es ein entflohener Frauenmörder aus der JVA gewesen sein soll. Sind Sie ihm schon auf der Spur?«

Dieses Mal wartete der Kommissar eine Weile mit seiner Antwort. Er wollte nicht, dass Pater Sebastian ihm wieder ins Wort fiel. Erst als der Geistliche ihn ungeduldig anschaute, sagte er: »Wir haben ihn heute Morgen gefasst. Aber es hat sich herausgestellt, dass er nichts mit den Morden zu tun hat.«

Der Pater machte ein erstauntes Gesicht.

»Das ist der Grund, warum ich hier bin«, fuhr Seibold fort, »alle Indizien deuten darauf hin, dass der Mörder im Umfeld der Konviktschüler und des Mädchenpensionats zu suchen ist.«

Dieses Mal blieb der Geistliche erst einmal stumm. Er brauchte einige Zeit, um Seibolds Worte zu verarbeiten. »Und warum wollen Sie da Pater Ambrosius sprechen?«

»Haben Sie bitte dafür Verständnis, dass ich Ihnen im Augenblick dazu nichts sagen kann.«

Der Pater holte Luft, um erneut eine Frage zu stellen, als der junge Pater wieder erschien.

»Es tut mir leid», sagte er, hörbar außer Atem, »aber Pater Ambrosius ist nicht auf seiner Stube. Sein Zimmernachbar sagte mir, dass er vor einiger Zeit das Kloster verlassen habe, um in die Kapelle des Lyzeums zu gehen.«

»Aber da komm ich doch gerade her«, Seibold rang sichtlich nach Beherrschung. »Dann werden Sie sich wohl verpasst haben!«, entgegnete der Rektor.

Ein weiterer Donnerschlag zeigte Seibold an, dass er sich beeilen musste, wenn er Pater Ambrosius noch vor dem Gewitter sprechen wollte. Er verabschiedete sich in aller Eile und verließ das Gebäude.

Der Kommissar nahm den gleichen Weg, auf dem er schon vor wenigen Minuten gekommen war. Er ging die Pallottinerstraße hinauf, die durch das weiträumige Gelände des Ordens führte und hinter der Klosterkapelle auf die Schützenstraße stieß. Er fragte sich, warum er Pater Ambrosius vorhin nicht begegnet war. Er musste doch den gleichen Weg genommen haben wie er. Es konnte nur eine Antwort geben. Der Pater hatte das Lyzeum schon erreicht, bevor er sich auf den Weg gemacht hatte.

Als der Kommissar an der alten Turnhalle des früheren Städtischen Gymnasiums vorbeigegangen war, hatte er freie Sicht. Wie angewurzelt blieb er stehen und blickte auf die heranziehende Gewitterfront. Einen solch bedrohlichen Himmel hatte er, soweit er sich erinnern konnte, noch nie gesehen. In einem tiefen Blauschwarz schob sich das Unwetter aus dem Südwesten über die Eifel und nahm unaufhaltsam mit seinen zuckenden Blitzen Rheinbach und Umgebung in Besitz. Es herrschte auf einmal eine gespenstische Stille, die auf Seibold geradezu bedrohlich wirkte. Nur einige Schwalben flogen tief über den Boden und jagten aufgeregt die Hauswände empor.

Seibold schluckte. Dann entschloss er sich zu rennen. Er musste auf jeden Fall das Mädcheninternat erreichen, bevor das Unwetter über ihn hereinbrechen würde. Schon nach einigen Metern atmete er schwer. Die erdrückende Schwüle machte ihm zu schaffen. Er hob den Kopf und sah die kleine Marienkapelle, die sich auf dem hinteren Teil des Pallottigeländes auf einem kleinen Hügel erhob. In diesem Moment erfasste ihn die erste Windböe und riss ihn fast zu Boden. Dann zuckte ein riesiger Blitz mit zahlreichen Verästelungen direkt über ihm aus der pechschwarzen Wolkenwand.

Seibold verharrte einen Moment. Er musste sich eingestehen, dass er Angst hatte. Ein peitschender Donnerschlag folgte dem Blitz fast unmittelbar. Als Seibold die ersten Regentropfen verspürte, wanderte sein Blick noch einmal in den pechschwarzen Himmel, der sich wie ein Höllenschlund über ihm auftat. Hilflos schaute er sich um. Der Weg zurück zum Pallottinerkloster war zu weit. Als sein Blick nach rechts schweifte, sah er einige kleine Gewächshäuser, in denen die Patres Pflanzen aufzogen. Er rannte los. Kurz bevor er die Pflanzhäuser erreichte, trafen ihn die ersten Hagelkörner. Erleichtert sah er, dass die Glastür eines Gewächshauses offen stand, und flüchtete hinein. Völlig außer Atem ließ er sich zu Boden sinken und lehnte sich an einen großen Blumentopf. Mit einem Mal war um ihn herum finstere Nacht. Orkanartige Windböen aus allen Richtungen rüttelten an den Glaswänden des Gewächshauses. Die Hagelkörner trommelten wie Schrotkörner auf die Glasscheiben und verursachten einen Höllenlärm. Seibold hielt sich die Ohren zu. Er rutschte einige Schritte zurück, denn faustgroße Hagelkörner sprangen durch die geöffnete Tür in das Innere und prallten gegen seine Beine.

Ein plötzlich hereinbrechender Schwall feuchter Kälte ließ ihn frösteln. Er zog die Beine an und legte seinen Kopf auf die Knie. Er musste an seine Familie und sein Haus in der Polligstraße denken. Wie würden sie das Unwetter überstehen? Der Hagelsturm ließ nach. Dafür öffnete der Himmel nun all seine Schleusen und ließ sintflutartigen Regen auf die kleine Voreifelstadt niederprasseln.

Walter Seibold wusste nicht, dass sich Pater Ambrosius, nur wenige Meter von ihm entfernt, in der Marienkapelle vor dem Gewitter in Sicherheit gebracht hatte.

Auch der Pallottinerpater hatte gehofft, sein Ziel zu erreichen, bevor das Unwetter hereinbrach. Als ihn die ersten Hagelkörner trafen, hastete er die Treppen zu der kleinen Kapelle hoch und riss die Tür auf. Als er wieder zu Atem gekommen war, zog ihn die Kapelle in ihrer schlichten Schönheit wie immer in ihren Bann. Unwillkürlich musste er an das denken, was ihm Pater Sebastian vor einiger Zeit erzählt hatte. Demnach war die Kapelle kurz nach dem Krieg aus dem Schutt des zerbombten Rheinbach erbaut worden, den Internatsschüler mit Ochsenkarren herangeschafft hatten. Solche Geschichten hingebungsvoller Frömmigkeit waren ganz nach seinem Geschmack.

Als der mächtige Donnerschlag, der auch Seibold zu Tode erschreckt hatte, die kleine Kapelle in ihren Grundfesten erschütterte, fiel er auf die Knie und begann zu beten. Er war überzeugt, dass das Gewitter ein Zeichen war. Gott zürnte ihm!

Während draußen das Gewitter apokalyptischen Ausmaßes tobte, hielt Pater Ambrosius unter Tränen Zwiesprache mit seinem Herrn.

Als die Regentropfen allmählich nur noch vereinzelt auf das Dach der Kapelle fielen und das Unwetter mit einem letzten, leichten Donnergrollen die Voreifel aus seinen Klauen ließ, erhob er sich. Die Entscheidung war gefallen. Er war sich mit Gott einig und wusste jetzt, was er zu tun hatte.

* * *

Seibold war aufgestanden und streckte seine klammen Gliedmaßen. Mehr als eine Stunde hatte er auf dem Boden gekauert und auf das Ende des schrecklichen Gewitters gewartet.

Als er das Gewächshaus verließ und die Verwüstungen sah, war er sicher, dass es eines der verheerendsten Unwetter gewesen sein musste, die jemals die Region getroffen hatten. In der Umgebung sah es aus wie auf einem Schlachtfeld. Der Boden war übersät von abgerissenen Ästen und anderen Trümmerteilen. Kleinere Bäume waren entwurzelt, und keines der Gewächshäuser war unversehrt geblieben. Der Hagel hatte viel große Löcher in ihre Glasscheiben geschlagen. Sein Blick schweifte zu den Gebäuden in seiner Nähe. Auch dort hatte der Sturm erhebliche Schäden angerichtet. Die Orkanböen hatten die Dächer teilweise abgedeckt.

Einen kurzen Moment überlegte er, ob er seinen Weg zum Lyzeum fortsetzen sollte, doch dann entschied er sich, zunächst zur Polligstraße zu gehen. Er hatte keine Ruhe. Er musste wissen, ob zu Hause alles in Ordnung war. Sein Blick fiel auf die abziehende Gewitterfront, die sich mit einem leichten Grollen verabschiedete. Als sich die ersten Sonnenstrahlen durch die Wolkendecke zwängten und Seibold die klare Luft einatmete, machte die Welt wieder einen Eindruck von Ruhe und Friedlichkeit. Noch einmal sog er tief die gereinigte Luft in seine Lungen.

Dann machte er sich auf den Weg. Als er die Straße Zum Voigtstor erreichte, erschallte von überall Sirenengeheul. Die Feuerwehrleute taten ihm leid. Ihnen stand eine lange Nacht bevor.

* * *

Schwester Gisela hatte eine kleine Charakterschwäche. Sie war schon von Kindesbeinen an über alle Maßen neugierig und vorwitzig. Eine Eigenart, die sie auch im Alter nicht abstreifen konnte. So war es auch am heutigen Tag. Als sich ihre Mitschwestern beim nahenden Unwetter ängstlich in der Klosterkapelle versammelten, um die Zeit des Gewitters in Andacht zu verbringen, stand sie am Fenster ihres Zimmers und ergötzte sich an den Unbilden der Natur. Mit klopfenden Herzen beobachtete sie, wie die mächtigen Orkanböen die Baumkronen zerzausten. Kein Blitz war ihr zu hell, kein Donnerschlag zu laut. Schon als Kind hatte sie sich liebend gerne in solch einem Wetter im Freien aufgehalten, was ihr oft genug Schelte von ihren Eltern eingebracht hatte. Auch als das Unwetter vorüber war, konnte sie ihre Neugier nicht zügeln. Sie wollte unbedingt hinausgehen und sehen, welche Schäden das Unwetter angerichtet hatte. Sie zog sich ihr Kapuzencape über und verließ das Kloster durch einen Seiteneingang. Die anderen Ordensschwestern sollten nicht unbedingt mitbekommen, dass sie das Kloster verließ.

* * *

Walter Seibold stand in seinem Hof und betrachtete die zerschlagenen Dachziegel, die weit verstreut auf dem Boden lagen. Auch sein Haus war nicht unbeschadet geblieben. Als sein Blick zum Dach wanderte, wusste er sogleich, dass der Schaden zu groß war, als dass er ihn selber hätte beheben können. Er würde den Dachdecker anrufen müssen. Als er auf sein Haus zuging, öffnete Traudel die Tür und war sichtlich erleichtert, dass ihm nichts passiert war.

»Gott sei Dank, da bist du ja!«, sagte sie und fiel ihm um den Hals. »Hast du so etwas schon einmal erlebt?«, ereiferte sie sich, als er die Wohnung betrat, »es war so, als hätte der Teufel alle Pforten der Hölle geöffnet.«

»Wenn es nur die Dachziegel sind, sind wir noch glimpflich davongekommen«, antwortete Seibold und küsste sie auf die Wange. »Wie sieht es mit Wasser im Keller aus?«, fragte er voller Sorge. Erst im letzten Jahr hatte er sich eine Rückstauklappe einbauen lassen, die verhindern sollte, dass der Keller nach starkem Regen voll Wasser lief.

»Ich bin eben unten gewesen«, entgegnete sie, »es ist alles in Ordnung.«

»Wo ist Johanna?«, wollte Seibold wissen.

»Sie war die ganze Zeit auf ihrem Zimmer.«

Seibold nickte erleichtert. Erst jetzt bemerkte er, dass Elisabeth am Küchentisch saß. Anscheinend hatte Traudel sie vor dem Unwetter herübergeholt.

»Ich werde gleich einmal zu dir hinübergehen und nachschauen, was der Sturm angerichtet hat«, sagte er, in dem Wunsch, irgendetwas für sie zu tun. Er hatte mit Erschrecken bemerkt, wie sehr sie sich in den letzten Tagen verändert hatte. Ihre Gesichtszüge waren verhärmt, und jeglicher Glanz war aus ihren Augen verschwunden. Das ermahnte ihn, dass der Mörder Ursulas noch immer nicht gefunden war.

Er würde sich, gleich nachdem er die gröbsten Schäden beseitigt hatte, wieder auf die Suche nach ihm machen.

* * *

Als Schwester Gisela an der Schützenstraße angelangt war, hatte sich schon eine große Menschenmenge eingefunden, um das Naturschauspiel aus der Nähe zu betrachten. Der kleine Gräbbach, der sich ansonsten in seinem Bett ruhig und verschlafen seinen Weg durch Rheinbach suchte, war zu einem reißenden Strom geworden. Die Rohre, die den Bach unter der Koblenzer Straße durchleiteten, konnten die Wassermassen nicht mehr aufnehmen, sodass der Wasserpegel von Minute zu Minute anstieg. Dicht gedrängt standen die Schaulustigen am Rand der Straße und beobachteten, wie sich das Wasser schäumend und gurgelnd von den Parkanlagen in die tiefer gelegene Schützenstraße wälzte.

Schwester Gisela folgte der Schützenstraße und suchte verzweifelt eine Lücke in der Reihe der Zuschauer, um besser sehen zu können. Sie musste bis an ihr Ende gehen, um endlich einen Durchschlupf zu finden. Dort, kurz vor der Brücke an der Koblenzerstraße, hatte sie endlich freien Blick auf den reißenden Bachlauf. Sie sah, wie das Wasser die Brückenpfeiler umtoste. Die Rohre, die das Wasser unter der Straße herführten, waren nicht mehr zu sehen, und es würde nicht mehr lange dauern, bis der Bach die Straße überflutete.

Plötzlich hörte sie laute Schreie. Sie schaute den Bachlauf hinauf und sah, dass die Menschen, die dort standen, wild gestikulierten. Immer wieder zeigten sie in die tobenden Fluten. Jetzt hatte sie es auch gesehen. Irgendetwas wurde von der reißenden Strömung mitgerissen. Die Schreie der Menschen in ihrer Nähe wurden immer lauter. Endlich konnte auch sie erkennen, was sich dort unten im brodelnden Wasser befand. Voller Entsetzen schlug sie ihre Hand vor den Mund. Es war ein Mensch, ganz in schwarz gekleidet, der wie ein Spielball von den Wassermassen davongetragen wurde. Immer wieder tauchte der Körper unter, um gleich darauf an einer anderen Stelle wieder an der Oberfläche zu erscheinen. Als er auf ihrer Höhe war, verfingen sich Oberkörper und Arme im dichten Geäst, das die Strömung mitgerissen hatte und das sich inzwischen vor der Brücke aufgestaut hatte. Die Wassermassen schleuderten den willenlosen

Körper in und her. Jetzt gelang es Schwester Gisela, einen kurzen Blick in das Gesicht des Mannes werfen.

Sie stieß einen heiseren Schrei aus, als sie in die glasigen Augen von Pater Ambrosius blickte.

* * *

Scheppernd flogen die Scherben der Dachziegel in die Schubkarre. Seibold hielt einen Moment inne, zog die Arbeitshandschuhe aus und wischte sich den Schweiß von der Stirn. Das Gewitter hatte nur kurze Zeit die Temperaturen fallen lassen. Jetzt nahm die Schwüle wieder deutlich zu. Der Wetterbericht hatte weitere Gewitter für die kommenden Tage gemeldet. Der Kommissar hatte die körperliche Arbeit dringend gebraucht, um sich von der Nachricht, die er eben erhalten hatte, ein wenig abzulenken. Frau Hausschild hatte vor wenigen Minuten angerufen und berichtet, dass ihr Mann einen Schwächeanfall erlitten hatte. Man hatte ihn vorsorglich auf die Intensivstation des Marienhospitals in Bonn gebracht. Die Ärzte konnten noch nichts Endgültiges sagen. Auf jeden Fall brauchte er dringend einige Tage Ruhe.

Seibold hatte es befürchtet. Zu sehr hatten das schwüle Wetter und die Aufregung der letzten Tage an seiner Gesundheit gezehrt. Somit stand für ihn fest, dass er jetzt alleine das Heft in die Hand nehmen musste, solange noch kein Nachfolger für den Vorsitz der Sonderkommission bestimmt war.

Traudels Stimme riss ihn aus seinen Gedanken. »Walter, Telefon!«, rief sie durch das geöffnete Küchenfenster.

Seibold war es gar nicht recht, dass er jetzt bei der Arbeit gestört wurde. »Wer ist es denn?«, rief er zurück.

»Manfred Raaf!«

Als Traudel sah, dass er einen Moment zögerte, fügte sie hinzu: »Er hörte sich sehr aufgeregt an und sagte, es sei äußerst dringend.«

Wütend warf Seibold die Arbeitshandschuhe in die Schubkarre. Er wusste noch nicht, dass er sie an diesem Tage nicht mehr anziehen würde.

* * *

Die ganze Lebhaftigkeit, die Seibold am Nachmittag bei dem Pater noch so anstrengend gefunden hatte, war aus Pater Sebastian gewichen. Verstört saß er hinter seinem Schreibtisch und rang sichtlich nach Fassung. Starr schaute er Seibold an. »Ich kann es einfach nicht glauben, dass er Selbstmord begangen haben soll. Pater Ambrosius ist der gottesfürchtigste Geistliche, den ich kenne. Er wusste, dass der Suizid eine Todsünde ist. So was hätte er niemals getan!«

»Ich habe Ihnen gesagt, dass wir nach dem bisherigen Kenntnisstand vermuten, dass er Selbstmord begangen hat. Vielleicht ist es ja auch ein Unfall gewesen«, korrigierte der Kommissar. »Wir müssen zuerst noch die Zeugenaussagen auswerten.«

Dabei dachte er daran, dass er Raaf angewiesen hatte, Zeugen aufzutreiben, die den vermeintlichen Unfall beobachtet hatten.

Pater Sebastian beugte sich vor. »Herr Seibold, ich glaube, es ist langsam an der Zeit, dass Sie mir erzählen, warum Sie heute Nachmittag mit Pater Ambrosius sprechen wollten.«

Seibold erzählte ihm, was Schwester Gisela über das eigentümliche Verhalten des Priesters berichtet hatte.

Der Pater schüttelte den Kopf. »Was? Und nur auf solche vagen Vermutungen hin stellen Sie einem meiner Patres nach?« Pater Sebastian war spürbar verärgert.

»In einem Mordfall kann jeder noch so kleine Hinweis von Bedeutung sein«, rechtfertigte sich Seibold ruhig. »Fest steht, dass er sich als Priester des Lyzeums im Umfeld der Ermordeten befand und sein Verhalten darauf schließen lässt, dass er in großen Schwierigkeiten steckte.«

Seibold sah, wie Pater Sebastian über diese Worte nachdachte. »Wären Sie bitte jetzt so freundlich ...«, fuhr der Kommissar bestimmt fort, »... mir sein Zimmer zu zeigen?«

Der Rektor zögerte einen Moment. Dann stand er auf und gab Seibold zu verstehen, dass er ihm folgen sollte.

Seibold stand in der Mitte des Raums und ließ dessen Atmosphäre auf sich wirken. Anders als das Zimmer des Konviktleiters war das Interieur zwar von religiösen Motiven bestimmt, aber sonst schlicht und geschmackvoll gehalten. Die Möblierung war einfach. Sie bestand aus einem Bett, einem Bücherschrank und einem Schreibtisch. Außerdem befand sich an der rechten Wandseite eine kleine Waschgelegenheit.

Wegen der einbrechenden Dunkelheit schaltete er das Licht an. Dann ging er auf den Schreibtisch zu, auf dem das Bild einer älteren Frau stand. Seibold vermutete, dass es sich um die Mutter des Priesters handelte. Auf der grünen Schreibunterlage befand sich aufgeklappt ein Schreibblock. Der Kommissar wollte ihn schon in die Hand nehmen, als er gerade noch rechtzeitig innehielt. Gut, dass er daran gedacht hatte, alles Notwendige mitzunehmen. Er griff in seine linke Hosentasche und holte weiße Handschuhe hervor. Dann nahm er den Schreibblock vorsichtig in die Hand.

Die Seiten waren unliniert. Behutsam blätterte er Seite für Seite um. Aber keine war beschriftet. Als er den Schreibblock wieder hinlegen wollte, fiel für einen kurzen Moment das helle Licht der Lampe auf die oberste Seite. Seibold stutzte. Er holte seine Brille aus dem Etui und setzte sie auf. Langsam führte er den Block an seine Augen. Kein Zweifel. Er erkannte Abdrücke von Buchstaben, die sich bei der Beschriftung des darüberliegenden Blattes durchgedrückt hatten. Sein Blick wanderte an den oberen Rand des Schreibblocks. Deutlich erkannte er die Abrissstelle. Seine Augen suchten den Schreibtisch ab. Als er nicht fand, was er suchte, öffnete er die oberste Schublade. Glücklicherweise wurde er hier gleich fündig. In einer kleinen Ablage lagen mehrere verschiedenartige Schreibgeräte: Füllfederhalter, Kugelschreiber und Bleistifte. Er griff nach einem Bleistift. Als er sah, dass die Mine abgenutzt war, holte er einen anderen hervor. Dieser schien besser geeignet zu sein für das, was er vorhatte.

Behutsam legte er die Bleistiftspitze schräg auf das Blatt und fuhr damit vorsichtig über die Abdrücke der Buchstaben. Seibold lächelte triumphierend, als nach und nach jeder Buchstabe des ganzen Textes deutlich sichtbar wurde. Dann begann er zu lesen. *Quia cognovi multa scelera vestra et tortia peccata* ... Er hatte genug gesehen. Seine Pennälerzeit war zu lange her, um noch aus dem Lateinischen übersetzen zu können. Dafür brauchte er einen Fachmann.

Er legte den Block wieder auf den Schreibtisch zurück und versuchte, die andere Schublade des Tisches zu öffnen, doch diese war durch ein Schloss gesichert. Er kramte in seiner rechten Hosentasche und holte sein Taschenmesser hervor. Dann klappte er es auf und setzte die Klinge fachmännisch an. Mit einem kurzen Ruck hatte er das Schloss geknackt, und die Schublade öffnete sich.

Sie enthielt nur ein einziges Teil. Es war ein kleiner Ledereinband. Seibold nahm ihn heraus und schlug ihn auf. Er enthielt einige lose Blätter mit handschriftlichen Aufzeichnungen. Auf der ersten Seite stand in Großbuchstaben eine Überschrift: *MEA CULPA! MEA MAXIMA CULPA!* Diesen Spruch kannte Seibold noch aus der Zeit, in der er ein eifriger Kirchengänger war. Er bedeutete: Meine Schuld! Meine übergroße Schuld! Der Kommissar stellte erleichtert fest, dass der folgende Text dieses Mal in deutscher Sprache abgefasst war. Nach wenigen Sätzen erkannte er, dass der Geistliche hier seine sündigen Gedanken und Verfehlungen aufgezeichnet hatte. Er schlug das Buch wieder zu. Er würde es sich in Ruhe zu Hause zu Gemüte führen.

Noch einmal ließ er seinen Blick durch das Zimmer schweifen. Er glaubte die wichtigsten Indizien gefunden zu haben. Wenn es nötig war, konnte sich die Spurensicherung noch einmal intensiv mit dem Zimmer befassen. Er nahm den Ledereinband und den Schreibblock und legte die Sachen behutsam in eine Plastiktüte. Dann löschte er das Licht und verließ den Raum.

Als er den Flur entlangging, begegnete er einer kleinen Gruppe von Patres, die sich aufgeregt unterhielten. Unter ihnen war auch der Rektor. Als er ihn sah, kam er sofort auf ihn zu. »Na, Herr Seibold, haben Sie etwas entdeckt, was Ihnen weiterhilft?«

Seibold hob die Plastiktüte hoch. »Ich habe einige interessante Dinge gefunden«, antwortete er, »darunter eine Art persönliches Sündenregister von Pater Ambrosius. Ich hoffe, dass die Eintragungen uns weiterbringen.«

»Sündenregister?«, wiederholte der Pallottinerpater ungläubig und schloss sich ihm an. »Hören Sie!«, sagte er nach einigen Schritten keuchend. Seibold hatte es eilig, und Pater Sebastian hatte trotz seiner Größe Mühe, mit ihm Schritt zu halten. »Es wäre schön, wenn Sie mich über Ihre weiteren Untersuchungsergebnisse bezüglich Pater Ambrosius' unterrichten könnten. Die Angelegenheit hat große Unruhe in unserem Kollegium hervorgerufen. Alle sind sehr verstört. Sie kennen Pater Ambrosius recht gut und können es sich einfach nicht vorstellen, dass er ein Mörder und Selbstmörder sein soll.«

Sie hatten das Foyer erreicht, als Seibold eine Idee kam. »Eine Hand wäscht die andere, Pater Sebastian«, sagte er und blieb stehen, »ich verspreche Ihnen, Sie auf dem Laufenden zu halten, wenn es der Ermittlungsstand erlaubt. Aber Sie müssen mir auch einen Gefallen tun!«

Der Pater Rektor sah ihn erwartungsvoll an. Seibold zog sich wieder seine Handschuhe an und kramte den Schreibblock aus der Plastikhülle. »Können Sie mir das hier vielleicht übersetzen?« Er hielt dem Pater das Schriftstück unter die Augen. Pater Sebastian war kurzsichtig. Daher musste er seine Brille abnehmen und das Blatt nahe vor die Augen halten, um die Worte zu erkennen. »Das ist Latein!«, sagte er und murmelte die ersten Worte leise vor sich hin. »Auf den ersten Blick würde ich sagen, dass es eine Textstelle aus der Bibel ist. So vertraut bin ich mit der lateinischen Sprache auch nicht mehr. Das ist aber ein gefundenes Fressen für unsere Altphilologen.«

Der Pallottiner setzte die Brille wieder auf. »Bis wann brauchen Sie die Übersetzung?« Als er sah, dass Seibold überlegte, sagte er: »Reicht Ihnen morgen früh?«

»In Ordnung«, entgegnete Seibold. Er wollte Pater Sebastian den Schreibblock geben, zog ihn jedoch wieder zurück. Er konnte ihm unmöglich das Original überlassen. Er musste also noch eine Abschrift anfertigen. Diese Zeit musste sein. Sicher war sicher.

* * *

Walter Seibold betrachtete das kleine Päckchen. Es war trotz des Gewitters noch immer sehr schwül in der Wohnung. So saß er im Unterhemd am Küchentisch und genehmigte sich nach dem Abendbrot eine Flasche Bier. Traudel war noch einmal kurz zu Elisabeth gegangen, um nach dem Rechten zu schauen. Jupp Reifferscheid war in seiner Abwesenheit da gewesen und hatte ihm das Buch vorbeigebracht. Er lieferte seine »Verkaufsware« gerne persönlich ab, weil er wusste, dass Traudel ihm außer den fünfzig Pfennigen auch noch eine deftige Brotzeit anbieten würde. Er hatte lange auf Seibold gewartet, weil er ihm noch dringend etwas sagen wollte. Schließlich war er doch gegangen, weil er noch andere »Kunden« besuchen wollte.

Der Kommissar nahm das kleine Paket in die Hand und musste schmunzeln. Zu drollig war die Verpackung. Akkurat hatte Jupp das Buch in altes Zeitungspapier gewickelt und mit grober Paketschnur zugebunden. Er legte das Päckchen zur Seite. Er würde es öffnen, wenn er wieder die Muße dazu hatte. Jetzt brauchte er noch einige Minuten der Ruhe, dann wollte er sich das Tagebuch von Pater Ambrosius ansehen.

Er verschränkte die Arme hinter dem Nacken und gähnte. Was für ein Tag! Die Ereignisse hatten sich derart überschlagen, dass ihm der Gang zur Bäckerei *Horst* von heute Morgen wie vor einer Ewigkeit vorkam. Erst eben hatte er noch drei Telefonate geführt. Zunächst hatte er mit dem Marienhospital auf dem Bonner Venusberg gesprochen und sich nach dem Zustand von Clemens Hausschild erkundigt. Eine Schwester der Intensivabteilung hatte ihn beruhigt, dass keine Lebensgefahr bestand. Dann hatte er mit Raaf telefoniert. Dieser hatte trotz aller Bemühungen niemanden auftreiben können, der gesehen hatte, wie Pater Ambrosius in den Gräbbach gefallen war. Er war vermutlich an einer Stelle hineingesprungen, wo ihn kein Schaulustiger sehen konnte. Dann hatte ihn vor fünf Minuten noch Frau Dr. Rohr angerufen. Die Staatsanwältin wollte sich nach dem Ermittlungsstand hinsichtlich des Toten im Gräbbach erkundigen. Vor allem wollte sie wissen, ob er etwas mit den Morden an den Mädchen zu tun haben könnte. Seibold bejahte dies. Es schien alles darauf hinzudeuten, dass der Pater Selbstmord begangen hatte, weil ihn seine sündigen Gedanken und die Morde an den Mädchen unerträglich peinigten. Die Staatsanwältin klang erleichtert. Endlich konnte sie der Presse etwas vorweisen. Bevor sie auflegten, hatten sie sich für zehn Uhr am nächsten Morgen zu einer Besprechung auf der Rheinbacher Polizeiwache verabredet.

Als er aufstand, um das Tagebuch von Pater Ambrosius zu holen, hörte er, dass die Haustür aufgeschlossen wurde. Johanna kam nach Hause. Er war erleichtert. Seibold hatte vorhin wegen ihr einen lebhaften Disput mit Traudel gehabt. Sie hatte ihr erlaubt, am Abend das Haus zu verlassen, ohne mit ihm darüber zu sprechen. Traudels Argument war, dass Wassmann schließlich gefasst war und dass der mutmaßliche Mörder der beiden Mädchen so gut wie feststand. Seibold war da ganz anderer Ansicht. Für ihn stand jemand nur eindeutig als Täter fest, wenn er die Tat gestanden hatte oder durch Indizien unmissverständlich überführt war.

Schweigend sah Johanna ihren Vater an. Mit einem leisen »Gute Nacht« ging sie die Treppe zu ihrem Zimmer empor. Sorgenvoll registrierte er die Kürze ihres Minirocks und musste an die Worte von Schwester Gisela denken.

* * *

Ruhelos wälzte sich der Kommissar in seinem Bett. Er konnte einfach nicht einschlafen. Er beneidete Traudel, die tief und fest neben ihm schlief. Immer wieder gingen ihm die Ereignisse des vergangenen Tages durch den Kopf. Er erinnerte sich noch einmal an die Worte seiner Frau von heute Morgen. Sie war sich so sicher gewesen, dass ihm an diesem Tag der Durchbruch in den Ermittlungen gelingen würde. War das wirklich so? Sicher, es war ihm gelungen, Wassmann aufzuspüren. Er war aber eindeutig nicht der Täter. Bis vor wenigen Minuten war er sich ziemlich sicher, dass er mit Pater Ambrosius endlich den Mörder gefunden hatte. Doch dann hatte er die Blätter des Ledereinbandes gelesen und ihm waren ernste Zweifel gekommen. Die Schilderungen seiner triebhaften Abartigkeiten, gegen die er nicht ankam, sprachen eindeutig für ihn als Täter. Aber was bedeuteten seine Aufzeichnungen der letzten beiden Tage? Dort beschimpfte er sich immer wieder als Feigling und hielt sich vor, irgendetwas Furchtbares nicht verhindert zu haben. Er wurde aber nicht konkret. Warum? Hatte er vielleicht die Tat gesehen und nicht eingegriffen? Warum hatte er *das Furchtbare* nicht gemeldet? Kannte er vielleicht sogar den Mörder? Was hatte er kurz vor seinem Tod in lateinischer Sprache geschrieben?

Fragen über Fragen, die Seibold nicht schlafen ließen. Er spürte, dass ihm noch ein langer Weg bevorstand, bis dieser Albtraum endlich zu Ende war.

Freitag, 15. August 1969

Leichter, warmer Sprühregen überraschte Walter Seibold kurz vor zehn Uhr, als er sein Haus verließ. Er hatte bereits mit Pater Sebastian telefoniert, der ihm mitteilte, dass der Text noch nicht fertig übersetzt war. Er versprach jedoch, das Ergebnis innerhalb der nächsten Stunde auf der Polizeiwache vorbeizubringen. Der Kommissar wollte es unbedingt vor Ende der Besprechung mit der Staatsanwältin vorliegen haben. Als er die Bachstraße hinunterging, hörte er das Klopfen und Hämmern der Schausteller, die auf dem Prümer und dem Himmeroder Wall ihre Buden und Karussells aufbauten. Bei der fieberhaften Suche nach dem Mörder hatte er ganz vergessen, dass sich Rheinbach auf das Schützenfest vorbereitete.

Als er das Lindenplätzchen erreichte, schaute er sich nach Jupp Reifferscheid um. Schon bald hatte er ihn entdeckt. Er stand an der gleichen Stelle wie am Vortag und feixte gerade mit einigen älteren Rheinbacher Frauen, die zum Einkaufen unterwegs waren. Er rief ihnen einige Nettigkeiten hinterher, als der Kommissar ihn erreichte.

»Na, lässt du wieder deinen Charme bei den Damen spielen?«, fragte Seibold amüsiert. Jupp lachte schelmisch und zeigte dabei den einzigen Zahn, den er noch im Mund hatte.

»Du wolltest mich gestern sprechen«, sagte Seibold und wurde ernst. »Worum ging es denn?«

Jupp brauchte einen Moment, um zu verstehen, was Seibold meinte. Dann grinste er. »Ich han et jenau jesehn.«

»Was hast du gesehen?«

Jupp Reifferscheid spitzte den Mund und versuchte, geheimnisvoll zu klingen. »Der Düvel hät en in de Baach jeschmesse.«

Der Kommissar wurde hellhörig. »Wen?«, fragte er knapp.

»Dä Pastur!«

»Und wo war das?«

»En de Anlaach.«

Seibold wusste genau, was damit gemeint war. So nannte der Volksmund den Rheinbacher Stadtpark. Er sah Jupp prüfend an. »Kennst du denjenigen, der den Pastor in den Gräbbach geschmissen hat?«

Jupp Reifferscheid machte große Augen. Dann lachte er auf einmal hysterisch los: »Ich han et doch jesaat. Et wor de Düvel!« Nun hüpfte er von einem Bein auf das andere und begann mit einem stampfenden Tanz, der Seibold an die Bewegungen eines Derwischs erinnerte, und schlug sich dabei mit den Händen auf die Oberschenkel. »Hä, hä, et wor de Düvel. Et wor de Düvel.«

Die Passanten, die den Lindenplatz überquerten, blieben stehen und verfolgten den grotesken Auftritt des kleinen Mannes im blauen Arbeitsanzug. Einige konnte sich ein Lachen nicht verkneifen, andere schauten eher peinlich berührt. Seibold überlegte einen kurzen Moment, ob er Jupp Reifferscheid noch weitere Fragen stellen sollte. Er blickte sich um und bemerkte die immer größer werdende Schar der Schaulustigen. Daher entschied er sich, wenn nötig, Jupp Reifferscheid auf der Polizeiwache in aller Ruhe noch einmal zu befragen. Nachdenklich warf er einen letzten Blick auf den Veitstanz des kleinen Mannes.

Dann riss er sich los und ging weiter. Auf seinem Weg zur Polizeistation überlegte er angestrengt, ob man Jupp Reifferscheid glauben konnte. Hatte er wirklich etwas gesehen oder war seine Erzählung wieder nur eines seiner Hirngespinste? Eines stand jedenfalls fest: Seine Aussage würde wegen seines Geisteszustandes keine Beweiskraft vor Gericht haben.

Aber vielleicht könnte sie ihn bei der Suche nach dem Mörder weiterbringen.

Als er hinter dem Rathaus auf die Kriegerstraße einbog, überholte ihn die Staatanwältin mit ihrem giftgrünen BMW und parkte neben der Polizeiwache ein. Der Kommissar fasste seine Aktentasche fester unter seinen Arm und beschleunigte seinen Schritt.

* * *

Wolfgang Siebertz zog den Staubsauger hinter sich her und blieb vor dem Zimmer von Pater Wilfried stehen. Er hatte Mühe, den Zimmerschlüssel aus seiner Hosentasche zu ziehen, so eng lag die Bluejeans an seinem Körper an. Er wusste, dass der Erzieher nicht auf seinem Zimmer war. Heute hatte das Städtische Gymnasium schulfrei, denn die Lehrer machten einen Kollegiumsausflug. So war der Pater schon kurz nach dem Frühstück mit einer Schülergruppe aufgebrochen, um einer seiner Leidenschaften nachzugehen: der Tierfotografie. Vor einiger Zeit hatte er mit Wolfgang Siebertz die Vereinbarung getroffen, dass dieser einmal in der Woche für einen kleinen Lohn sein Zimmer säuberte. Der Schüler war auf das Angebot des Pallottiners eingegangen, denn er hielt sich ausgesprochen gerne in dem Zimmer auf.

Der Schüler schloss die Zimmertür auf und betrat den Raum. Außer einem großen Kreuz über der Tür erinnerte nichts daran, dass er sich in der Wohnstube eines Geistlichen befand. Dafür waren die Wände über und über mit Aquarellen, Zeichnungen und Fotografien ausgestattet, die der Pater selber angefertigt hatte. Bewundernd ließ er, wie schon so oft, seine Blicke über die Kunstwerke schweifen, die seine Seele so berührten.

Die ganze Nacht hatte er mit sich gerungen, ob er das tun sollte, was er jetzt vorhatte. Immer wieder hatte er das Für und Wider abgewogen. Zum einem dachte er an die gütige und liebenswerte Art des Paters, der ihm geduldig etwas über die Kunstepochen erzählte oder ihm verschiedene Zeichentechniken erklärte. Dann aber erinnerte er sich auch an sein aufdringliches Streicheln und die zärtlichen Berührungen, die ihm so unangenehm waren. Zudem waren ihm die hasserfüllten Blicke nicht verborgen geblieben, mit denen er Uschi und Margareta bedacht hatte, wenn sie die beiden Mädchen einmal mit in das Konvikt genommen hatten. In ihm war in den letzten Tagen eine furchtbare Ahnung herangereift. Er betete inständig, dass er sich täuschte. Er wusste, dass das, was er jetzt tun würde, ein sehr großer Vertrauensbruch gegenüber seinem Mentor war, aber schließlich hatte er sich dazu durchgerungen. Er musste einfach Gewissheit haben.

Er lehnte den Staubsauger an einen Stuhl und schloss die Tür von innen ab. Als er sich sicher war, dass er ungestört sein würde, ging er an den Bücherschrank und suchte die Buchreihen ab. Schließlich hatte er entdeckt, was er suchte. Es griff nach einer großen, bunt illustrierten Bibel. Vor einigen Wochen, als er über einer Federzeichnung saß, hatte er mitbekommen, dass Pater Wilfried dort etwas versteckte und sorgsam darauf geachtet hatte, dass er davon nichts mitbekam. Vorsichtig öffnete er das Buch. Ein kunstvoll angefertigter Schlüssel fiel ihm entgegen und purzelte auf den Boden. Er hob ihn auf und suchte das Möbelstück, zu dem er passen könnte. Schließlich fiel sein Blick auf eine alte Kommode, die in der Ecke des Zimmers stand. Sie bestand aus drei übereinanderliegenden, großen Schubladen. Ohne Mühe konnte er die beiden oberen Schubfächer öffnen. Sie enthielten Oberhemden und andere Wäschestücke. Dann versuchte er, die unterste aufzuziehen. Sie war verschlossen. Vorsichtig schob er den Schlüssel ins Schloss und stellte erleichtert fest, dass er sich drehen ließ. Dann zog er die Schublade langsam auf. Sein Blick fiel zunächst auf eine Reihe von Schnellheftern. Er nahm sie heraus und blätterte darin herum. Sie enthielten ausschließlich persönliche Papiere: Urkunden, Examensabschlüsse, Versicherungspolicen und andere Dokumente. Behutsam legte er sie wieder zurück. Dann fand er einen großen Stapel Naturfotografien und Zeichnungen. Auch sie blätterte er durch und fand nichts Ungewöhnliches. Schließlich sah er eine große Geldkassette, die sich auf der rechten Seite der Schublade befand. Er nahm sie heraus und öffnete sie. Er blickte auf einen Plastikeinsatz, in dem Hartgeld und Geldscheine sorgfältig in die Fächer sortiert waren. Einen Augenblick überlegte er, ob er die Kassette wieder schließen sollte. Dann fiel ihm ein, dass sich unter der Plastikeinlage ein Hohlraum befinden musste. Behutsam hob er die Einlage heraus und legte sie neben sich auf den Boden. Wieder fiel sein Blick auf einen Stapel Fotografien und Zeichnungen. Warum hatte Pater Wilfried sie gesondert gelagert? Als er das oberste Bild näher betrachtete, stockte ihm der Atem. Es war eine Fotografie von ihm und Heinz Peters. Sie waren nackt und standen unter der Dusche. Als er mit zitternden Händen die übrigen Fotografien und Zeichnungen betrachtete, stieß er einen Schrei aus.

Völlig kopflos packte er die Fotos und Zeichnungen zusammen und nahm sie mit. Er stand so unter Schock, dass er vergaß, die Geldkassette wieder zurückzulegen und die Schublade zu schließen. Hektisch schloss er die Tür des Zimmers auf und rannte auf den Flur. Er musste unbedingt Patobi und Pater Anselm zeigen, was er gefunden hatte.

* * *

»Ich wollte eigentlich nur von Ihnen wissen, ob die Indizien ausreichen, der Presse und der Öffentlichkeit den Pallottiner als Mörder der beiden Mädchen zu präsentieren«, sagte sie schnippisch. Frau Dr. Rohr hatte die schriftlichen Aufzeichnungen Pater Ambrosius' in dem ledernen Büchlein kurz überflogen und hob den Kopf. Die herablassende Art, wie die Staatsanwältin diese Frage stellte, gefiel Seibold ganz und gar nicht. Sein Verhältnis zu Staatsanwälten würde wohl nie besonders harmonisch sein.

Er zwang sich, ruhig zu bleiben. »Ich kann nur wiederholen, was ich eben schon gesagt habe. Ich bin mir nicht hundertprozentig sicher, dass Pater Ambrosius die Tat begangen hat. Die Eintragungen der letzten beiden Tage deuten darauf hin, dass er sich vorwirft, irgendetwas Schlimmes nicht verhindert zu haben. Das könnte bedeuten, dass er nur Augenzeuge des letzten Mordes war. Dann bleibt natürlich die Frage, warum er nicht eingegriffen hat und warum er den Mörder nicht zur Anzeige brachte?«

Seibold griff zur Kaffeetasse und nahm einen Schluck, bevor er fortfuhr: »Eine mögliche Antwort könnte sein: Er hatte Angst vor dem Mörder.«

Noch einmal schaute die Staatsanwältin in die Aufzeichnungen. »Denkbar ist auch, dass der Pater seine abartige Neigung keinem seiner Mitbrüder in der Beichte offenbaren wollte oder konnte«, sagte sie und blickte abwechselnd Raaf und Seibold an, »vielleicht sind diese Zeilen auch als eine Art ganz private Beichte zwischen ihm und Gott zu verstehen, wie ein Ablassbrief im Mittelalter.«

Frau Dr. Rohr warf noch einmal einen Blick auf die letzte Seite des Textes. »Oder könnte es nicht auch sein«, fuhr sie fort, »dass er sich der Feigheit bezichtigt, nicht weil er den Täter an der Ausführung des Mordes gehindert hat, sondern weil er durch eine Selbstanzeige seine Tat vorab hätte verhindern können.«

Seibold überlegte kurz. Er musste sich eingestehen, dass er an diese Möglichkeit noch nicht gedacht hatte, aber sie war durchaus plausibel. Er zuckte ratlos mit den Schultern und nickte mit dem Kopf.

»Weiß man etwas Näheres über die Umstände seines Todes?«, fragte die Staatsanwältin weiter.

»Es gibt bislang noch keine Zeugen, die gesehen haben, wie er ins Wasser fiel«, meldete sich Raaf zu Wort, »in der Innenstadt haben Hunderte von Menschen das Spektakel am Gräbbach verfolgt. Da hätte irgendjemand etwas sehen müssen. Also bleibt nur die Folgerung, dass er weit oberhalb, in den Parkanlagen oder noch weiter bachaufwärts, in den Bach gesprungen ist.«

»... oder hineingeworfen wurde«, sagte Seibold ruhig.

Die Staatsanwältin musterte ihn mit großer Skepsis. Sie schien sich schon sehr mit dem Gedanken angefreundet zu haben, den Pallottinerpater der Presse als den gesuchten Mädchenmörder zu präsentieren.

»Ich habe einen Zeugen, der behauptet hat, genau dies gesehen zu haben«, fuhr er schnell fort und sah das Erstaunen im Gesicht von Manfred Raaf.

»Und wer soll das sein?«, fragte Raaf.

»Jupp Reifferscheid!«

Der Rheinbacher Polizeichef stutzte einen Moment, dann machte er ein Gesicht, als ob er nicht wüsste, ob er lachen oder weinen sollte. »Jupp Reifferscheid«, wiederholte er entsetzt, »du wirst doch nicht etwa diesem Idioten glauben. Er wird schon im Volksmund Lügenbaron genannt, weil er nichts als Fantasiegeschichten erzählt. Außerdem leidet er unter Profiliersucht. Er wollte sich mit dieser Schauermär garantiert nur wichtig machen.«

Seibold antwortete nicht und wiegte zweifelnd den Kopf hin und her.

»Wenn ich Herrn Raaf richtig verstanden habe, Herr Seibold, ist Ihr Zeuge also nicht gerade sehr vertrauenswürdig!«, warf die Staatsanwältin spöttisch ein. »Allerdings!«, bekräftigte Raaf.

»Ich habe übrigens den Obduktionsbericht des Toten aus Bonn mitgebracht«, sagte Frau Dr. Rohr und kramte in ihrer Aktentasche. »Ich habe ihn schon gelesen. Die Todesursache ist zweifelsohne Ertrinken.« Sie schob den Bericht über den Schreibtisch in Richtung des Kommissars. »Jedenfalls hat man am Körper des Paters keine Spuren von äußerlicher Gewaltanwendung gefunden.«

Seibold wollte den Bericht an sich nehmen, als es an der Tür klopfte und der diensthabende Polizist der Wache erschien. »Entschuldigen Sie bitte, wenn ich störe«, sagte er, »aber es ist etwas für Sie abgegeben worden, Herr Seibold!«

Er ging auf den Kommissar zu und überreichte ihm einen Umschlag. Seibold wusste sofort, von wem er war. Mit fiebrigen Händen riss er den Umschlag auf und begann zu lesen. Nach den ersten Zeilen runzelte er die Stirn. Gespannt schauten ihn Raaf und die Staatsanwältin an.

»Meines Erachtens wirft dieses Schreiben ein ganz anderes Licht auf den Fall«, sagte er ernst. Als er die ratlosen Gesichter der anderen schaute, erzählte er ihnen zunächst von seinem Fund des lateinischen Textes auf dem Schreibtisch von Pater Ambrosius am vorigen Abend. »Dies hier ist die Übersetzung. Ich gehe davon aus, dass der Pater den Text kurz vor seinem Tod geschrieben hat und seinem Adressaten übermittelte.«

»Und was steht darin?«, Raaf konnte es kaum erwarten.

»Der Übersetzer berichtet zunächst, dass es Auszüge von Versen aus dem *Alten Testament* sind, genauer gesagt von dem Propheten Amos, Abschnitt 5, Kapitel 12-14!«

Dann begann Seibold langsam und betont zu lesen. »*Denn ich kenne deine Freveltaten, die so viel sind und die so groß sind ... und suche das Gute und nicht das Böse, auf dass du leben kannst, so wird der Herr, der Gott Zebaoth, bei dir sein ... hasse das Böse und liebe das Gute ... vielleicht wird der HERR, der Gott, dir doch gnädig sein ...!*«

Einen Moment herrschte gespannte Stille.

Dann fuhr Seibold fort: »Der Übersetzer merkt noch an, dass der Prophet diese Zeilen an die seines Erachtens gottlose Priesterschaft Israels gerichtet hatte. Im Original ist der Text im Plural verfasst.«

In der Wache ging das Telefon.

»Für mich steht fest«, sagte Seibold und stand auf, »dass Pater Ambrosius diese Zeilen verschlüsselt, aber sehr konkret, einem bestimmten Mitbruder geschrieben hat.« Der Kommissar ließ seine Worte einen Moment auf seine Zuhörer wirken. Dann brach er das angespannte Schweigen: »Nämlich dem Mörder von Ursula und Margareta.«

Die Tür öffnete sich und der Polizist kam herein. »Herr Seibold! Telefon für Sie! Ein gewisser Pater Anselm, der Vorsteher des Konvikts St. Albert, ist am Apparat. Er ist sehr aufgeregt und sagt, es wäre dringend!«

Der Kommissar sprang auf. Als er an der Tür war, drehte er sich noch einmal um. »Und ich glaube, dass Jupp Reifferscheid nicht ein so großer Idiot ist, wie viele glauben.«

Fest schaute er Raaf und die Staatsanwältin an. Dann drehte er sich um und verschwand im Nebenraum.

* * *

Seibold und Raaf hetzten die Treppen hoch. Die Zimmer der Erzieher befanden sich im ersten Stock des Gebäudes, ganz in der Nähe der Schlafsäle der Internatsschüler. Pater Tobias hatte sie schon am Eingang in Empfang genommen und begleitete sie nach oben. Die Männer legten solch eine Eile an den Tag, dass sich die Internatsschüler, denen sie im Treppenhaus begegneten, erstaunt umschauten. Vor der Tür des Konviktvorstehers blieben sie stehen und atmeten tief durch. Als Pater Tobias sie öffnete, wurde Seibold zunächst wieder von der überfrachteten Religiosität des Raumes erschlagen. Aber es war jetzt nicht die Zeit dazu, sich darüber zu wundern.

Hinter dem Schreibtisch saß Pater Anselm und sah zum Erbarmen aus. Neben ihm hatte Wolfgang Siebertz Platz genommen. Ohne ein Wort zu sagen, deutete der Konviktvorsteher mit weinerlicher Miene auf eine Reihe von Fotografien, die vor ihm auf dem Schreibtisch lagen. Seibold ging langsam auf den Schreibtisch zu. Raaf folgte ihm. Dann nahm der Kommissar seine Brille aus dem Etui und setzte sie auf. Behutsam schaute er sich jedes Bild sorgfältig an. Bei dem letzten zuckte er unwillkürlich zurück. Es zeigte eine Aufnahme von Wolfgang Siebertz und Heinz Peters, wie sie mit Ursula und Margareta auf einer Parkbank saßen. Die Köpfe der beiden Mädchen waren aus der Fotografie herausgebrannt worden.

»Das ist aber noch nicht alles«, sagte der Pater kleinlaut, als Seibold die Fotografien an Raaf weitergab. Angewidert überreichte er dem Kommissar einen Stapel von Zeichnungen. »Schauen Sie sich das einmal an!«

Als Seibold die oberste Zeichnung sah, lief ihm vor Entsetzen ein Schauer durch den Körper. Ursulas Körper war auf einer mittelalterlichen Streckbank abgebildet. Kräftige

Seile zogen an ihren Armen und Beinen. Die Darstellung ihres vor Schmerzen gepeinigten Gesichtes war so realistisch, dass Seibold unwillkürlich wegschauen musste. Das nächste Bild zeigte Margareta Spilles. Sie war mit beiden Händen an einen Fleischerhaken gefesselt und hing an der Decke eines Verlieses. Unter ihren frei baumelnden Füßen züngelten Flammen in einem Kohlebecken. Auch ihr Antlitz war vor Schmerzen entstellt. Der Kommissar rang nach Luft, als er die weiteren Bilder betrachtete. Jedes von ihnen zeigte eines der Mädchen, wie es unter entsetzlichen Qualen furchtbaren Folterpraktiken ausgesetzt war.

Als der Kommissar die letzte Zeichnung betrachtet hatte, schluckte er schwer. »Wer hat sie gemacht?«, fragte er grimmig.

Es dauerte lange, bis sich der Konviktvorsteher zu einer Antwort durchringen konnte. »Pater ... Pater ... Wilfried«, stammelte er kaum hörbar. »Ist das nicht entsetzlich?« Ratlos schaute er Seibold an. Es war deutlich zu sehen, wie es dem Konviktleiter zusetzte, dass einer seiner Mitbrüder zu solch perversen Fantasien in der Lage war. »Er muss vom Teufel besessen sein«, zischte er durch seine Zähne. Dann blickte er auf das Holzkreuz, das auf dem Bücherschrank stand, als wolle er von dort Hilfe erflehen.

»Wer hat die Bilder gefunden?«, wollte Seibold wissen.

»Das war ich«, meldete sich Wolfgang Siebertz zu Wort, »sie waren in einer Schublade in Pater Wilfrieds Zimmer.« Auch er stand noch sichtlich unter Schock.

Raaf hatte jetzt ebenfalls alle Zeichnungen begutachtet. Verstört legte er sie auf den Schreibtisch. »Wo ist Pater Wilfried jetzt?«, platzte es aus ihm heraus.

Die Ordensbrüder sahen sich einen Moment an. »Er ist nicht im Konvikt«, antwortete Pater Tobias anstelle des Konviktleiters.

»Wissen Sie, wo er sich befinden könnte?«, hakte Seibold nach.

Pater Tobias schüttelte den Kopf.

»Ich weiß es!«, sagte Wolfgang Siebertz leise.

Die Männer schauten ihn überrascht an. »Er hat mir heute Morgen erzählt, er würde mit der Neigungsgruppe Naturfotografie zum Mausmaar gehen.«

»Mausmaar?«, wiederholte Seibold und schaute Raaf fragend an.

»Ich weiß, wo das ist! Komm mit!« Raaf drehte sich um und stürmte aus dem Zimmer.

Bevor Seibold das Konvikt St. Albert verließ, zeigte ihm Wolfgang Siebertz, wo er die Fotografien und Zeichnungen gefunden hatte. Sorgsam durchsuchte der Kommissar noch einmal die Schublade. Aber er konnte nicht finden, wonach er suchte.

* * *

Das Mausmaar war ein kleiner Tümpel, der etwas verloren inmitten der bewirtschafteten Felder zwischen Rheinbach und Oberdrees lag. Von außen war er kaum zu erkennen, denn er wurde von dichten Sträuchern und Baumbestand gänzlich eingeschlossen. Das kleine Biotop beheimatete einige seltene Wassertier- und Vogelarten und wurde daher oft von Naturliebhabern und Hobbyfotografen besucht.

Pater Wilfried hatte das Polizeiauto schon von Weitem gesehen. Es war von der Straße, die zur Siedlung Schornbusch führte, abgebogen und kam jetzt in seine Richtung. Er gab gerade seinen Schülern Anweisung, die Fotoausrüstung zusammenzupacken. Der Morgen war sehr erfolgreich verlaufen, denn er hatte einige schöne Schnappschüsse von seltenen Wasservögeln machen können. Außerdem hatten zwei seiner Internatsschüler, die die Umgebung erkundet hatten, am nahen Bahndamm einen Fuchsbau entdeckt. Ihn würde er am Wochenende alleine aufsuchen, denn es brauchte absolute Ruhe, um Füchse in freier Wildbahn vor die Linse zu bekommen. Der Geistliche wurde jetzt doch etwas unruhig, als er sah, dass das Auto links abbog und über einen Wirtschaftsweg direkt auf das Mausmaar zuhielt.

Wenige Meter vor dem Biotop stoppte der Wagen. Zunächst stieg Kommissar Seibold aus dem Auto, dann folgte der Rheinbacher Polizist, der vor einigen Tagen die Befragung im Internat vorgenommen hatte. Es verwunderte ihn sehr, als er sah, dass auch Pater Tobias aus dem Auto kletterte. Als er die Miene seines Ordenbruders sah, ahnte er, warum die Polizisten ihn aufsuchten. Die Männer kamen langsam auf ihn zu. Pater Tobias ließ sich etwas zurückfallen und ging zu den Internatsschülern, die mit Erstaunen beobachtet hatten, dass ihnen die Polizei inmitten der Felder einen Besuch abstattete.

»Pater Wilfried«, sagte der Kommissar ohne Umschweife, »darf ich Sie bitten, uns auf die Polizeiwache zu begleiten?«

»Warum?«, fragte der Pater trotzig und verschränkte die Arme.

»Es geht um einige Fotografien und Zeichnungen, die wir in der Schublade Ihrer Kommode gefunden haben«, erwiderte Raaf.

Verzweifelt überlegte der Geistliche einen Moment, »Aber ... aber ich kann doch meine Schüler hier nicht alleine ...«

»Das ist kein Problem«, antwortete Seibold ruhig, »darum wird sich Pater Tobias kümmern.«

Hilfe suchend schaute Pater Wilfried zu seinem Ordenskollegen hinüber, aber der wandte sich ab.

»Kommen Sie, machen Sie hier keine Szene vor den Schülern!«, bekräftigte Seibold seine Aufforderung.

Noch einmal schaute der Pallottiner zu den Schülern und seinem Ordensbruder hinüber. Dann setzte er sich widerwillig in Bewegung.

Während sie zum Auto gingen, hatte Seibold beobachtet, dass Pater Wilfried einige Male in Richtung des Bahndammes geblickt hatte. Als sie das Fahrzeug erreichten, öffnete Raaf die Beifahrerseite und fasste den Pater am Unterarm. Noch einmal hob Pater Wilfried den Kopf und blickte über das Autodach in Richtung der Bahnstrecke. Dann riss er sich plötzlich von Raaf los und lief davon.

»He!«, rief dieser und blieb zunächst wie angewurzelt stehen. Er brauchte einige Zeit, um seine Überraschung zu überwinden. Dann rannte er ihm hinterher. »Bleiben Sie stehen!«, rief er dem Flüchtenden hinterher, »das hat doch keinen Sinn!«

Auch Seibold machte sich an die Verfolgung, ließ sich jedoch bald zurückfallen und blieb schließlich stehen. Er war ebenfalls von der Sinnlosigkeit der Flucht Pater Wilfrieds überzeugt. Der Erzieher mochte zwar mit seinen Schülern ab und zu Fußball spielen und einigermaßen trainiert sein, aber auf Dauer hatte er gegen Raaf keine Chance. Der Langstreckenlauf war Raafs Paradedisziplin, er hatte schon etliche Preise bei Polizeimeisterschaften gewonnen.

Keuchend kniete sich der Kommissar auf den Boden und beobachtete das groteske Bild. Der leicht übergewichtige Pallottinerpater, der seine Soutane vor sich gerafft hatte, um besser laufen zu können, und der kleine stämmige Polizeihauptwachtmeister hetzten über das Stoppelfeld, als wäre der Teufel hinter ihnen her. Seibold war über Pater Wilfrieds

Laufvermögen überrascht. Trotzdem holte der Rheinbacher Polizist Meter um Meter auf. Plötzlich stutzte Seibold. Angestrengt schaute er in Richtung der Bahngleise. Ganz allmählich wurde ihm zur schrecklichen Gewissheit, warum der Pater eben wiederholt in Richtung der Bahnstrecke geschaut hatte und die scheinbar sinnlose Flucht auf sich genommen hatte. Aus Euskirchen kam der Nahverkehrszug Richtung Rheinbach, und Pater Wilfried lief zielstrebig auf die rote Diesellok zu. Er war jetzt höchstens noch hundert Meter von ihr entfernt.

Voller Entsetzen setzte sich Seibold wieder in Bewegung. » Pass auf, Manfred! Pass auf!«, schrie er Raaf, so laut sein keuchender Atem es erlaubte, hinterher. Jetzt schien auch Raaf endlich bemerkt zu haben, was der Pallottinerpater vorhatte. Noch einmal beschleunigte er seinen Lauf. Verzweifelt vorwärts hastend, beobachtete der Kommissar den Wettlauf mit dem Tod. Nur noch wenige Meter war Raaf von dem Flüchtenden entfernt, als dieser den Schotterdamm erreichte. Auch der Lokführer hatte jetzt erkannt, was der ganz in Schwarz gekleidete Mann mit den roten Haaren vorhatte, und versuchte, den Zug mit einer Vollbremsung zum Stehen zu bringen. Mit einem entsetzlichen Kreischen blockierten die Räder. Trotzdem schob sich der Zug unaufhaltsam vorwärts. Wie von einer unsichtbaren Kraft getragen, strebte Pater Wilfried unaufhaltsam der Diesellok entgegen. Jetzt war er nur noch wenige Meter von ihr entfernt. Mit einem letzten verzweifelten Sprung versuchte Raaf, den Flüchtenden zu erreichen und bekam seinen Fuß zu fassen. Pater Wilfried strauchelte und fiel zu Boden. Der Polizist umklammerte seine Beine. Mit wütenden Fußtritten versuchte sich der Pallottiner zu befreien. Aber der Rheinbacher Polizist hielt mit aller Kraft fest und ließ sich nicht abschütteln. Noch einmal schaute der Pater mit einem verzweifelten Blick den Schotterdamm empor und reckte seine Arme dem herannahenden Zug entgegen. Dann gab er auf.

Als Seibold die beiden erreichte, donnerte der Zug vorbei. Er ließ sich auf den Boden fallen, um dem Fahrtwind zu entgehen. Als er sich erhob, saß Raaf rittlings auf dem Rücken des Geistlichen und drehte seine Arme auf den Rücken »So kommst du uns nicht davon!«, sagte er. Er schaute Seibold mit einem triumphierenden Lächeln an.

Samstag, 16. August 1969

Seibold hielt noch einen Moment nachdenklich den Hörer in der Hand. Dann ließ er ihn behutsam auf die Gabel gleiten. Manfred Raaf hatte ihn gerade davon unterrichtet, dass Friedrich Wassmann gegen Mittag im Krankenhaus Maria Hilf an den Folgen seiner Vergiftung gestorben war. Er dachte darüber nach, wie Brigitte Clausing diese Nachricht in der Untersuchungshaft aufnehmen würde. Er hatte in den letzten Tagen zur Genüge gesehen, welches Leid der Tod mit sich brachte. So fiel es ihm schwer zu glauben, dass es Menschen gab, die sich über eine Todesnachricht freuen konnten.

Er riss sich von seinen trüben Gedanken los und ging vom Flur in das Wohnzimmer. Auf dem Weg konnte er einen Blick durch die halb geöffnete Tür des Badezimmers werfen. Er sah Johanna, wie sie sich vor dem Spiegel zurechtmachte. Mit ruhiger Hand tuschte sie ihre Wimpern. Er blieb einen Augenblick stehen. Nicht ohne Stolz registrierte er, wie hübsch seine Tochter war. Sie hatte die rehbraunen Augen ihrer Mutter geerbt. Der kurze Minirock im gelben Schottenmuster ließ einen Blick auf ihre makellosen, langen Beine zu. Johanna hatte bemerkt, dass ihr Vater sie beobachtete. Mit einem missmutigen Blick schob sie die Tür mit ihrem Ellbogen zu.

Resigniert ging Seibold weiter. Auch die mutmaßliche Aufklärung des Mordes an Ursula hatte ihr Verhalten ihm gegenüber nicht verändert. Als Seibold das Wohnzimmer betrat, fiel ihm die Schallplatte ins Auge, die er vor fast einer Woche von Maria zum Geburtstag geschenkt bekommen hatte. Sie lag auf dem kleinen Rauchtisch neben dem Plattenspieler. Er hatte bislang noch keine Gelegenheit gehabt, sie zu hören. Mein Gott, dachte er, was hatte sich alles seit letztem Wochenende zugetragen! Die Welt war irgendwie eine andere geworden.

Er nahm die Schallplatte aus der Hülle und legte sie auf. Er hörte jetzt, wie Johanna die Haustür öffnete. Mit einem mulmigen Gefühl verfolgte er, wie seine Tochter das Haus verließ, um das Konzert der *Troop* in der O.T. zu besuchen. Er hatte sich nicht getraut, es ihr zu verbieten. Trotz all seiner Zweifel.

»Tschüss, Mom«, rief sie ihrer Mutter in der Küche zu. Dann warf sie ihrem Vater einen selbstbewussten Blick zu und stieg die Stufen zum Hof hinunter. Als er hörte, wie die Tür ins Schloss fiel, ließ sich Seibold auf das Sofa fallen. Die ersten Klänge der Klaviersonate ertönten. Er hoffte, dass ihn die sanften Töne des Klavierkonzerts etwas beruhigen und ihm die schrecklichen Gedanken nehmen würden, die nicht aus seinem Gehirn verschwinden wollten.

Fast zwölf Stunden hatten sie Pater Wilfried ununterbrochen verhört. Aber dieser hatte die Polizisten nur hasserfüllt angeschaut und beharrlich geschwiegen. Nur ab zu stieß er zwei lateinische Wörter hervor: »Diabolus vivit!« Dieser Ausdruck war von den Anwesenden mit »Es lebe der Teufel« übersetzt worden. Man deutete ihn als Eingeständnis, dass der Pater in geistiger Verwirrung zu einem Teufelsanbeter geworden war. Als der Pater vor Übermüdung die Augen nicht mehr offen halten konnte, hatten sie sich schließlich darauf verständigt, das Verhör am Sonntag fortzusetzen.

Als Seibold um vier Uhr morgens nach Hause kam, suchte er zunächst nach einer Lateingrammatik. Er wusste, dass sie sich unter Traudels alten Schulbüchern im Schuppen befinden musste. Er hatte sie dort beim Aufräumen einmal gesehen. Als er sie endlich gefunden hatte, wusste er schnell, dass sie sich geirrt hatten. Die Worte des Pallottiners waren falsch übersetzt worden! »Diabolus vivit!« bedeutete »Der Teufel lebt«. Das gab dem Ausspruch einen ganz anderen Sinn. Konnte man die lateinischen Worte nicht auch so deuten, dass Pater Wilfried nicht der Täter war und der Mörder, den er als Teufel bezeichnete, noch frei herumlief? Aber warum schwieg er?

Zu viele Fragen waren offen geblieben. Immer wieder geisterten sie in seinem Kopf umher. Hatte Pater Wilfried seinen Ordensbruder in den reißenden Bach gestoßen oder hatte Pater Ambrosius Selbstmord begangen? Warum hatte der Mörder seine Opfer mit einer Botschaft gekennzeichnet? Warum hatte man den in lateinischer Sprache abgefassten Brief nicht bei Pater Wilfried gefunden? Pater Tobias hatte ihm erzählt, dass er gesehen hatte, wie Pater Ambrosius am Donnerstagabend mit einem Brief in der Hand im Konvikt erschienen war. Wem er ihn überreicht hatte, konnte er nicht sagen. Immer wieder hatte sich Seibold beruhigt, indem er sich einredete, dass Pater Wilfried den Brief nach seinem Erhalt vernichtet haben könnte. Warum hatte Pater Ambrosius die Nachricht an ihn in Latein verfasst? Auch hier hatte er sich damit beruhigt, dass Pater Ambrosius, wie sich in seinen Tagebüchern gezeigt hatte, ein ausgesprochener Liebhaber von verschlüsselten und verklausulierten Botschaften war. Fragen über Fragen, die nur beantwortet werden konnten, wenn der Pater endlich sein Schweigen brach.

Seibold erhob sich und machte den Schallplattenspieler aus. Die große Unruhe in ihm machte es unmöglich, konzentriert der Musik zu lauschen. Er wollte versuchen, sich durch körperliche Arbeit abzulenken.

* * *

Ein Blitz zuckte aus der Wolkenwand. Walter Seibold hob den Kopf und schaute in den Himmel, der eine Farbe wie grauer Marmor hatte. Die angekündigte Gewitterfront hatte die Voreifel erreicht. Nach Angaben des Wetterdienstes sollte sie gottlob nicht so heftig sein wie die von vorgestern. Er saß wieder auf seinem Lieblingsplatz, der kleinen Holzbank im hinteren Teil des Hofes. Es war wieder sehr schwül geworden. Er hatte sein völlig verschwitztes Arbeitshemd ausgezogen und über die Schulter geworfen. Er schaute auf die Uhr. Gut eine Stunde hatte er gebraucht, um wenigstens die schlimmsten Gewitterschäden an Elisabeths Haus zu reparieren. Das Haus seines verstorbenen Freundes hatte es wesentlich schlimmer getroffen als sein eigenes. Seibold musste unwillkürlich an ihn denken, als er die Geräusche des nahen Kirmesplatzes hörte, die in den Hof herüberschallten. Früher waren Helmuth und er zu dieser Zeit schon unruhig geworden und konnten es kaum erwarten, hinüberzugehen. Aber jetzt war er alleine und hatte keine Lust dazu.

Schließlich riss ihn Traudels Stimme aus seinen Grübeleien. »Walter, du wolltest doch Jupp Reifferscheids Paket in den Schuppen bringen! Es liegt mir in der Küche nur im Weg!« Ohne ein weiteres Wort drückte sie ihm das Päckchen in die Hand und war gleich darauf schon wieder im Haus verschwunden. Sie war in Eile, weil sie Elisabeth versprochen hatte, mit ihr später die Abendandacht zu besuchen.

Seibold entschied sich, sitzen zu bleiben und das Paket zu öffnen. Als er das Buch von der groben Kordel und dem Zeitungspapier befreit hatte, kam ein ziemlich abgegriffener, alter Schinken zum Vorschein. Er las den Titel: *Kirchengeschichte Band 1*und verzog das Gesicht. Die Thematik des Buches sprach ihn überhaupt nicht an. Er wollte schon aufstehen und es in den Schuppen bringen, als ihm einfiel, es zu den religiösen Büchern von Tante Lisa im Wohnzimmer zu stellen.

Seibold stand auf und ging über den Hof. Dann öffnete er die Haustür und ging durch den Flur ins Wohnzimmer. Vor dem Bücherschrank blieb er stehen. Als er Tante Lisas Bücher gefunden hatte, schob er zwei Bücher auseinander und klemmte Jupp Reifferscheids Buch dazwischen. Als er sich umdrehte, stutzte er. Noch einmal warf er einen Blick auf die Bücherreihe. Das rechte Buch, das er beiseitegeschoben hatte, kam ihm irgendwie bekannt vor. Er nahm es heraus und betrachtete es eingehend. In großen Buchstaben stand der Titel auf der bunt illustrierten Vorderseite: *Heilige und Namenspatronen im Jahresablauf*. Dieses Buch war ihm schon irgendwo begegnet. Er legte seinen Kopf in den Nacken und schloss die Augen. Dann ließ er die Ereignisse der letzten Tage noch einmal vor seinem geistigen Auge vorbeilaufen. Da war es! Es fiel ihm wieder ein. Er wusste jetzt, wo er das Buch schon einmal gesehen hatte und entschied sich, es genauer zu betrachten.

Er setzte sich auf einen Wohnzimmersessel. Dann nahm er das Buch in die Hand und blätterte es rasch durch. Als er an den letzten Seiten angelangt war, hielt er plötzlich an. Eine bebilderte Seite hatte seine Aufmerksamkeit erregt. Er hatte sie schon überschlagen und musste einige Seiten zurückblättern. Als er sie wieder gefunden hatte, betrachtete er das Bild sorgfältig. Plötzlich stockte ihm der Atem. Warum war er nicht früher daraufgekommen? Das Bild zeigte eine Frau, die an einen Baum gefesselt war und deren Oberkörper von Pfeilen durchbohrt war. Sofort fiel ihm die Ähnlichkeit mit der Fotografie der getöteten Ursula an der Tomburg auf. Als er aufgeregt den kleinen Text unter dem Bild las, erfuhr er, dass es sich bei der Abbildung um die heilige Ursula handelte. Die Legende sagte, dass sie als Märtyrerin verehrt wurde, weil sie sich geweigert hatte, sich dem Hunnenkönig Etzel hinzugeben. Dieser ließ sie daraufhin durch Pfeilschüsse hinrichten. Seibold verstand plötzlich: Mit den Stöcken, die der Mörder Ursula unter die Achseln gesteckt hatte, wollte er die Abbildung in dem Heiligenbuch nachstellen. Er hatte es getan, weil sein Opfer den gleichen Vornamen trug wie ihre Namenspatronin: die Heilige und Märtyrerin Ursula. Er überlegte einen Augenblick angestrengt. Dann schlug er das Namensverzeichnis am Ende des Buches auf. Er ging mit dem Zeigefinger die Namensliste von oben nach unten durch. An dem Buchstaben M blieb er hängen. Es dauerte nicht lange und er hatte den Namen Margareta gefunden. Seibold wurde zunächst unangenehm überrascht. Nicht weniger als fünfzehn Heilige mit diesem Namen waren im Verzeichnis aufgeführt. Nach kurzer Überlegung entschloss er sich, nur die Namen näher zu betrachten, die als Märtyrerinnen aufgeführt waren. Dadurch schieden acht Namen aus. Dann begann er mit der ersten Märtyrerin: Margareta von Antiochien. Seibold schlug die Seite auf. Dieses Mal war die Heilige nicht abgebildet, sondern ihre Vita wurde durch einen kurzen Text beschrieben. Als der Kommissar sie las, wurde ihm schnell klar, dass sie nicht in sein Schema passte. Wieder ging er zum Namensverzeichnis zurück. Die zweite Märtyrerin, die Margareta hieß, war Margareta von Löwen. Auch von ihr gab es keine Abbildung. Als Seibold ihre Leidensgeschichte las, wusste er, dass er schon im zweiten Versuch gefunden hatte, wonach er gesucht hatte. Margareta von Löwen war im 13. Jahrhundert durch gedungene Mörder erwürgt worden. Ihre sterblichen Überreste hatte man anschließend in den Fluss geworfen. Der Grund, sie zu töten, war der gleiche wie der bei der heiligen Ursula. Sie hatte sich einem Mann nicht hingeben wollen. Für Seibold stand es fest. Die Ähnlichkeit zwischen den Morden an den Märtyrerinnen und den beiden Mädchen war kein Zufall.

Erschrocken fuhr Traudel hoch, als ihr Mann die Treppe hochstürmte. »Was ist los, Walter?«, fragte sie ängstlich.

»Gleich .. gleich erzähl ich es dir«, keuchte er.

Sie hörte, wie er sich im Badezimmer hastig wusch. Dann rannte er ins Schlafzimmer und zog sich um.

Traudel erwartete ihn an der untersten Treppenstufe. Seibold war so in Eile, dass er sich beim Herabsteigen das Hemd noch in seine Hose stopfte. »Wir haben falsch gelegen! Ich ... ich wusste es!«, sagte er und stürzte an Traudel vorbei ans Telefon.

Hektisch wählte er Manfred Raafs Nummer. Als er darauf wartete, dass auf der Gegenseite jemand abhob, schaute er Traudel nervös an.

Ungeduldig wartete sie darauf, dass er weitersprach.

»Der Mörder der Mädchen läuft immer noch frei herum!«, stieß er hervor. Traudel wollte eine Frage stellen, als sich jemand auf der anderen Seite meldete. Es war Raafs Sohn. »Hallo Georg!«, sagte Seibold ungeduldig, »kann ich einmal deinen Vater sprechen?«

Georg Raaf erzählte Seibold, dass seine Eltern ausgegangen seien. Wohin, das wusste er nicht. Der Kommissar schlug sich vor die Stirn. Raaf war sicher zum Schützenfest gegangen. Er spürte, dass Eile geboten war. Kollegen aus Bonn oder Rheinbach anzufordern, würde zu viel Zeit in Anspruch nehmen. Er musste die Sache alleine durchziehen.

»Wie bist du darauf gekommen?« Endlich konnte Traudel ihre Frage stellen.

»Ich erkläre es dir später. Dafür ist jetzt keine Zeit«, erwiderte Seibold und ging zur Haustür.

Traudel war es gar nicht recht, dass Raaf ihn nicht begleiten konnte. Sie spürte, dass er auch Johannas wegen so unruhig war. »Soll ich mit dir gehen?«, fragte sie. »Nein, nein, kümmere du dich um Elisabeth!«, antwortete er, »ich komme schon alleine klar!«

Als er die Tür öffnete, war das erste dumpfe Donnergrollen aus der Ferne zu hören.

»Ich glaube, ich weiß, wer es ist!«, sagte er und schaute Traudel fest an. Dann nahm er mit einem einzigen großen Schritt die drei Treppenstufen, die zum Hof führten. Als er zur Hoftür lief, wurde er noch einmal von Traudel zurückgerufen.

»Walter, ich muss dir noch etwas sagen!«

Der Kommissar drehte sich ungeduldig um.

Traudel hatte lange mit sich gerungen, ob sie es sagen sollte, denn sie wollte ihn nicht unnötig beunruhigen. Nun hatte sie das Gefühl, dass sie es tun musste. Es könnte in der augenblicklichen Situation von Bedeutung sein. »Johanna hat mir ... erzählt, dass ... sie jetzt mit ... Wolfgang Siebertz geht!«, sagte sie ängstlich.

»Was?« Seibold schrie die Frage förmlich heraus. Ungläubig starrte er seine Frau an. »Ihre beste Freundin liegt noch nicht unter der Erde und sie macht sich an ihren Freund heran?«

Traudel versuchte, das Verhalten ihrer Tochter zu erklären. »Sie sagte, die gemeinsame Trauer um Ursula hätte sie beide zusammengeführt.«

Der Kommissar wollte noch etwas sagen. Doch schlagartig wurde ihm klar, welche Tragweite diese Information haben könnte. Jetzt war nicht die Zeit, Diskussionen um Anstand und Moral zu führen. Er spürte, dass seine Tochter in großer Gefahr war.

Da trafen ihn die ersten Regentropfen. Seibold hetzte aus dem Hof.

Als der Kommissar die Bachstraße hinunterlief, hörte er schon von Weitem das dumpfe Wummern der großen Bassbox der Beat-Band. Die Passanten, denen er begegnete, hatten ihre Regenschirme geöffnet. Sie waren auf dem Weg zum Kirmesplatz und sahen ihn erstaunt an. Ein guter Bekannter aus dem Männergesangsverein trat ihm in den Weg und grüßte ihn freundlich. Aber der Kommissar stieß ihn zur Seite. Alles in ihm fokussierte sich nur auf einen Gedanken. Er musste Johanna finden. Erst dann konnte er sich in Ruhe daranmachen, den Mörder zu fassen.

Ein immer wiederkehrendes Riff der Elektrogitarre begleitete Seibolds letzte Meter zur O.T. St. Martin. Als er die Tür zum Jugendfreizeitheim aufriss, hörte er Wolfgang Siebertzs Stimme. »I'm all right, Baby! I'm all right!« Matthias Elser schaute ihn entgeistert aus seinem Büro an, als er die Treppe zu dem Konzertsaal hocheilte. Vor dem Saaleingang befand sich eine Kasse. Daneben hatte sich ein schwergewichtiger junger Mann aufgebaut, der keinen in den Saal hineinließ, der nicht bezahlt hatte. Seibold wollte ihn zunächst einfach beiseitestoßen. Doch dann ermahnte er sich, besonnen vorzugehen.

»Ich bin Polizist«, schrie er gegen die Lautstärke an, die aus dem Saal durch die geöffnete Tür herüberschallte. Der Türsteher signalisierte ihm mit einem Kopfschütteln, dass er ihn nicht verstanden hatte. Seibold fiel ein, dass er seine Dienstmarke in der Eile vergessen hatte, aber er würde sie hier nicht brauchen. Jetzt neigte der Jugendliche seinen Kopf in Seibolds Richtung, um ihn besser verstehen zu können.

»Ich suche meine Tochter: Johanna Seibold! Kennst du sie?«, brüllte der Kommissar in sein Ohr.

Wiederum schüttelte der junge Mann den Kopf. Seibold entschied, die Sache zu beschleunigen und sagte: »Ich gehe nur einmal kurz hinein, um sie zu suchen!« Ohne eine Antwort abzuwarten, machte er einen Schritt nach vorne.

Der Türsteher wollte seinen Arm nach Seibold ausstrecken, doch als er in das wild entschlossene Gesicht des Kommissars blickte, entschied er sich, ihn besser passieren zu lassen.

Seibold betrat den Saal. Seine Augen mussten sich zunächst an die Dunkelheit gewöhnen. Nur der Bereich der Bühne war beleuchtet. Ausgelassen bewegten sich die Jugendlichen nach dem eindringlichen Rhythmus. Die Tanzfläche war völlig überfüllt. Die Monotonie des Songthemas und die Lautstärke ließen Seibolds Herz schneller schlagen und vergrößerten seine Unruhe. Immer wieder hörte er Wolfgang Siebertz' Stimme: »I'm all right, Baby! I'm all right!«

Angestrengt versuchte der Kommissar jemanden aus Johannas Freundeskreis zu finden. Als er sah, dass dies in der wabernden Menschenmenge unmöglich war, entschied er sich, Wolfgang Siebertz direkt zu fragen. Wenn er mit Johanna befreundet war, musste er auch wissen, wo sie war.

Er drängelte sich am Rande der Tanzfläche langsam auf die Band zu und erntete dabei einige böse Blicke. Es dauerte einige Zeit, bis er sich bis an den rechten Rand der Bühne durchgekämpft hatte. Er entschied sich, das Ende des Liedes nicht abzuwarten. Von der Seite ging er hinter Heinz Peters und dem Schlagzeug hindurch. Dann stand er neben dem Bandleader und berührte ihn am Arm. Wolfgang Siebertz erschrak. Er wandte den Kopf und starrte Seibold entgeistert an. Dann hörte er auf zu spielen. Nach und nach hatten auch die übrigen Bandmitglieder Seibold bemerkt und ließen ihre Instrumente verstummen. Nur der Schlagzeuger hatte noch nichts mitbekommen und bearbeitete weiterhin seine Snare mit knallenden Schlägen. Als schließlich auch das Schlagzeug verstummte, erhob sich in der Zuhörerschaft allmählich ein protestierendes Murren.

»Hast du Johanna gesehen?«, schrie Seibold Wolfgang Siebertz an.

»Nein«, antwortete dieser völlig perplex, »sie ... sie wollte schon vor anderthalb Stunden hier sein, aber ... aber sie ist noch nicht erschienen.«

Seibold merkte, wie Siebertz' Antwort die Angst in seine Glieder trieb. Hilfesuchend schaute er die anderen Mitglieder der *Troop* an. Aber auch sie verneinten seine Frage. In seiner Verzweiflung griff der Kommissar nach Wolfgang Siebertzs Mikrofon und nahm es in die Hand. Er ging auf die Tanzfläche und sagte: »Hat von euch jemand Johanna Seibold gesehen?« Seine Stimme hallte laut durch den Saal. Verstört sahen sich die Jugendlichen an. Einige schüttelten den Kopf. Andere begannen zu diskutieren. Der Kommissar wartete. Als er keine Antwort erhielt, gab er das Mikrofon an den Bandleader zurück und verließ aschfahl geworden die Bühne.

Schweigend machten die Jugendlichen ihm eine Gasse frei.

»Wieso? Was ist denn mit ihr?« Er hörte noch, dass Wolfgang Siebertz ihm etwas hinterherrief. Aber da hatte er schon den Ausgang erreicht.

Walter Seibold stand vor dem Eingang der O. T. und rang nach Luft. In seinem Kopf summte es wie in einem Bienenstock und sein Herz klopfte ihm bis zum Hals. Wieder erhellte ein Blitz den Horizont und wurde kurz darauf von einem dumpfen Donnergrollen gefolgt. Das Wetter spiegelte Seibolds Gemütsverfassung wider. Nur jetzt nicht in Panik verfallen, redete er sich zu. Ordne deine Gedanken! Vielleicht war Johanna irgendwo aufgehalten worden, versuchte er sich zu beruhigen. Sie hat einen großen Bekanntenkreis. Da fiel ihm ein, dass ihm Traudel erzählt hatte, dass es auf der Kirmes eine Vergnügungsbahn gab, die sich bei den Jugendlichen großer Beliebtheit erfreute und bei der Johanna auf der letzten Kirmes ständig zu finden gewesen war. Das Karussell nannte sich *Raupe*. Sein Reiz bestand darin, dass es in immer höherer Geschwindigkeit im Kreis herumfuhr, begleitet von lauter Musik. Die besondere Attraktion aber war ein Verdeck, das sich irgendwann über die Fahrkabinen legte und die Fahrgäste darunter verbarg. Eine einmalige Gelegenheit für die Jugendlichen, ihre ersten scheuen Annäherungsversuche mit dem anderen Geschlecht zu machen.

Dort wollte es Seibold erst einmal versuchen.

Der Regen war jetzt heftiger geworden. Aber er nahm ihn nicht wahr. Der Kommissar hastete an Pütze Billas Süßigkeitenladen vorbei und passierte die Gaststätte *Zum Hexenturm*. Als er an der Polligstraße vorbeilief, dachte er an Traudel. Auch sie würde sich sicherlich große Sorgen machen. War sie mit Elisabeth in die Andacht gegangen?

Er wollte keine Zeit verlieren und fragte am Eingang des Rummelplatzes ein junges Mädchen nach der *Raupe*. Sie erklärte ihm den Weg. Schon von Weitem hörte er das ausgelassene Lachen und die vergnügten Schreie der Fahrgäste. Das Karussell hatte gerade das Verdeck geschlossen. Ungeduldig wartete Seibold, bis das Karussell anhielt. Das Verdeck hob sich langsam in die Höhe. Manch ein junges Pärchen entstieg mit hochrotem Kopf der Fahrkabine.

Seibolds Augen suchten fieberhaft die Reihen der ihm entgegenströmenden Fahrgäste ab. Aber Johanna befand sich nicht darunter. Schließlich hielt er einige Jugendliche an, die er schon einmal in Johannas Bekanntenkreis gesehen hatte. Aber auch sie konnten ihm nichts über Johannas Verbleib sagen. Dann stand er alleine vor dem Karussell. Die laute Musik aus den Lautsprecherboxen hinderte ihn daran, in Ruhe zu überlegen. Er hastete davon und blieb erst wieder vor dem Gedenkkreuz am Rande des Platzes an der Bachstraße stehen. Hier war die Lautstärke einigermaßen erträglich.

Als er sich nach einem kurzen Moment der Besinnung die regennassen Haare aus den Augen strich, hatte er sich entschieden. Er würde die Suche nach seiner Tochter beenden und sich auf den Weg zum Konvikt St. Albert machen.

Er schellte wie von Sinnen und klopfte mit den Fäusten gegen die Eingangstür. Endlich hörte er Schritte, die sich vom Empfangsbüro des Konvikts, das sich links neben der Eingangstür befand, näherten. Die Tür öffnete sich und er blickte in das verstörte Gesicht von Pater Tobias. Der Pallottiner sah ziemlich mitgenommen aus. Die Geschehnisse um seinen Mitbruder gestern hatten deutliche Spuren hinterlassen. »Herr Seibold? Was ist ...?«

Der Kommissar ließ ihn nicht ausreden. »Führen Sie mich bitte zu Pater Anselm!«

Der Befehlston von Seibold ängstigte den jungen Pater. »Aber wieso ...?«

Der Kommissar ließ ihn einfach stehen und rannte auf die Treppe zu, die in den ersten Stock führte.

»Ich nehme an, dass er auf seinem Zimmer ist«, sagte der Pater, als er Seibold eingeholt hatte.

Sie waren jetzt auf der ersten Etage.

»Wo ist es?«, fragte Seibold kurz angebunden. Der Erzieher stellte keine Fragen mehr und führte ihn zu einer Zimmertür, die sich gegenüber den Schlafsälen der Internatsschüler befand. Die Schlafsäle waren leer. Nach den Ereignissen vom Vortage hatte sich die Patres entschlossen, alle Schüler über das Wochenende nach Hause zu schicken. Ohne anzuklopfen drückte Seibold die Klinke, aber die Tür war verschlossen.

Verwundert schaute ihn Pater Tobias an. »Er hat mir nicht gesagt, dass er weggehen würde.« Nach kurzer Überlegung sagte er: »Aber vielleicht ist er in seinem Arbeitszimmer.«

Die beiden Männer liefen die Treppe hinunter und standen kurz darauf vor der Tür. Aber auch sie war verschlossen.

»Haben Sie einen Zweitschlüssel?«, fragte Seibold ungeduldig.

Nach kurzem Zögern nickte der Pater.

»Holen Sie ihn!«

»Aber ...«, protestierte der Pallottiner.

»Ich erkläre Ihnen alles später«, sagte Seibold bestimmt, »bitte beeilen Sie sich.« Der Gesichtsausdruck des Kommissars wurde flehend. »Ich fürchte, es geht um Leben und Tod.«

Pater Tobias öffnete fassungslos den Mund, aber kein Wort kam über seine Lippen. Dann drehte er sich um und rannte davon. Gleich darauf erschien er mit dem Schlüssel und händigte ihn Seibold aus.

Als der Kommissar hektisch die Tür aufschloss, sagte er: »Ich habe erfahren, das Pater Anselm früher auch unterrichtet hat. Welche Fakultas hatte er?«

»Latein und Griechisch«, antwortete der Pallottiner und schüttelte ungläubig den Kopf. Er wusste nicht, worauf Seibold hinauswollte.

Der Kommissar hatte jetzt die Tür geöffnet und suchte nach dem Lichtschalter. Er fand ihn rechts neben der Tür. Dann stürmte er in die Mitte des Raums. Er drehte sich langsam im Kreis und nahm jedes Möbelstück des Zimmerinventars mit prüfenden Blicken in Augenschein.

»Suchen Sie etwas?«, fragte Pater Tobias unsicher. Er war Seibold in den Raum gefolgt.

»Ja!«, entgegnete dieser kurz, »ich suche ein bestimmtes Buch und einen Brief, der einen lateinischen Text enthält!«

»Wie heißt das Buch?«, hakte der Pater nach.

Der Kommissar überlegte angestrengt. Hoffentlich bekam er den Titel noch zusammen. »Heilige ... und Namenspatrone ... und dann irgendetwas mit Jahreslauf«, stieß er hervor.

Der Pater fasste sich mit der Hand an die Stirn, als er überlegte.

»Kennen Sie es?«, fragte der Kommissar.

»Ich habe es bestimmt schon einmal in den Händen gehabt. Aber im Augenblick sagt es mir nicht viel.«

»Helfen Sie mir!« Seibolds Aufforderung klang mehr nach einem Befehl als nach einer Bitte. »Suchen Sie in den Bücherregalen nach dem Buch. Ich durchstöbere in der Zwischenzeit den Schreibtisch.«

Seibold hastete auf den schweren, dunkelbraunen Arbeitstisch zu und entdeckte auf seiner Rückseite eine große Schublade. Sie war nicht verschlossen. Seibold riss sie auf. Dann begann er fieberhaft die Schriftstücke zu durchstöbern, die sich darin befanden.

»Suchen Sie den Brief, den Pater Ambrosius vorgestern hier vorbeigebracht hat?«, fragte Pater Tobias, während er mit ausgestrecktem Zeigefinger die Bücherreihen der Regale auf der rechten Seite des Zimmers abging.

»Genau den!«, antwortete der Kommissar. Er hatte einen Stapel Briefe gefunden, die mit einem roten Gummiband zusammengehalten waren. Er ließ sich mit einem lauten

Seufzer auf den gepolsterten Schreibtischstuhl fallen. Dann riss er das Gummiband ab und überflog einen Brief nach dem anderen.

Walter Seibold saß wie ein Häuflein Elend auf dem Schreibtischsessel. Er hatte seinen Kopf in den Händen vergraben und fuhr sich mit Fingern durch die Haare. Ohnmächtig stöhnte er auf. Seit über einer Viertelstunde hatte er mit Pater Tobias das Arbeitszimmer sorgfältig durchsucht, aber nichts gefunden.

»Darf ich Sie etwas fragen?« Pater Tobias war an Seibold herangetreten. Er sprach den Kommissar sehr vorsichtig an, als er seinen Zustand bemerkte. Der Angesprochene antwortete nicht und starrte ins Leere.

»Warum diese angestrengte Suche?«

Es dauerte eine Weile, bis der Kommissar antwortete. »Ich bin davon überzeugt, dass Pater Anselm die Mädchen ermordet hat.«

Der Pater fuhr entsetzt zusammen.

»Ich suche hier in diesem Zimmer nach dem Beweis.« Mit bitterer Hilflosigkeit in der Stimme fuhr der Kommissar fort: »Aber was noch wichtiger ist: Ich suche nach einem Hinweis, wo er sich im Augenblick mit meiner Tochter befinden könnte.«

»Was? Sie glauben, er hat Ihre Tochter?« Pater Tobias glaubte, seinen Ohren nicht zu trauen. Fassungslos starrte er den Kommissar an.

Dieser nickte schweigend. »Ja, das denke ich. Sie ist die neue Freundin von Wolfgang Siebertz.«

Wieder ging der leere Blick des Kommissars über den Schreibtisch hinweg. Dieses Mal traf er auf die Abbildung des heiligen Michael auf dem Teppich.

»Warum ...«, weiter kam der Pallottiner nicht.

Wie von der Tarantel gestochen sprang der Kommissar auf. Der Schreibtischsessel fiel krachend zu Boden. Seibold rannte um den Schreibtisch herum und fiel auf die Knie. Er packte den Teppich mit beiden Händen und zerrte ihn weg. Mit ungläubigen Blicken beobachtete der Pater, wie der Kommissar den Holzboden untersuchte. Vorsichtig klopfte er mit der Faust die Holzdielen ab, die sich unter dem Bild des heiligen Michael befanden. Dabei legte er sein linkes Ohr nahe an die Oberfläche. Plötzlich hielt er inne und griff behutsam mit den Fingerspitzen in die Nahtstelle zweier hintereinanderliegender Dielen. Der Kommissar ließ einen kurzen Freudenschrei vernehmen, als es ihm gelang, die Holzdiele anzuheben. Unter ihr befand sich ein Hohlraum. Pater Tobias hatte sich nun ebenfalls neben den Kommissar auf den Boden gekniet und sah, wie der Kommissar mit bebenden Händen in den Hohlraum griff und ein weißes Schriftstück hervorholte.

»Das ist der Brief!«, sagte er und überflog mit einem kurzen Blick den lateinischen Text. Er reichte ihn an Pater Tobias weiter und holte ein weiteres Stück Papier hervor. Erstaunt stellte er fest, dass darauf der Text des Lieblingsliedes der Jugendclique abgedruckt war: *Sympathy for the devil*. Er drehte das Blatt herum. Auf der Rückseite befand sich ihre Übersetzung ins Deutsche. Wiederum griff Seibold in das Versteck. Dieses Mal fingerte er ein Buch hervor. Es war das Buch der Heiligen und Märtyrer, das sie so angestrengt gesucht hatten. Mit zitternden Händen schlug es der Kommissar auf und begann zu suchen.

Plötzlich spürte Seibold eine Berührung an seiner Schulter. »Suchen Sie vielleicht eine Märtyrerin mit dem Namen Johanna?«, fragte Pater Tobias.

Gehetzt schaute Seibold ihn an. »Ich glaube, da brauchen Sie nicht lange zu suchen.«

Seibold bemerkte, dass es dem Pallottiner schwerfiel, die nächsten Worte auszusprechen. »Es kann sich nur um die heilige Johanna von Orleans handeln.« Seibold brauchte einen Moment, um die Tragweite dessen, was ihm Pater Tobias gerade mitgeteilt hatte, zu verstehen. Dann begann sich alles um ihn zu drehen. Johanna von Orleans war verbrannt worden.

Dem Kommissar trat der Schweiß auf die Stirn. Keuchend kniete er auf dem Boden und rang nach Luft. Er hatte das Gefühl am Rande seiner Kraft angekommen zu sein. Reiß dich zusammen!, sagte ihm sein Unterbewusstsein. Mobilisiere deine letzten Kräfte! Johanna hat nur eine Chance, wenn du deine Gedanken zusammenhältst. Es musste irgendwo einen Hinweis geben, der ihm sagte, wo Pater Anselm mit Johanna hingegangen war. Er schloss die Augen und sah auf einmal Traudel vor sich. Er dachte an den Mittwochabend, wie gut ihm ihre Anwesenheit getan hatte. Urplötzlich merkte er, wie sein Schwindel langsam nachließ und eine wohltuende Wärme seinen Körper durchströmte. Dann spürte er Traudels gleichmäßigen Herzschlag, spürte, wie sich sein aufgeregtes Herz ihrem Rhythmus anpasste, bis sie allmählich im gleichen Takt schlugen. Er fühlte, wie die Kraft und die Ruhe in seinen Körper zurückkehrten, und atmete tief durch.

Seibolds Blick fiel wieder in den Hohlraum unter der Diele. Dort lag noch ein weiteres Buch. Er holte es hervor. Es sah aus wie ein Buchdruck aus dem Mittelalter. Der Kommissar betrachtete die Umschlagseite. In Großbuchstaben stand der

Titel darauf: *MALLEUS MALEFICARUM*. Darunter stand ein erläuternder Text, der ebenfalls auf Latein geschrieben war. Seibold blickte Hilfe suchend zu Pater Tobias.

»Das ist der *Hexenhammer*!«, sagte der Pallottinerpater bedeutungsvoll. »Ein Buch aus dem 15. Jahrhundert. Ein Dominikaner namens Heinrich Kramer hat es geschrieben. Er sammelte in diesem Werk verbreitete Ansichten und Vorurteile über Hexen. Er unterstellt den Frauen, dass sie aufgrund ihrer schlechten charakterlichen Veranlagung einen Pakt mit dem Teufel eingingen. Die Männer fielen so angeblich durch den Einfluss des Teufels dem Zauber der Frauen zum Opfer.«

Der Pater war aufgestanden und rieb sich die schmerzenden Knie. »Im Grunde«, fuhr er fort, »bildete dieses Buch die Legitimation zur Hexenverfolgung.«

Seibold starrte den Pater an. Plötzlich weiteten sich seine Augen und er rappelte sich auf. Dann rannte er wie von Sinnen aus dem Zimmer. Als er an der Tür war, rief er Pater Tobias noch zu: »Ich weiß jetzt, wo sie sind!«

Der Pallottiner wollte ihm noch hinterherrufen, dass der Konviktleiter ihn am Nachmittag gefragt hatte, ob noch Pechfackeln vom letztjährigen St.-Martins-Zug übrig waren. Er hatte ihm, obwohl er sich über die seltsame Frage gewundert hatte, geantwortet, dass noch welche in einem Karton im Geräteschuppen neben dem kleinen Sportplatz lagen. Aber Seibold war schon verschwunden.

* * *

Der Hexenturm ist neben dem Turm der Pfarrkirche St. Martin das Wahrzeichen Rheinbachs. Er befindet sich auf der Bachstraße neben der Katholischen Grundschule und erhebt sich über die Gassen der Altstadt und die Wälle. Ursprünglich war er der Bergfried der um 1190 erbauten Rheinbacher Burg, die ursprünglich in die eintausendzweihundert Meter lange Stadtmauer integriert war. Der Hexenturm erinnert auch heute noch an ein düsteres Kapitel der Rheinbacher Stadtgeschichte: die Hexenprozesse und Hexenverbrennungen. Seinen Höhepunkt erreichte der Hexenwahn in den Jahren 1631-1636, in denen zwei Hexenrichter nicht weniger als einhundertdreißig Rheinbacher als Hexen und Zauberer in den Tod schickten.

* * *

Seibold kam atemlos und fast wahnsinnig vor Sorge am Fuße des Turmes an. Die lauten Jahrmarktsgeräusche des nahen Kirmesplatzes nahm er nicht wahr, als seine Blicke angstvoll den mächtigen Turm hinaufwanderten, der durch eine spitz zulaufende Dachhaube abgeschlossen war. Die Blitze, die den dunklen Nachthimmel durchzuckten, gaben der Szenerie etwas Gespenstisches. Seibold wusste, dass der Turm seit dem Zweiten Weltkrieg wieder begehbar war, als er den Rheinbacher Bürgern als Luftschutzraum zur Verfügung gestellt wurde. Er stürmte die kleine Treppe hoch, die sich von der Seite der Bachstraße an den Turm anschmiegt. Als er das kleine Podest vor dem Eingang erreichte, fiel sein gehetzter Blick auf das Schloss der starken Holztür. Ihm fiel ein Stein vom Herzen, als er sah, dass es aufgebrochen war. Jetzt wusste er, dass er mit seiner Vermutung richtig lag. Er betete, dass er noch nicht zu spät kam.

Dann riss er die Tür auf und lauschte in das Innere. Eine unheimliche Stille empfing ihn. Seine Augen mussten sich zunächst an die Dunkelheit gewöhnen. Einen Moment lang dachte er daran, nach Hause zu laufen, um eine Taschenlampe zu holen. Doch er verwarf den Gedanken. Dazu war keine Zeit mehr. Seibold hatte den Turm schon einmal vor zwei Jahren interessehalber mit seinem Freund Helmuth unter der Führung eines Stadtbediensteten besichtigt. Daher kannte er sich ein wenig aus. Er betrat vorsichtig den Raum der untersten Etage. Von seiner Mitte konnte er durch ein Eisengitter hinab in das Verlies schauen, in dem die armen Geschöpfe im 17. Jahrhundert auf ihre Prozesse warten mussten. Das Verlies war leer. Er ging zurück und stieg, so schnell es die Dunkelheit zuließ, die steinerne Wendeltreppe hinauf, die an der äußeren Turmmauer entlanglief. Sie war so eng, dass er immer wieder mit der Schulter an ihre Wände stieß.

Er kam zur nächsten Etage. Keuchend atmete er durch. Er befand sich jetzt im ehemaligen Hauptwohnraum des mittelalterlichen Turms, unter einer hohen gotischen Kuppeldecke. Obwohl er sich bemühte, leise aufzutreten, hallten seine Schritte von den Wänden des riesigen Raums wider. Das dämmrige Licht erlaubte ihm kaum, irgendetwas zu erkennen. Trotzdem konnte er feststellen, dass sich niemand auf dieser Etage aufhielt. Sein Blick ging nach oben. Er wusste jetzt, dass sich der Mörder und Johanna nur noch im obersten Raum, direkt unter der Holzhaube des Turms, befinden konnten.

Er verließ den Kuppelraum und stieg die Wendeltreppe weiter empor. Ab und zu hielt er inne und lauschte in die Dunkelheit. Doch es herrschte weiterhin eine gespenstische Ruhe. Plötzlich endete die Steintreppe, und Seibold stand vor der Rundung der Kuppeldecke, die er eben von unten hatte ausmachen können. Er befand sich also jetzt genau über dem großen Wohnraum. Bei seiner Besichtigung vor zwei Jahren hatten sie sich diesen Teil des Turms nicht angesehen, und er wusste nicht, wie es weiterging.

Panisch ging sein Blick nach oben. Johanna konnte sich nur dort befinden. Aber wie würde er dort hinkommen? Hier war es so dunkel, dass er die Hand vor Augen nicht sehen konnte. Mit zitternden Händen tastete er sich vor. Kurz bevor er die Rundung der Kuppeldecke erreichte, spürte er, dass er mit seiner Hand gegen einen Gegenstand stieß. Er tastete ihn ab. Erleichtert atmete er auf. Er fühlte sich an wie der Handlauf einer Holztreppe. Vorsichtig hob er seinen Fuß und stieß gegen eine Stufe. Er zog sich am Handlauf hoch und ertastete eine Holzstufe nach der anderen. Es war wie ein Anstieg ins Nichts. Seit seiner Kindheit litt er unter einer Höhenphobie. Er erinnerte sich wieder daran, welche Angst er vor sechzehn Jahren ausgestanden hatte, als er mit Vornhagen den Beuelskopf bestiegen hatte. Seitdem hatte er jede freischwebende Treppe gemieden.

Er schloss die Augen und versuchte ruhig zu atmen. Jetzt war er auf einem kleinen Holzplateau angekommen. Er verharrte einen Moment. Er machte sich klar, dass ihn die Treppe quer durch den Turm an die gegenüberliegende Außenmauer geführt hatte. Um an den Eingang zum Raum über ihm zu gelangen, musste er nun in totaler Finsternis ohne jeglichen Halt über die kleine Holzplattform gehen und den weiteren Anstieg finden. Er wollte einen Schritt nach vorne machen. Aber er konnte nicht. Auf einmal wurde ihm speiübel, und unsichtbare Hände schienen seine Beine zu umklammern. Schweißperlen bildeten sich auf seiner Stirn, und er begann zu keuchen. Noch einmal ging sein Blick verzweifelt nach oben. Als er die Augen schloss, meinte er Johannas Anwesenheit förmlich zu spüren. Und da plötzlich löste sich seine Blockade. Mit Trippelschritten ging er über die Plattform. Endlich stieß er mit dem Fuß gegen etwas. Es musste die erste Stufe des Aufstiegs sein. Der Schreck fuhr ihm in die Glieder. Es war eine Holzsprosse. Vor ihm befand sich keine Treppe mehr, sondern eine einfache Holzleiter. Noch einmal atmete er tief durch. Er wusste, dass er nur noch diese eine Leiter bewältigen musste, dann hatte er sein Ziel erreicht. Mit klopfendem Herzen ertasteten seine Füße eine Sprosse nach der anderen. Als er nach oben schaute, sah er auf einmal Licht, das sich durch einen Spalt in der Decke einen Weg bahnte. Gott sei Dank! Er hatte wieder eine Orientierung. Er fixierte die Lichtquelle, und es fiel ihm leichter, die letzten Sprossen zu nehmen.

Als er sich direkt unter der Decke befand, versuchte er durch den Spalt in den Raum zu spähen. Aber er war so schmal, dass er nichts erkennen konnte. Dann verharrte er kurz. Er meinte eine dunkle Stimme und schleppende Schritte über sich zu hören. Mit zitternden Händen tastete er die Decke ab. Bald war ihm klar, dass sich über ihm eine Holzluke befand. Wie konnte er sie öffnen? Er stieg noch eine Stufe höher und versuchte, sie mit seiner linken Schulter hochzustemmen. Aber trotz größter Anstrengung bewegte sie sich nicht.

Fieberhaft schaute er sich um. Der Spalt am Rand der Einstiegsluke spendete ihm ein wenig Licht, sodass er seine Umgebung schemenhaft erkennen konnte. Langsam hatten sich nun auch seine Augen an die Lichtverhältnisse gewöhnt. Als er nach rechts blickte, erkannte er eine runde Holzstange. Langsam ging er mit seinen Augen näher an sie heran. Jetzt konnte er dahinter eine Seilvorrichtung sehen. Sie sah aus wie ein Seilzug, an dessen Ende sich ein schweres Gewicht befand. Seibold verfügte zwar über kein großes technisches Verständnis, aber eines war ihm klar: Die Luke ließ sich automatisch über ein Gegengewicht öffnen, wenn er die Holzstange, die als Hebel diente, betätigte. Er umfasste die Stange mit der rechten Hand und zog daran. Langsam begann sich die Holzluke zu heben. Als er sie so weit geöffnet hatte, dass er in den Raum hineinblicken konnte, hielt er inne.

Zunächst sah er Pechfackeln, die in Kopfhöhe an den Holzverstrebungen der Dachhaube befestigt waren und den Raum mit ihrem flackernden Licht erhellten. Dann wanderte sein Blick nach unten. Vor Entsetzen stockte ihm der Atem. Nur wenige Schritte von ihm entfernt lag Johanna auf dem Boden, geknebelt und an Händen und Füßen gefesselt. Seibold sah ihre vor Todesangst geweiteten Augen, sah, wie sie jede Bewegung Pater Anselms verfolgten. Die fußlange Soutane gab seinem Aussehen etwas Unheimliches. Er hatte einen kleinen Blechkanister in der Hand und ging damit auf Johanna zu. Mit ruhigen Handgriffen schraubte er den Verschluss des Kanisters ab. Dann hob er ihn hoch und kippte seinen Inhalt über das hilflose Mädchen. Als die Flüssigkeit über ihre nackte Haut floss, bäumte sich Johanna auf und wand sich hin und her. Sie versuchte zu schreien, aber der Knebel in ihrem Mund ließ nur ein ersticktes Wimmern zu.

Seibold erkannte auf den ersten Blick die Todesgefahr, in der seine Tochter schwebte, und wollte den Hebel betätigen. Schweren Herzens mahnte er sich zur Ruhe. Er musste eine bessere Gelegenheit abwarten. Erst wenn der Mörder ihm den Rücken zukehrte, wollte er sein Versteck verlassen.

Ein beißender Geruch nach Benzin verbreitete sich jetzt im Raum. Pater Anselm hatte den Kanister zur Seite gestellt und kniete sich hinter sein Opfer. Dabei achtete er sorgsam darauf, nicht mit dem Brennstoff in Berührung zu kommen, der sich in einer großen Lache um Johanna ausgebreitet hatte. Verzweifelt versuchte sie ihren Kopf zu drehen, um zu sehen, was ihr Peiniger vorhatte. Langsam legte der Pater die Hände um den Hals des Mädchens.

Seibold fuhr der Schrecken in die Glieder. Er wusste, was der Pater vorhatte. Er wollte Johanna erdrosseln, bevor er sie verbrannte. Jetzt durfte Seibold keine Zeit mehr verlieren. Er riss den Hebel nach unten. Mit einem knarrenden Geräusch öffnete sich die Luke. Pater Anselm hob überrascht den Kopf. Seibold brauchte einige Zeit, um die letzten Sprossen hochzusteigen und durch die Luke in das Turmzimmer zu gelangen. In der Zwischenzeit war der Pater aufgesprungen und hatte eine der Fackeln aus der Halterung gerissen. Als Seibold sich auf ihn stürzen wollte, machte der Pallottiner einen Schritt nach vorne und hielt die Pechfackel vor das von Benzin und Tränen glänzende Gesicht Johannas.

»Bleiben Sie stehen, Herr Seibold!«, schrie er, »oder Ihre Tochter geht in Flammen auf!«

Einen Augenblick sahen sich die beiden Männer drohend in die Augen. Alle Muskeln Seibolds waren gespannt. In geduckter Haltung stand er vor seinem Widersacher, wie eine Raubkatze, die zum Sprung ansetzt. Um Gottes willen, jetzt bloß nicht die Nerven verlieren, ermahnte sich der Kommissar. Er schaute in das Gesicht seiner Tochter, die mit flehendem Blick seinen Schutz erbettelte. Seibold wusste, dass die nächsten Minuten ein Nervenspiel sein würden. Er musste den Mörder ablenken, ihn ermüden, bis die Zeit reif war, zu handeln.

»Sie sind ein Mann Gottes, Pater!«, sagte er, »wie vereinbart sich das, was Sie hier tun, mit seinem Gebot *Du sollst nicht töten*?«

Erleichtert stellte der Kommissar fest, dass sich der Pallottiner auf ein Gespräch einließ.

»Dieses Gebot gilt nicht für die Jünger seines ärgsten Widersachers, dem Satan!«, erwiderte er ruhig. Seine Augen verengten sich. »Lesen Sie nach bei einem der größten Gelehrten der Menschheitsgeschichte, dem heiligen Bernhard von Clairvaux. Er sagt, dass ein Christ dann töten darf, wenn das Böse besiegt werden muss, weil das Reich Gottes bedroht ist. Glauben Sie mir: Alle Mittel sind recht, die Weltherrschaft Luzifers zu verhindern!«

»Sie sind doch ein gebildeter Mann«, sagte Seibold und gab seine drohende Haltung auf, um die Lage zu entspannen, »Sie glauben doch nicht etwa an diesen lächerlichen Teufelskram.«

Auch der Pallottiner schien sich etwas zu entspannen und ließ die Fackel sinken. »Gerade weil ich ein gebildeter Mann bin«, sagte er, »habe ich Satans Strategie durchschaut.«

Seibold starrte in sein entschlossenes Gesicht. Er glaubte, einen anderen Menschen vor sich zu haben. Der schwächliche, weinerliche Geistliche, den er aus dem Konvikt kannte, hatte sich in einen zu allem entschlossenen Fanatiker verwandelt.

»Der Teufel ist äußerst schlau. Nur wenige Menschen kennen seinen Plan.« Der Geistliche hatte sich so in Rage geredet, dass seine Nickelbrille verrutscht war. Er rückte sie wieder zurecht.

Seibold wollte den winzigen Augenblick der scheinbaren Unaufmerksamkeit nutzen und zuckte nach vorne. Sofort hob der Pater drohend die Pechfackel. Mit einem Wimmern drehte Johanna ihren Kopf zur Seite, um aus dem Bereich der züngelnden Flammen zu kommen.

»Nein!«, fuhr der Pater wild fort und musterte Seibold mit einem stechenden Blick. »Satan manifestiert seine Herrschaft über Gottes Geschöpfe nicht im offenen Kampf. Er geht subtiler und raffinierter vor.«

Durch die geöffneten Fenster der Dachhaube war plötzlich die Stimme Wolfgang Siebertz' zu hören. Die O.T. war nur knapp einhundert Meter vom Hexenturm entfernt und jeder Ton war deutlich zu verstehen. Die *Troop* hatte wohl eine Spielpause gemacht und setzte jetzt ihr Konzert fort. Der Bandleader sagte das Lied *Sympathy for the devil* an. Gleich darauf begann die Band zu spielen. Pater Anselm horchte nach draußen und nickte grimmig mit dem Kopf, als würde das, was er von dort hörte, seine Worte bestätigen. »Er hat uns das liberale und demokratische Gesellschaftssystem gebracht. Es wird von allen als gottgefällig und menschenwürdig gepriesen. Wir alle können uns in Freiheit und Wohlstand entwickeln. Aber keiner sieht, wie Satans Saat darin aufgeht!« Der Pater machte eine Pause.

Please allow me to introduce my self, I'm a man of wealth and taste. Die Stimme Wolfgang Siebertz' drang klar zu ihnen herüber.

»Durch die falsch verstandene Freiheit des Geistes hinterfragen die Menschen Gottes Lehre und seine Gebote«, fuhr der Pallottiner belehrend fort. »Sie hinterfragen auch die Autorität der heiligen Mutter Kirche. Schließlich fallen sie von dem Glauben an Gott ab und treten aus der Kirche aus.«

Wieder unterbrach er sich und lauschte widerwillig dem Lied. *I've been around for a long long year, stole many a man's soul and faith.* »Hören Sie nur dieses Lied dort draußen, Herr Seibold!«

Bei den nächsten Worten glaubte Seibold Wahnsinn in den Augen seines Gegenübers zu sehen.

»Es ist seine Hymne! Es ist die Hymne einer verführten Generation.« Der Pater hob die Stimme pathetisch: »Seht, wie sie mit dem Teufel tanzen! Er hat erreicht, dass unsere talentiertesten Schüler den Pfad zu Gott verloren haben. Ich kenne sie seit vielen Jahren und habe leidvoll ihre Veränderung verfolgen müssen. Anstatt ihre außerordentlichen musischen und künstlerischen Fähigkeiten in den Dienst unseres Herrn zu stellen, sind sie zu eifrigen Jüngern Satans mutiert. Der Dämon hat Einlass in das Konvikt St. Albert erhalten. Auch Pater Wilfried war seiner Macht erlegen. Ich bin der Einzige, der Satan durchschaut hat und ihm die Stirn bietet. Gott hat mich auserwählt. Ich werde meinen Kampf bis zum Äußersten führen.«

Pleased to meet you, hope you guess my name.

Wieder schaute der Konviktleiter aus dem Fenster. Die Intensität des Refrains stachelte seinen Zorn an, sein Blick schweifte zu Johanna hinüber. »Und sie sind seine Werkzeuge!«, rief er hysterisch. Voller Hass führte er die züngelnde Flamme der Fackel näher an ihren Körper heran.

Unwillkürlich zuckte der Kommissar nach vorne. Aber wieder hinderte ihn der wachsame Blick des Paters.

»Aufgrund seiner schlechten Veranlagung ist das Weib anfälliger als der Mann, der schwarzen Magie Satans zu verfallen. Wenn er eins mit ihnen ist, schickt er sie los, um die Männer zu verführen. Sie umgarnen das männliche Geschlecht so lange, bis sie schließlich ihrem Zauber zum Opfer fallen.«

Seibold horchte auf. Er hatte Geräusche von unten vernommen. Pater Anselm schien sie nicht gehört zu haben. Stieg jemand zu ihnen empor? Das könnte seine Chance sein. Er musste Zeit gewinnen.

»Warum töten Sie die Mädchen nach dem Vorbild ihrer Namenspatroninnen?«, fragte er schnell.

»Das ist ein Gnadenakt, den ich ihnen erweise«, antwortete der Pater.

Seibold glaubte sogar, einen Unterton echten Mitgefühls in seiner Stimme zu erkennen.

»Ihre Namenspatroninnen haben dem Teufel widerstanden und sich nicht hingegeben. Dafür mussten sie sterben.

Nur wenn die Mädchen das gleiche Martyrium erleiden, können sie den Pakt mit dem Teufel lösen und die Freuden des ewigen Lebens erfahren.«

Wieder lauschte Seibold nach unten. Ja, jetzt konnte er es ganz deutlich hören: Jemand stieg die Sprossenleiter empor. Die Rettung war nahe, jetzt brauchte er nur noch einige Sekunden der Ablenkung.

»Warum haben Sie Pater Ambrosius getötet?«

»Dieser erbärmliche Voyeur hatte Gottes Botschaft an mich nicht verstanden. Er machte mir nur Vorwürfe. Er wollte mein gottgefälliges Werk verhindern und mich bei der Polizei anzeigen. Gott gab mir die Eingebung, ihn ...«

In diesem Moment schob Pater Tobias seinen Kopf durch die Luke. Der Konviktleiter schaute ihn einen kurzen Moment entgeistert an und ließ die Pechfackel sinken. Auf diesen Moment hatte Seibold gewartet. Er spannte seine Muskeln an. Mit einem mächtigen Sprung erreichte er Pater Anselm. Seine linke Hand fuhr hart gegen die Brust des Paters. Seine rechte schlug ihm die Pechfackel aus der Hand. Im hohen Bogen prallte sie gegen die Balken der Dachhaube. Dann fiel sie zu Boden und rollte weiter. Kurz vor der Benzinlache blieb sie liegen. Seibolds Stoß gegen den Körper seines Gegners war so heftig, dass beide zu Boden stürzten. Einen Moment blieben beide benommen liegen. Dann stürzten sie sich mit grimmiger Wut aufeinander. Bald hatten sich ihre Körper ineinander verkeilt. Laut keuchend rollten die Kämpfenden über den Boden und wälzten sich durch die Benzinlache.

Pater Tobias hatte wie erstarrt dagestanden. Jetzt endlich reagierte er und zerrte Johanna aus dem Gefahrenbereich. Pater Anselm hatte indessen die Oberhand gewonnen. Mit ungeheurer Anstrengung war es ihm gelungen, dem unter ihm liegenden Kommissar die Knie auf die Brust zu drücken.

Seibold hatte die Hände frei und versuchte, die Soutane des Paters zu greifen. Aber seine Finger glitten an dem von Benzin durchtränkten und glitschigen Stoff ab. Pater Anselm streckte seine Arme aus, um nach der Fackel zu greifen. Diesen Moment nutzte Seibold. Er nahm seine letzten Kräfte zusammen und bäumte sich ruckartig auf. Der Pater verlor das Gleichgewicht und flog über Seibolds Kopf hinweg, direkt auf die brennende Fackel.

Bei dem Sturz hatte er seine Brille verloren. Verzweifelt suchte er den Boden ab, bis er sie gefunden hatte und mit zitternden Händen wieder aufsetzte. Erst danach rappelte er sich mühsam auf. Doch die Flammen der Fackel hatten seine benzindurchtränkte Soutane bereits entzündet, ohne dass er es bemerkt hatte. Erst als er stand, sah er, dass die Flammen an ihm hochzüngelten. In panischer Angst versuchte er sie auszuschlagen. Aber es war zu spät. Das Feuer hatte schon seine ganze Kleidung erfasst. Entsetzt starrten die Anwesenden auf den in Flammen stehenden Mann. Eine durch die offenen Fenster wehende Gewitterböe gab dem Feuer zusätzlich Nahrung. Jetzt loderten die Flammen so hoch, dass sie über dem Kopf des Paters zusammenschlugen. Mit einem grauenhaften Schrei setzte sich der brennende Mann in Bewegung und rannte los. Seibold dachte zuerst, dass er sich auf ihn stürzen wollte, um auch ihn zu entzünden. Aber die menschliche Fackel rannte an ihm vorbei.

Der Kommissar drehte sich um und musste hilflos zusehen, wie sich Pater Anselm mit einem Sprung aus dem Dachfenster stürzte. Einen Moment blieben Seibold und Pater Tobias wie erstarrt stehen. Dann stürzten sie ans Fenster und blickten hinab. Sie sahen Pater Anselms zerschmetterten Körper verkrümmt auf dem Burghof liegen. Kleine Flammen züngelten noch an seiner Kleidung.

Pleased to meet you, hope you guess my name, drang Wolfgang Siebertz' Gesang noch einmal zu ihnen herüber.

Seibold hatte sich als Erster gefangen. »Schnell!«, sagte er zu Pater Tobias, »rufen Sie die Polizei und die Rettungssanitäter!«

Der Pater stand unter Schock und reagierte nicht. Noch einmal wiederholte der Kommissar seine Aufforderung und klopfte ihm leicht auf die Schulter. Da erwachte der Pallottiner wie aus einer Ohnmacht. Wortlos sah er Seibold an und nickte. Dann drehte er sich um und stieg die Luke hinab.

Seibold ging auf seine Tochter zu. Sie lag, ihm mit dem Rücken zugewandt, auf dem Boden. Als Seibold sie vorsichtig berührte, zuckte sie zusammen und begann zu wimmern. Behutsam drehte er ihren Körper zu sich. Die Wimperntusche war verlaufen. Sie schaute ihn aus schwarzen, tränenerstickten Augen an. Seibold nahm ihr behutsam den Knebel aus dem Mund. Johanna wollte etwas sagen. Doch ein Hustenanfall hinderte sie daran. Seibold begann, ihre Fußfesseln zu lösen. Das Husten seiner Tochter ging in ein hemmungsloses Schluchzen über. Während er ihre Handgelenke befreite, legte sie ihren Kopf an seine Brust. Dann nahm er sie auf den Arm und stand auf. Als er spürte, wie ihr Körper bebte, drückte er sie fest an sich.

Unwillkürlich dachte er wieder an die Szene vor zwölf Jahren im Kinderkrankenhaus in Bonn-Dottendorf.

»Papi, ... gehen ... wir jetzt ... nach Hause?«, hörte er seine Tochter mit zitternder Stimme sagen.

»Ja, mein Schatz«, antwortete Seibold und küsste sie sanft auf die nasse Stirn, »jetzt gehen wir nach Hause.« Er spürte, wie ihm Tränen in die Augen stiegen. Dann ging er auf die Dachluke zu.

Als Walter Seibold aus dem Turm trat, blieb er einen Moment stehen und atmete tief durch. Er schaute auf die bunten Lichter und das ausgelassene Treiben auf dem Kirmesplatz. Noch einmal drückte er den zitternden Körper seines Kindes fest an sich. Von der O.T. hörte er, wie die Konzertbesucher das letzte Lied der Band frenetisch bejubelten. Dann trat Stille ein. Die Turmuhr der nahen Kirche St. Martin schlug zehn. Noch einmal zuckten Blitze am nächtlichen Himmel. Mit einem letzten Grollen verabschiedete sich das Gewitter aus der Voreifel. Es war an Rheinbach vorbeigezogen.

Nachwort

Die Handlung dieses Romans ist frei erfunden. Trotzdem sind, wie in *Februarblut*, auch wahre Begebenheiten in die Handlung eingeflochten (siehe unten).

Die Figuren der Geschichte sind teils erfunden (ihre Ähnlichkeit mit lebenden Personen wäre rein zufällig), teils handelt es sich um in den Sechzigerjahren tatsächlich lebende Personen in Rheinbach (z. B. Pütze Billa) Es sei nochmals darauf hingewiesen, dass sie nichts mit dem Handlungsverlauf zu tun haben.

Die im Roman beschriebenen Orte, Straßen, Denkmäler, Gebäude und Kirchen existieren tatsächlich.

Wahr ist,

dass vor einigen Jahren ein Mädchenmord die Stadt Rheinbach in Atem hielt. Das Opfer wurde das letzte Mal an der Gräbbachbrücke vor dem ehemaligen Konvikt St. Albert gesehen. Der Mörder wurde bis heute nicht gefasst. Das Geschehen ereignete sich allerdings zehn Jahre später als im Roman beschrieben.

dass die Stadt Rheinbach des Öfteren von verheerenden Gewittern heimgesucht wurde (z. B. in den Jahren 1959 und 1972), die den kleinen Gräbbach in einen reißenden Strom verwandelten und erhebliche Überschwemmungen hervorriefen. Dabei kamen sogar Menschen zu Tode.

dass es Schwerverbrechern schon einige Male gelungen ist, aus der Justizvollzugsanstalt Rheinbach auszubrechen.

dass in den Sechzigerjahren eine Beat Band mit dem Namen Troop in Rheinbach existierte, die von Wolfgang Niedecken und zweien meiner Bandmitglieder der Tiebreakers (Heinz Pelzer und Wilfried Hennig) gegründet wurde. Einige Begebenheiten im Umfeld dieser Band kommen im Roman zur Sprache.

dass die Rolling Stones am Ende der Sechzigerjahre eine Zeit lang mit den Lehren des Filmemachers und Satanisten Kenneth Anger (ein Schüler des berüchtigten englischen schwarzen Magiers Alister Crowley) kokettierten. Aus dieser Zeit stammt das Lied *Sympathy for the devil.* Noch heute sind fundamentalistische Kreise der Katholischen Kirche davon überzeugt, dass die Mitglieder der Stones Jünger Satans sind und in ihren Werken versteckte, satanische Botschaften verbreiten.

dass frühere Schützenfeste in Rheinbach noch von einem Jahrmarkt begleitet wurden (ähnlich der Kirmes).

dass sich der Hexenturm im Jahr 1969 dem Besucher so präsentierte, wie er im Roman beschrieben wurde. Allerdings existierten damals noch keine Fenster in der Dachhaube.

Folgende Begebenheiten entsprechen nicht den Tatsachen. Sie so zu schildern, war aber für die Handlung des Romans unerlässlich.

- Das Konvikt St. Albert schloss schon im Jahre 1967 seine Pforten.

- Es wurde nur von zwei Erziehern betreut.

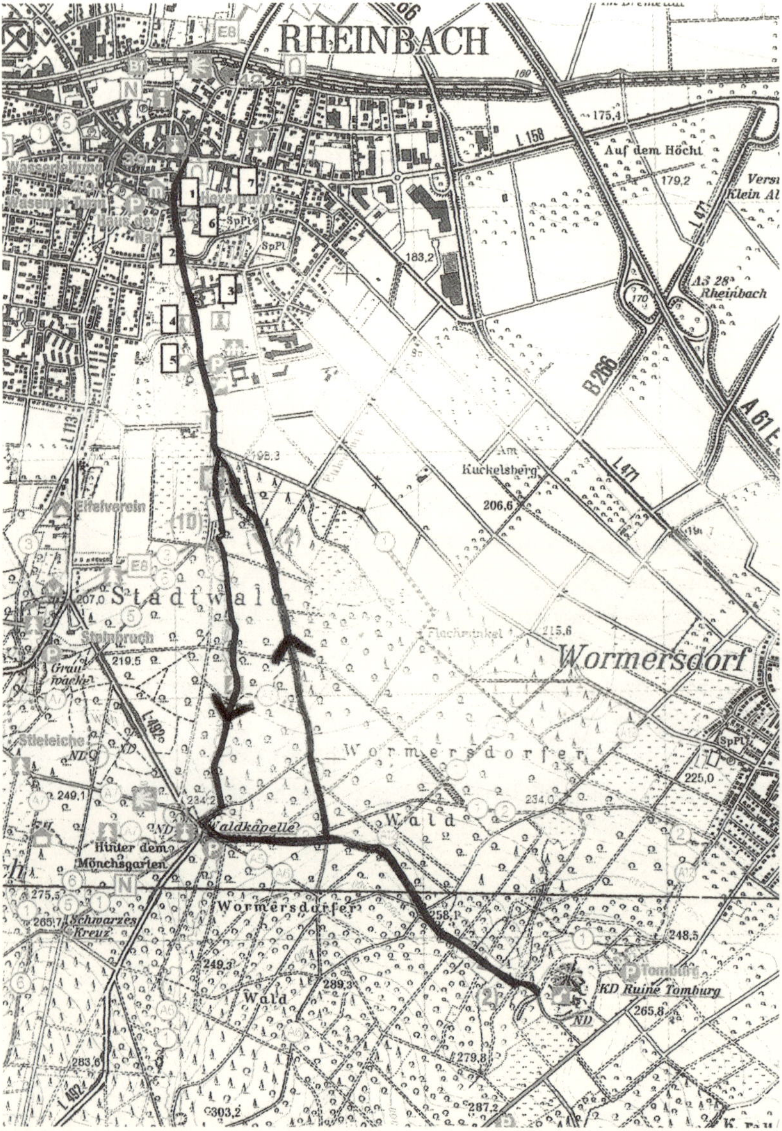

RHEINBACH
Auf dem Höcht
Am Kuckelsberg
Stadtwald
Wormersdorf
Wormersdorfer Wald
Waldkapelle
Hinter dem Mönchsgarten
Schwarzes Kreuz
KD Ruine Tomburg
Tomburg
Eifelverein
Steinbruch
Grauwacke
Stieleiche
Hexenturm

1 = Hexenturm, 2 = Früheres Konvikt St. Albert, 3 = Lyzeum (St. Joseph-Gymnasium), 4 = Altes Waldschwimmbad, 5 = Clubhaus TC Rot-Weiß Rheinbach, 6 = Marienkapelle, 7= Vinzenz-Pallotti-Kolleg

Die »Teufelswanderung«

Ausgangspunkt der Wanderung ist die O.T. St. Martin am Bürgerplätzchen an der Hauptstraße in Rheinbach. Von dort geht es über die Bachstraße (an der Polligstraße vorbei) und Stadtparkstraße (früher Tombergerstraße) immer dem Wanderzeichen »N« nach durch den Wald und an den Fischteichen vorbei zur Waldkapelle (Wegstrecke ca. 2,5 km). Dabei passiert man folgende Handlungsorte des Romans: Hexenturm, früheres Konvikt St. Albert (jetzt Albert-Schweitzer-Schule), Lyzeum (St. Joseph-Gymnasium), Clubhaus TC Rot-Weiß Rheinbach, altes Waldschwimmbad (siehe Karte). Von dem Parkplatz gegenüber der Waldkapelle geht es links ab auf den Wanderweg 2 (vor der Schranke). Nach wenigen hundert Metern trifft man auf einer Wegkreuzung auf den Hauptwanderweg 2, der nach rechts zur Tomburg führt. Nach der Besichtigung der Tomburgruine mit toller Fernsicht folgt man wieder dem Hauptwanderweg 2 zurück nach Rheinbach (Wegstrecke ca. 4 Km). Hinter der Parkanlage in Rheinbach führt der Weg direkt hinter der Gräbbachbrücke nach rechts in die Schützenstraße, dann nach ca. 150 Metern nach links in die Pallottinerstraße an der Marienkapelle und dem Vinzenz-Pallotti-Kolleg vorbei zur Straße Vor dem Voigtstor. Von dort sind es nur wenige Schritte zurück zum Ausgangspunkt der Wanderung.

Danksagung

Folgende sehr geschätzte Menschen haben mir wertvolle Informationen zu meinem Buch gegeben. Ihnen sei an dieser Stelle nochmals herzlich gedankt.

Robert Saam (ehemaliger Religionslehrer der Glasfachschule Rheinbach)
Dr. Reiner Lüdtke (ehemaliger Klassenkamerad des Autors und Konviktschüler)
Rolf Greiff (ehemaliger Lehrer des Vinzenz-Pallotti-Kollegs und Konviktschüler)
Dietmar Pertz (Leiter des Rheinbacher Stadtarchivs)
Klaus W. Hofmann (Stadt- und Burgführer des Eifel- und Heimatvereins Rheinbach e.V.)

P.S. Ein besonderer Dank gilt auch meiner Frau Ruth und meinen Töchtern Susanne und Jennifer für manch guten Hinweis und manche wertvolle Korrektur.